JANET EVANOVICH

Zusammen küsst man we

GOLDMANN
Lesen erleben

JANET EVANOVICH

Zusammen küsst man weniger allein

Ein Stephanie-Plum-Roman

Aus dem Amerikanischen
von Thomas Stegers

GOLDMANN

Die Originalausgabe erschien 2015 unter dem Titel
»Top Secret Twenty-One« bei Bantam Books,
an imprint of the Random House Publishing Group,
a division of Random House, Inc., New York.

Dieses Buch ist auch als E-Book erhältlich.

MIX
Papier aus verantwortungsvollen Quellen
FSC® C083411
FSC www.fsc.org

Verlagsgruppe Random House FSC® N001967
Das FSC®-zertifizierte Papier *Super Snowbright* für dieses Buch
liefert Hellefoss AS, Hokksund, Norwegen.

1. Auflage

Umschlaggestaltung: UNO Werbeagentur, München
Umschlagmotiv: Getty Images/Koki Iino;
FinePic®, München
Redaktion: Ann-Catherine Geuder
Satz: DTP Service Apel, Hannover
Druck und Bindung: CPI books GmbH, Leck
Printed in Germany
ISBN 978-3-442-20500-4
www.goldmann-verlag.de

Besuchen Sie den Goldmann Verlag im Netz

1

Ich saß auf einem Hocker an der Bar eines finsteren, lauten und überteuerten Restaurants in Princeton, New Jersey. Das rote Kleid, das ich trug, war zu eng und zu kurz und der Ausschnitt zu tief. Über einen Stöpsel im linken Ohr war ich verbunden mit Ricardo Manoso, auch Ranger genannt.

Ich bin Stephanie Plum, im Hauptberuf Kopfgeldjägerin. Normalerweise arbeite ich in der Kautionsagentur meines Cousins Vinnie, aber heute Abend verdiente ich mir als Kundschafterin für Ranger ein bisschen was nebenher. Ranger observierte seit einiger Zeit Emilio Gardi, den viele für unberührbar hielten. Gardi hatte Beziehungen nach ganz oben, verfügte über einen Schlägertrupp, besaß Geld wie Heu, und seine Feinde teilten alle das gleiche Schicksal: Sie verschwanden spurlos. In Miami erwartete ihn ein Verfahren wegen räuberischer Erpressung, doch hatte er sich entschieden, lieber eine Verabredung zum Dinner in Jersey einzuhalten, als zu seiner Gerichtsverhandlung in Dade County zu erscheinen. Was bedeutete, dass der Trottel, der die Kaution für Gardi ausgestellt hatte, sein Geld in die Tonne treten konnte, sollte Gardi nicht in den Knast wandern. Dieser Idiot war Rangers Cousin.

Ranger ist der Eigentümer von Rangeman, einem kleinen

Hightech Top-Security-Unternehmen. Normalerweise gibt er sich nicht mit der Verfolgung von Kautionsflüchtlingen ab, doch heute Abend machte er eine Ausnahme. Er hielt sich neben dem Eingang zum Speiseraum des Restaurants bereit und beobachtete Gardi.

Gardi trug ein beiges Sportsakko, darunter ein Hemd mit rotgelbem Blumenmuster: South Beach Florida meets JC-Penney. Gardi war Mitte fünfzig, hatte Glatze und eine Figur wie ein Hydrant. Er trank Rotwein, verzehrte ein Lammkotelett und unterhielt seine drei männlichen Gäste mit Witzen, über die sie angestrengt lachten.

Ranger war wie üblich ganz in Schwarz: schwarzer Maßanzug, schwarzes Hemd, offener Kragen. Die Glock hinten im Hosenbund war ebenfalls schwarz. Ranger, das ist ein makelloser Körper, dunkelbraunes Haar, Igelschnitt, tiefbraune Augen, stechender Blick. Ranger ist Latino, seine Haut hat die Farbe von heißem Kakao. Die Ohrstöpsel passten zur Hautfarbe und waren daher kaum erkennbar.

Neben Ranger stand Tank. Tank ist groß und kompakt, eine tödliche Waffe. Er ist mit Ranger zusammen bei den Special Forces gewesen, dem Sondereinsatzkommando der Armee, jetzt arbeitete er als zweiter Mann bei Rangeman und hielt Ranger den Rücken frei.

Von Gardis Schergen war keiner mehr zu sehen. Sie hatten gewartet, bis er am Tisch Platz genommen hatte, und dann den Raum verlassen.

»Die Luft ist rein«, sagte ich in mein Mikro.

Ranger rückte vor, ohne den Blick von seiner Beute zu wenden. Ranger, das Tigerauge. Ich kenne diese Konzentration bei ihm, und jedes Mal kriege ich Gänsehaut.

Tank hielt sich ein paar Meter hinter ihm und behielt das übrige Geschehen im Blick. Ranger knöpfte sein Jackett auf, um besser an seine Waffe zu kommen. Hinter Gardi blieb er stehen, legte eine Hand auf seine Schulter, beugte sich zu ihm hinunter und flüsterte ihm etwas ins Ohr.

Gardi tat es mit einem Achselzucken ab und sagte etwas, das ich aus der Entfernung nicht verstehen konnte. Alle am Tisch lachten.

Ranger lachte nicht, und mir war klar, dass es jetzt ungemütlich werden würde. Ranger versuchte es ein zweites Mal im Guten. Gardi wurde wütend und wollte ihn fortjagen, da hatte Ranger ihn mit einem Griff vom Stuhl gezerrt, wie ein Vielfraß, der ein Murmeltier reißt.

Im Nu knallte Gardis Kopf auf die Tischplatte, und alle griffen nach ihren Gläsern. Ranger fesselte Gardi mit Handschellen auf dem Rücken und übergab ihn Tank. Er entschuldigte sich bei den anderen Gästen für die Störung und verließ mit Tank und Gardi das Lokal. Die ganze Aktion hatte keine Minute gedauert.

Vor dem Restaurant wartete mit laufendem Motor eine Rangeman-Limousine, die Tank und Gardi zur Rangeman-Zentrale in der City von Trenton brachte. Am nächsten Morgen würde man Gardi in ein Flugzeug setzen und nach Miami abschieben.

Nach getaner Arbeit widmete ich mich wieder meinem schwarzen Sambuca. Ich weiß, das Getränk enthält Farbstoff. Das ist mir egal. Es sieht einfach sexy aus. Und ich schwöre, der schwarze Sambuca schmeckt besser. Was ich von Ranger auch sagen könnte. Er ist nicht direkt mein Freund, aber wir haben schon so einiges zusammen durchgemacht.

Ich kippte den Sambuca hinunter, zahlte und ging nach draußen zu Ranger. Der Rangeman-SUV rauschte gerade davon, und Ranger wartete neben seinem schwarzen Porsche 911 Turbo auf mich.

»Babe«, sagte er.

Rangers »Babe« deckt ein breites Bedeutungsspektrum ab. Es reicht von einer einfachen Begrüßung bis zur Warnung: Achtung, Tarantula auf deiner Schulter! Heute setzte es den Schlusspunkt eines Ganzkörperscans, und es sollte wohl andeuten, dass ihm mein Kleid gefiel.

Ranger legte einen Arm um mich, zog mich zu sich heran und küsste mich. Ein weiteres Indiz, dass ihm mein Kleid gefiel. Ja, mehr noch, anscheinend gefiel es ihm so sehr, dass er es mir am liebsten hier und jetzt vom Leib gerissen hätte. Eigentlich eine super Idee. Aber zum Glück waren wir in Princeton und meine Wohnung eine halbe Autostunde entfernt, bei normalem Verkehr. So viel Zeit brauchte ich, um mir die Idee aus dem Kopf zu schlagen.

Ranger beschützt mich vor allen Männern, außer vor ihm selbst. Er ist der Panther, der eine Gazelle verfolgt und andere Raubtiere fernhält. Ihm macht die Jagd Spaß. Und ich bin gerne Gazelle, obwohl, eigentlich bin ich eher ein Präriehuhn, keine Gazelle.

Rangers Reflexe sind schneller, sein Gehirn arbeitet schneller, seine Instinkte sind denen von uns Durchschnittsmenschen weit überlegen. Bei seiner Berührung wird mir glühend heiß, und sein Kuss löst köstliche Dinge in meinem Körper aus. Im Bett ist er ein Magier, das weiß ich aus Erfahrung. Ich weiß aber auch, dass es in seiner Vergangenheit dunkle Geheimnisse gibt, die manchmal Vorrang haben vor persönlichen Beziehungen. Und ich weiß, dass es zu meinem Besten ist, ihn auf Abstand zu halten.

Außerdem habe ich ja einen Freund. Irgendwie.

Ranger fuhr vom Restaurant-Parkplatz, hielt an der nächsten Ampel, und wie von allein legte sich seine Hand auf mein Knie und wanderte aufwärts.

»Hm«, sagte ich.

Er schielte zu mir herüber. »Probleme?«

»Deine Hand. Sie fährt über meinen Schenkel.«

»Und?«

»Das hatten wir doch besprochen.«

»Nicht in letzter Zeit«, sagte Ranger.

»Hat sich irgendwas geändert?«

»Nein.«

»In dem Fall ...«

»Ist der Fall eindeutig?«

»Allerdings.«

»Schade«, sagte Ranger.

Eine halbe Stunde später glitt der Porsche auf den Mieterparkplatz hinter meinem Haus, und Ranger begleitete mich zur Tür.

»Ruf mich an, wenn du dich einsam fühlst«, sagte er.

»Deine Nummer hab ich als Schnellwahl gespeichert.«

Ein kaum wahrnehmbares Lächeln spielte um seine Mundwinkel. Er küsste mich flüchtig, dann ging er.

In Wahrheit hätte ich ihn gerne eingeladen, aber es wäre unklug gewesen. Nicht dass ich immer die Klügste wäre, aber heute Abend war es mir gelungen, mich zurückzuhalten und ihn nicht mit Haut und Haaren zu vernaschen. Zwei Punkte für Stephanie Plum.

Ich schloss meine Wohnung auf und ging in die Küche, um Rex zu begrüßen. Rex ist ein Hamster. Er haust in einem Aquarium, das auf der Arbeitsplatte in meiner Küche steht, und er schläft in einer alten Suppendose. Jetzt strampelte er sich gerade in seinem Laufrad ab.

»Hallo«, sagte ich. »Wie geht's, wie steht's?«

Rex zwinkerte mir mit seinen schwarzen Knopfäuglein zu und zuckte mit seinen Schnurrhaaren. Tiefgründiger ist unsere Konversation nicht. Ich warf ihm eine Erdnuss in den Käfig, er sprang aus dem Rad, stopfte sie sich in die Backe und huschte zurück in seine Suppendose.

Die Kautionsagentur meines Cousins Vinnie, ein Ladenlokal mit Kundenparkplatz auf der Rückseite, ist in der Hamilton Avenue. Wir Frauen sitzen alle gemeinsam in einem Raum, nur Vinnie hat ein eigenes Arbeitszimmer. Er versteckt sich dort gerne vor Leuten, die er kaltgestellt, mit Herpes infiziert, in den Knast gebracht oder einfach nur verärgert hat. Vinnie sieht aus wie ein Wiesel im Zuhälterkostüm. Seine Frau Lucille ist dagegen eine Heilige. Eigentümer der Agentur ist sein Schwiegervater, Harry, der Hammer, und der hat sich seinen Spitznamen nicht eingehandelt, weil er Schreiner ist.

Connie Rosolli, Büroleiterin und Wachhund in einem, saß an ihrem Schreibtisch, als ich hereinkam.

»Wie ist es gelaufen, gestern Abend?«, wollte sie wissen.

»Ganz gut. Ranger hat sich von hinten an Gardi rangemacht, ihn vom Stuhl gezerrt und ihm Handschellen angelegt. Ging alles glatt.«

»Und?«

»Das war's.«

»Du warst nicht mit Ranger im Bett?«

»Nö.«

»Wie enttäuschend«, sagte Connie.

Sag bloß?! »Irgendwas Neues?«

»Ich hätte da einen Kautionsflüchtling für dich. Ist nicht vor Gericht erschienen. Sehr hohe Geldkaution. Jimmy Poletti.«

»Ist das nicht der, dem all die Autohäuser gehören? Und der seine eigenen Werbespots dreht? Motto: ›Alles paletti bei Jimmy Poletti!‹«

»Jep. Genau der. Aber nix paletti bei Jimmy Poletti. Es hat sich rausgestellt, dass er in schmutzige Geschäfte verwickelt war. Mit minderjährigen Mädchen aus Mexiko.«

Ich blätterte in der Akte, die Connie mir übergab, und stieß auf Polettis Polizeifoto. Respektabler Mann. Zweiundsechzig, teigiges Gesicht, schütteres graues Haar. Gestärktes weißes Hemd, gestreifte Krawatte. Elegantes blaues Anzugjackett. Sah eher wie ein Banker aus, nicht wie ein Autohändler.

»Da sieht man mal wieder«, sagte ich. »Man soll eben nie nach dem Äußeren gehen.«

Die Ladentür flog auf, und Lula stürmte herein. Mit einem Meter fünfundsechzig ist Lula ein paar Zentimeter zu klein für ihr Gewicht. Lula ist Afroamerikanerin, die ihre Haarfarbe wechselt wie andere Frauen die Unterwäsche, und modisch neigt sie zu Stretch-Röckchen und Tops. Fast immer quillt ihre Fülle aus ihrer Kleidung hervor, aber ihr scheint das nichts auszumachen.

»Ich hab gerade einen Strafzettel gekriegt«, sagte sie. »Ist das zu fassen? Wie tief sind wir gesunken, wenn man als Frau nicht mal mehr zur Arbeit fahren kann, ohne belästigt zu werden.«

»Wofür ist denn der Strafzettel?«, fragte Connie.

»Geschwindigkeitsüberschreitung«, sagte Lula.

Ich sah sie an. »Und? Bist du zu schnell gefahren?«

»Klar. Siebzig, bei erlaubten fünfzig. Officer Pingelig hat mich rausgewunken. Fünfziger-Zonen gehören verboten. Mein Auto kann gar nicht so langsam fahren. Das ist Folter für meinen Firebird.«

»Ich hab Donuts mitgebracht.« Connie deutete auf den weißen Pappkarton aus der Bäckerei auf ihrem Schreibtisch. »Bedien dich.«

Lulas Miene hellte sich auf. »Das hebt gleich meine Laune. Ich nehme einen mit Streusel. Und den mit Schokoglasur. Aber der mit dem triefenden, klebrigen rosa Zeug sieht auch gut aus.«

Lula biss in den mit Streusel besprenkelten Donut. »Ist gestern Abend was abgegangen zwischen dir und Mister Geil, Groß und Gutaussehend?«

»Er hat Gardi festgenommen. Ohne eine Kugel abzufeuern.«

»Und?«

»Nichts und.«

»Wie jetzt? Er hat sich nicht ausgezogen und mit seinem Zauberstab gewedelt?«

»Nein«, sagte Connie. »Kein Zauberstab. Sie hat ihn nicht mal zu sehen bekommen.«

»Wir wissen auch so, dass er einen hat«, sagte Lula. »Warum hat er nicht mit ihm gewedelt und meine Prinzessin glücklich gemacht?«

Connie und Lula sahen mich fragend an und warteten auf eine Erklärung.

»Es war ein Kommandoeinsatz«, sagte ich. »Nichts mit Zauberstab und so.«

Lula schüttelte den Kopf. »Echt traurig. So eine Gelegenheit einfach zu verschenken. Was hast du angehabt? Etwa irgend so ein gruftiges Businesskostüm?«

»Das enge rote Kleid.«

»Das kenne ich«, sagte Lula. »Definitiv zauberstabwürdig.«

Vinnie steckte den Kopf durch die Tür zu seinem Arbeitszimmer. »Was jammert ihr hier so rum? Ihr stört mich beim Denken. Überhaupt, wieso seid ihr nicht draußen und macht Jagd auf die Schurken? Ich hab einen Haufen Geld für Jimmy Polettis Kaution gezahlt. Bringt den Fettarsch zurück in den Knast.«

Vinnie knallte die Tür zu, und Lula streckte ihm die Zunge raus.

»Ich hab dich genau gesehen!«, rief Vinnie aus seinem Zimmer. »Ich verlange mehr Respekt!«

»Wie kann er das gesehen haben? Die Tür ist zu«, wunderte sich Lula.

Connie zeigte auf eine neu installierte Videokamera über Vinnies Tür. »Er hat das ganze Büro mit Überwachungskameras ausgestattet.«

Lula hielt den Stinkefinger in die Kameralinse.

»Das hab ich auch gesehen!«, rief Vinnie wieder.

Ich steckte die Poletti-Akte in meine Tasche und schlang mir die Tasche um die Schulter. »Ich bin dann mal weg. Dürfte nicht allzu schwer sein, Poletti zu finden. Er ist schließlich kein Vergewaltiger.«

»Der Kerl ist ein Fernsehstar«, sagte Lula. »Darf ich mitkommen? Ich möchte wissen, wie er sich aus der Nähe macht.«

Wir verließen das Büro durch die Hintertür und blieben vor unseren Autos stehen. Lula fuhr einen knallroten Firebird, ich einen durchgerosteten Ford Explorer.

»Vielleicht besser, wir nehmen deine Karre«, sagte Lula, »falls wir auf Poletti schießen müssen. Wenn er auf deinen Sitzpolstern verblutet, ist es nicht so schlimm.«

»Wir schießen nicht auf ihn«, sagte ich.

»Man kann nie wissen«, sagte Lula.

»Poletti ist Geschäftsmann. Auf seinem Verbrecherfoto trägt er Anzug und Krawatte. Der wird schon nicht auf uns losgehen. Außerdem schießen wir nicht auf andere Leute … jedenfalls fast nie.«

Lula schnallte sich auf dem Beifahrersitz an. »Ich sag ja nur.«

Es war Montag, neun Uhr. Ein schwüler Augusttag. Die Luft hatte einen Stich ins Bräunliche, und sie verklebte einem die Augen. Sommer in New Jersey.

Mein schulterlanges lockiges Haar hatte ich zu einem Pferdeschwanz zusammengebunden, ich trug Jeans und ein rotes Tanktop. Lula trug ein schwarzes Seidenbustier aus ihrer Wildwest-Bordell-Kollektion, dazu einen giftgrünen Rock, der bis knapp unter ihre Dingsbums reichte. Lula ist kleiner als ich, aber an ihr ist mehr dran als an mir. Ich könnte nackt neben ihr stehen, und keiner würde mich eines Blickes würdigen.

2

Jimmy Poletti wohnte in einem Bonzenviertel im Westen der Stadt. Nach dem Lebenslauf in der Akte, die Connie mir gegeben hatte, war er zum dritten Mal verheiratet, hatte zwei erwachsene Söhne und besaß noch ein Sommerhaus auf Long Beach Island.

Ich fuhr die Hamilton Avenue entlang, kreuzte die State Street, bog ab und kurvte so lange herum, bis ich das große Backsteinhaus im Kolonialstil gefunden hatte, das Poletti und seine Frau Trudy bewohnten. Ich setzte mich in die Einfahrt, und Lula und ich stiegen aus und schauten uns um. Vier Garagen, zwei Stockwerke, eine überdimensionale Haustür aus Mahagoni. Irgendwo im Haus bellte ein Hund, der aber eher wie ein Pinscher klang.

Ich klingelte, und eine Frau öffnete. Schlank, um die vierzig, langes braunes Haar. Sie trug eine Pilates-Hose und ein orangefarbenes, tailliertes T-Shirt.

»Ich suche Jimmy Poletti«, sagte ich.

»Da sind Sie nicht allein«, sagte sie. »Wir alle suchen ihn.«

»Dann ist er also nicht hier?«

»Zuletzt gesehen hab ich ihn am Freitag, beim Frühstück. Ich bin zu meinem Pilates-Kurs gegangen, und als ich wiederkam, war er weg.«

»Haben Sie das der Polizei gemeldet?«

»Nein. Warum sollte ich? Er wurde ja nicht entführt.«

»Woher wollen Sie das wissen?«

»Er hat mir einen Zettel hingelegt, zur Erinnerung, montags und donnerstags den Müll rauszubringen.«

»Das ist alles? Mehr stand nicht auf dem Zettel?«

»Nein.«

»Keine Spuren von Gewalt oder Einbruch?«

»Auch nicht.«

»Hat er irgendetwas mitgenommen?«

»Ein paar Kleidungsstücke und ein Auto, den Mustang.«

»Seitdem haben Sie nichts von ihm gehört?«

»Kein Wort.«

»Sie wirken nicht gerade beunruhigt.«

»Das Haus ist abbezahlt, es läuft auf meinen Namen, und er hat mir den Hund und den Mercedes dagelassen.« Sie sah auf die Uhr. »Ich muss mich beeilen. Ich komme zu spät zu meinem Pilates.«

»War wohl eine Liebesehe«, sagte Lula.

»Ja«, sagte Trudy. »Ich habe sein Geld geliebt, und er liebt nur sich allein.«

Ich gab ihr meine Visitenkarte. »Ich vertrete seine Kautionsagentur. Sollte er sich bei Ihnen melden – ich wäre dankbar, wenn Sie mir Bescheid gäben.«

»Mach ich«, sagte sie und knallte die Tür zu.

Lula und ich stiegen wieder in meinen Ford Explorer.

»Die meldet sich garantiert nicht bei dir«, sagte Lula.

Ich rief Connie an.

»Hast du Polettis Autohäuser überprüft?«, fragte ich sie. »Ist er zur Arbeit erschienen?«

»Eins hat geschlossen. Bei den zwei anderen Niederlassungen habe ich nur die Geschäftsführer erreicht, und die haben ihn seit seiner Verhaftung nicht gesehen. In der Zwischenzeit hatte er wohl telefonischen Kontakt mit ihnen, aber seit seinem Verschwinden auch nicht mehr.«

»Hast du die Adressen seiner Kinder?«

»Die eine ist in North Trenton, die andere in Hamilton Township. Ich schicke Lula die genauen Anschriften per SMS, und die dienstlichen.«

Ich kehrte zurück zur State Street, Richtung North Trenton.

»Ein Sohn wohnt in der Cherry Street«, sagte Lula mit Blick auf die SMS von Connie. »Arbeitet anscheinend in der Knopffabrik.«

Zwanzig Minuten später parkte ich vor Aaron Polettis Hütte, einem schmalen zweistöckigen Reihenhaus, ähnlich dem meiner Eltern in Chambersburg. Handtuchschmaler Vorgarten, mittendrin eine Statue der Jungfrau Maria, an der Fahnenstange der winzigen Veranda die amerikanische Flagge.

»Das ist aber eine schöne Jungfrau«, sagte Lula. »Besonders das hellblaue lange Kleid gefällt mir. Sieht irgendwie himmlisch und friedlich aus. Nur die Macke am Kopf stört. Wahrscheinlich von einem Baseball getroffen.«

Lula und ich gingen zur Haustür. Ich klingelte, und eine junge Frau mit einem kleinen Kind auf dem Arm öffnete.

Ich stellte mich vor und sagte, ich suchte ihren Schwiegervater.

»Keine Ahnung, wo der steckt«, antwortete sie. »Der soll sich hier bloß nicht blicken lassen. Ein furchtbarer Mensch.

Wirklich. Ich hab eine kleine Tochter, und was er getan hat, ist sowas von widerlich.«

»Hat er Kontakt zu Ihrem Mann?«

»Nein! Jedenfalls nicht, dass ich wüsste. Ich kann mir nicht vorstellen, dass Aaron überhaupt noch mit ihm spricht.«

»Arbeitet Aaron in der Knopffabrik?«

»Am Fließband. Sein Vater wollte, dass er in seine Firma einsteigt, aber das hat Aaron abgelehnt. Die beiden haben sich noch nie gut verstanden.«

Ich gab ihr meine Visitenkarte und bat sie, mich anzurufen, falls sie Neues über ihren Schwiegervater erfuhr.

»Das war's dann wohl. Die wird dich nämlich auch nicht anrufen«, sagte Lula, als wir wieder im Auto saßen. »Hier wird sich Jimmy Poletti ganz sicher nicht verstecken.«

Wahrscheinlich hatte sie recht, aber man weiß ja nie.

»Fahren wir jetzt zu Sohn Nummer Zwei?«, fragte Lula.

»Wenn wir schon mal dabei sind.«

Sohn Nummer Zwei hatte eine Wohnung in Hamilton Township. Connies Informationen zufolge war er zweiundzwanzig, Single und arbeitete als Burgerbrater in Fran's Fish House an der Route 31.

Die Apartmentanlage bestand aus drei fantasielosen roten Backsteinklötzen, die um einen asphaltierten Parkplatz herum kauerten. Jeder Klotz hatte zwei Geschosse, eine einfache Tür in der Mitte als Eingang. Kein Garten, kein Beet, nichts. Unterste Mietkategorie.

Ich stellte mich auf den Parkplatz, Lula und ich betraten den mittleren der drei Bunker und stiegen in den ersten Stock. Das Haus war zweckmäßig und das Treppenhaus schwach erleuchtet, vielleicht ganz gut so, denn der Teppichboden war kein schöner Anblick. Wir fanden die Wohnung 2C auf Anhieb und klingelten.

Die Tür wurde aufgerissen, und ein mageres Kerlchen glotzte uns an. Er war knapp einen Meter achtzig groß, hatte blutunterlaufene Augen und einen Strubbelkopf. Er stank nach Marihuana, und seine Arme waren übersät mit Brandnarben, wahrscheinlich von der Arbeit in der Braterei. Er trug rosa Boxershorts mit aufgedruckten roten Herzen.

»Oswald Poletti?«, sagte ich.

»Ja. Seid ihr von den Pfadfinderinnen und verkauft Cookies?«

»Hübsches Höschen«, sagte Lula.

Er sah an sich herab, als fielen ihm die Shorts erst jetzt auf. »Die hat mir irgendeine Frau geschenkt.«

»Die muss Sie wirklich hassen«, sagte Lula.

Ich stellte mich vor und sagte ihm, dass wir seinen Vater suchten.

»Den hab ich lange nicht gesehen«, sagte er. »Wir stehen uns nicht gerade nahe. Er ist noch ein größeres Arschloch als ich. Ich meine, echt jetzt, wer gibt seinem Kind den Namen Oswald?«

»Können Sie mir sagen, wo ich ihn finde?«

»Vielleicht in Mexiko.«

Ich gab ihm meine Visitenkarte und sagte mein Sprüchlein auf, er solle mich anrufen, falls, und so weiter.

»Kein Treffer heute«, sagte Lula unten im Auto. »Der ruft dich nur an, wenn du ihm Cookies mitbringst.«

»Jimmy Polettis Jungs mögen ihren Vater nicht. Seine Frau mag ihn nicht. Wer könnte ihn mögen?«

»Seine Mutter.«

Ich rief Connie an. »Hast du die Adresse von Jimmy Polettis Mutter?«

Zwei Minuten später las ich sie von meinem Handy-Display ab.

»Sie wohnt in Burg«, sagte ich. »Elmer Street.«

»Langsam wird es langweilig. Keiner will mit uns reden. Keiner weiß was. Wenn das so weitergeht, brauch ich was zu essen.«

Ich bog von der Hamilton ab in die Spring Street, nach zwei Straßen in die Elmer, dann noch einen Block weiter und parkte schließlich hinter einem Leichenwagen. Der Wagen stand unmittelbar vor dem Haus der Polettis, und die Haustür war offen.

»Kein gutes Zeichen«, stellte Lula fest. »Schon wieder einer, der uns nichts sagen will oder kann. Es sei denn, es ist Jimmy. Dann wäre – Hurra! – der Fall abgeschlossen.«

Ich stieg aus und betrat das Haus. Mehrere Personen hielten sich in den Räumen auf, unter anderem zwei Männer, anscheinend vom Bestattungsinstitut, ein alter Herr, der sich die Nase mit einem Taschentuch tupfte, ein Mann in den Fünfzigern, der gleichmütiger wirkte, und zwei Frauen. Von den Frauen kannte ich eine, Mary Klotz.

»Was ist passiert?«, fragte ich sie.

»Es war das Herz, sehr wahrscheinlich«, sagte Mary. »Sie war schon lange krank. Ich wohne gegenüber. Ständig war der Notarzt hier. Mindestens einmal die Woche habe ich das Blaulicht gesehen.«

»Die beiden Männer …«

»Ihr Ehemann und ein Verwandter. Ich glaube, ein Neffe oder so.«

»Und ihr Sohn?«

»Der hat sich hier nicht oft blicken lassen. Sie suchen wohl nach ihm, nehme ich an.«

»Er ist nicht zu seinem Gerichtstermin erschienen.« Ich gab ihr meine Visitenkarte. »Wäre nett, Sie melden sich, falls er auftaucht.«

Lula wartete im Auto auf mich. Sie kann keine Toten sehen.

»Und?«, sagte sie.

»Polettis Mutter. Ein natürlicher Tod, wie es aussieht. Sein Vater lebt noch, aber ich habe ihn nicht gesprochen. Ich wollte mich nicht aufdrängen.«

»Hast du sie dir angeguckt?«

»Nein.«

Lula schauderte am ganzen Körper. »Ich kriege es schon mit der Angst zu tun, wenn ich mich nur hier aufhalte. Böse Geister schwirren um das Haus herum. Ich höre sie förmlich heulen.«

»Heulen?«

»Ja. Geister heulen. Sie holen sich die Seelen der Toten. Gehst du denn nie ins Kino? Schon mal einen von den Harry-Potter-Filmen gesehen? Na ja, egal. Allmählich kriege ich Hunger. Ich könnte einen Clucky Burger vertragen, mit extrascharfer Soße und Schinken und Käsepommes.«

Ich brachte Lula zum Autoschalter von Cluck-in-a-Bucket, setzte sie danach am Büro ab und fuhr weiter zu meinen Eltern. Sie wohnen nur ein paar Meter weiter, im Herzen von Chambersburg, kurz Burg, in einem Zweifamilienhaus, Wand an Wand mit einer äußerst netten Witwe, die steinalt ist. Sie lebt extrem genügsam, kommt mit der Rente ihres Mannes gerade so über die Runden. Tagsüber läuft ununterbrochen der Fernseher, und sie backt ständig Kuchen.

Grandma Mazur stand schon an der Tür, als ich vor dem Haus parkte. Meine Oma ist zu meinen Eltern gezogen, als mein Opa sich zur großen Reality-Show im Himmel davonmachte. Vier Wochen nachdem meine Oma eingezogen war, versteckten wir das Gewehr meines Vaters. Wenn sich bei Tisch sein Gesicht manchmal rot verfärbt, seine Fingerknöchel weiß hervortreten, dann weiß ich, dass wir richtig gehandelt haben, das Objekt der Versuchung außer Reichweite zu bringen. Meine Mutter wird auf ihre Weise damit fertig. Sie trinkt. Ich finde meine Oma zum Schreien komisch, aber ich muss ja auch nicht mit ihr zusammenwohnen.

»Gerade rechtzeitig zum Resteessen«, sagte Grandma und stieß die Fliegengittertür auf. »Sandwichs mit Hackbraten.«

Ich folgte ihr in die Küche. Meine Eltern haben keine zentrale Klimaanlage, stattdessen Standventilatoren in allen Räumen, im Wohnzimmer einen Air Conditioner, der schlapp in einem Fenster hängt, und ähnliche Kästen in den zwei Schlafzimmern. Die Küche ist das reinste Inferno. Meine Mutter nimmt diesen Umstand mit stummer Resignation hin, dafür ist ihr Gesicht ständig erhitzt, und gelegentlich tropfen ihr Schweißperlen in die Suppe. Meiner Großmutter scheint die Hitze nichts auszumachen. Seit sie ihre Eierstöcke los sei, funktionierten auch ihre Schweißdrüsen nicht mehr, behauptet sie.

Ich setzte mich an den kleinen Küchentisch und stellte meine Tasche auf dem Boden ab.

»Bist du hinter Jimmy Poletti her?«, fragte Grandma. »Er soll ja auf der Flucht sein.«

»Ich hab mich schon bei seiner Frau und seinen beiden Söhnen erkundigt, aber Papa scheint nicht besonders beliebt zu sein, jedenfalls wissen sie nicht, wo er sich versteckt hält.«

»Kann ich verstehen. Jimmy Poletti ist ein echter Stinkstiefel. Sogar seine eigene Mutter konnte ihn nicht riechen.«

»Ich wollte sie sprechen, aber leider ist sie gestorben.«

»Ja, ich weiß«, sagte Grandma. »Rose Krabchek hat vor einer Stunde angerufen. Mrs Poletti wird in dem Beerdigungsinstitut in der Hamilton Avenue aufgebahrt. Das wird eine schöne Totenfeier. Jetzt, wo ihr Sohn auf der Flucht ist, gehört sie zu den Promis.«

In Burg gibt es kein Kino, deswegen gehen die Leute alle zu den öffentlichen Aufbahrungen in dem Beerdigungsinstitut in der Hamilton Avenue.

»Was wird denn so über Jimmy gemunkelt?«, fragte ich Grandma.

»Verwertbares ist jedenfalls nicht dabei. Früher besaß er noch ein Haus an der Küste, aber das soll mit dem letzten Hurricane weggespült worden sein. Ich hab Fotos gesehen, da ist überhaupt kein Strand. Was ist damit passiert? Gehört ihm jetzt auch ein Teil des Ozeans?«

Meine Mutter stellte Teller auf den Küchentisch und legte Papierservietten daneben. »Wer möchte ein Hackfleischsandwich?«

Ich hob die Hand. »Mit ganz viel Ketchup.«

»Und Chips«, ergänzte Grandma. »Ich möchte eins mit Chips und eingelegter Gurke.«

Meine Mutter ist eine ältere Version von mir, mit kürzeren braunen Haaren und einer rundlicheren Taille. Meine Oma sah früher meiner Mutter sehr ähnlich, doch die Schwerkraft hat ihren Tribut gefordert, und heute hat Grandma eine schlaffe Suppenhuhnhaut und stahlgraues Haar, Ringellöckchen, Minipli. Sie ist in einem Alter, in dem man keine Angst mehr zu haben braucht, und sie hat eine Energie wie ein Kraftwerk.

»Jimmy Poletti war zwar in seiner eigenen Familie nicht populär«, sagte Grandma, »aber als Autoverkäufer eine Kanone. Angenehme Erscheinung, wie aus dem Fernsehen. Wenn ich ein neues Auto brauchte, ich würde es bei ihm kaufen. Er trug immer schöne Anzüge, und man sah, dass er ordentlich was in der Hose hatte.«

»Er hat im Hinterzimmer seines Autohandels junge Mädchen verschachert«, sagte meine Mutter. »Er ist ein abscheulicher Mensch.«

»Ich hab ja nicht behauptet, dass er ein guter Mensch ist«, sagte Grandma. »Nur dass er ein beeindruckendes Gehänge hat. Vielleicht war es nicht echt, kann sein. Vielleicht hat er sich Tennisbälle in seine Calvin Kleins gesteckt oder sie mit Toilettenpapier ausgestopft. Glaubst du, dass Männer sowas machen?«

In meinem Leben gab es zwei Männer, und keiner brauchte sich was in die Unterhose zu stopfen.

Meine Mutter servierte uns die Hackbratensandwichs und setzte sich zu uns an den Tisch. »Seine zweite Frau habe ich hin und wieder in der Kirche getroffen. Manchmal hatte sie Blutergüsse. Schrecklich. Sie hat gebetet und geweint, die arme Frau. Wir waren alle heilfroh, als sie ihn verlassen hat.«

»Ich hab seine dritte Frau kennengelernt«, sagte ich. »Die geht bestimmt nicht in die Kirche, um zu beten und sich auszuheulen.«

»Man kann nie wissen«, sagte meine Mutter. »Ein Mann wie der hat keine Achtung vor dem Leben. Der würde alles tun.«

»Der Hackbraten ist lecker«, sagte meine Oma und biss in ihr Sandwich. »Besonders die Barbecuesoße obendrauf.«

»Die habe ich aus einer Kochshow im Fernsehen«, sagte meine Mutter.

»Und das Fleisch ist richtig saftig.«

Meine Mutter kaute und schluckte den Bissen hinunter. »Das habe ich ja auch vorher in Bourbon eingelegt.«

3

Ich verabschiedete mich von meinen Eltern und fuhr zurück nach Hause. Mit den diversen Spezial-Suchprogrammen auf meinem Computer wollte ich mal das Umfeld von Poletti etwas näher beleuchten. Meine Wohnung liegt am nördlichen Stadtrand von Trenton, sie ist ganz okay, aber auch kein Palast. Zur Straße hin hat das Gebäude einen stattlichen Eingang, der aber nie benutzt wird. Alle parken auf dem großen Platz hinterm Haus. Achtzig Prozent der Bewohner sind Senioren, die ihr Behindertenabzeichen wie einen Orden tragen und den Erfolg eines Tages daran bemessen, wie nah sie am Hintereingang parken.

Meine Wohnung verfügt über ein Schlafzimmer, ein Badezimmer, eine kleine Küche und ein Wohn-/Esszimmer. Die Möblierung ist sparsam, die meisten Stücke sind gebraucht, von Verwandten geschenkt bekommen, die sie irgendwann in den Fünfzigern des vergangenen Jahrhunderts erworben hatten.

Gerade hatte ich »Jimmy Poletti« in die Suchmaschine eingetippt, als es an der Tür klopfte. Ich ging hin, schaute durch den Spion und sah – nichts. Ich machte kehrt, um mich wieder an meinen Computer zu setzen, da klopfte es erneut. Auch der zweite Blick durch den Spion ergab nichts.

»Hier unten«, rief jemand. »Guck hier unten hin, Idiot.«

Die Stimme klang vertraut. Randy Briggs, ein alter Bekannter, nicht gerade mein bester Freund. Mein Alter, dunkelblondes Haar, neunzig Zentimeter groß und ein absoluter Schrat.

Ich machte die Tür auf. »Was ist?«

»Tolle Begrüßung!«, meckerte er und schoss an mir vorbei in die Wohnung. »Und das nur, weil ich klein bin, stimmt's? Du hasst mich, weil ich klein bin.«

»Es ist mir völlig egal, wie groß du bist. Ich mag kleine Dinge. Kleine Hunde, Mini-Narzissen. Aber dich kann ich nicht ausstehen, weil du hinterhältig bist wie eine Schlange. Ein bisschen mehr Freundlichkeit würde dich nicht umbringen.«

Er sah zu mir auf. »Warum sagst du das? Hast du was läuten gehört?«

»Wie meinst du das?«

»Von wegen umbringen. Will mich jemand umbringen?«

»Soweit ich weiß würde jeder, der dich kennenlernt, dich irgendwann am liebsten umbringen.«

»Ich meine es ernst. Hast du was von einem Auftragskiller gehört?«

»Der auf dich angesetzt ist?«

»Ja. Ich stecke ganz schön in der Scheiße.« Er ging in die Küche und sah sich um. »Hast du was zu trinken da? Ich könnte was vertragen. Wodka mit Eis wäre nicht schlecht.«

»Sowas hab ich nicht im Haus.«

»Wein? Einen süffigen Pinot Noir?«

»Höchstens ein Bier.«

»Das nehme ich.«

Ich öffnete das Bier und reichte es ihm. Er trank es in einem Zug, wischte sich den Mund mit dem Handrücken ab und gab mir die leere Flasche zurück.

»Du willst bestimmt mehr über den Auftragskiller wissen«, sagte er.

»Nein.«

»Warum nicht?«

»Ganz einfach: Es geht mich nichts an.«

»Kann ja sein, aber wir sind doch Freunde.«

»Ich wüsste nicht.«

»Mann, ganz schön hart! Nach allem, was wir zusammen durchgemacht haben.« Er holte die Reisetasche, die er im Flur abgestellt hatte.

»Was ist da drin?«, fragte ich.

»Meine Sachen. Ich brauche eine Bleibe.«

»Aber nicht hier!«

»Warum nicht?«

»Ich mag dich nicht.«

»Ja, gut, aber meine Wohnung wurde in die Luft gesprengt. Ich muss bei jemandem unterkommen, der eine Pistole hat.«

»Nein, nein, nein, nein!«

»Ich mach auch keinen Ärger. Sieh mich an. Ich bin klein. Du kriegst überhaupt nicht mit, dass ich da bin.«

»Das weiß ich auch so, ich spüre nämlich einen scharfen brennenden Schmerz hinter meinem Augapfel.«

Ich schnappte mir die Reisetasche und lief zur Tür. Er bekam mein Bein zu fassen, und einen Meter vor der Tür fiel ich lang hin und schlug mir ein Knie auf.

Ich versuchte, Randy abzuschütteln. »Lass los!«

»Erst wenn du sagst, dass ich bleiben kann.«

»Niemals.«

»Bitte, bitte, bitte! Ich bin auch ganz lieb. Du musst mir helfen. Ich will nicht sterben. Jimmy Poletti will mich töten.«

»Jimmy Poletti?«

»Genau der. Im Fernsehen sieht er immer so nett aus, aber in Wirklichkeit ist er ein Scheißkerl.«

»Warum will er dich töten?«

»Ich hab seine Buchhaltung gemacht. Ich kenne alle seine Geheimnisse. Die Geldwaschanlagen, die Offshore-Konten, wie viel Schmiergeld er gezahlt hat.«

»Offenbar hat er dich angestellt, weil er wusste, dass du ein Schleimbeutel bist. Und warum bist du plötzlich eine Bedrohung für ihn?«

»Bei seiner Verhaftung haben die Bullen alles durchwühlt. Es ist uns gelungen, die Unterlagen loszuwerden, nur ich steh jetzt im Regen.«

»Hat er Angst, du könntest ihn verpetzen?«

»Ja.«

»Und? Würdest du ihn verpetzen?«

»Klar.«

»Warst du schon bei der Polizei?«

»Nein. Ich stecke ja mit drin. Ich hab die Bücher frisiert. Zuerst dachte ich, entweder nehme ich mir das Leben, oder ich handle was mit dem Richter aus, aber dann bist du mir eingefallen. Wenn du Poletti auslieferst, kriegt er hundert Jahre Knast und kann mich nicht mehr umbringen. Und ich brauche nicht mit der Polizei zu reden.«

»Okay. Das nehme ich dir ab. Aber warum willst du unbedingt hier bei mir bleiben?«

»Niemand sonst würde mich in seine Wohnung lassen.«

»Das nehme ich dir auch ab.«

»Du musst mir helfen«, sagte Briggs. »Ohne dich bin ich ein toter Mann. Alles, was von meiner Wohnung übriggeblieben ist, steckt in dieser Tasche. Zum Glück war ich gerade in der Waschküche, unten im Keller, als die Brandbombe durchs Wohnzimmerfenster flog. Der Kerl ist verrückt!«

Jimmy Poletti war hinter Randy Briggs her. Und Randy Briggs war bei mir. Vielleicht konnte ich ja Randy als Köder benutzen, um an Jimmy ranzukommen.

»Was ist?«, sagte Briggs. »Diesen grauenvollen Blick hast du nur, wenn du was ausheckst.«

»Ich könnte mich dazu durchringen, dir Asyl zu geben, vorausgesetzt, du hilfst mir bei der Suche nach Poletti.«

»Ich tue alles.« Er ließ mein Bein los. »Was willst du wissen?«

Ich gab ihm die Reisetasche und stand auf. »Hast du eine Ahnung, wo er sich versteckt hält?«

»Nicht genau«, sagte Briggs. »Aber ich weiß, welche Immobilien er besitzt, und ich kenne ein paar von seinen Mafiafreunden.«

»Würden die ihm Unterschlupf gewähren?«

»Wenn sie meinen, sie könnten auf diese Weise an sein Geld rankommen, vielleicht schon. Jimmy Poletti hat *haufenweise* Geld gehortet.«

»Weißt du, wo sein Geldlager ist?«

»Ich? Nein.«

»Doch! Weißt du wohl. Deswegen will er dich ja umbringen.«

»Ich hab nicht gerade Zugang zu dem Geld. Aber vielleicht weiß ich, wo er es aufbewahrt.«

Ach du Scheiße. »Sonst noch was?«

»Das ist alles. Ich schwöre.«

Ich breitete einen Stadtplan von Trenton auf meinem Esstisch aus. »Wo sind seine Immobilien?«

»Da sind zum einen die drei Verkaufsvertretungen«, sagte Briggs. »Die sind dir bekannt. Dann gibt es noch das Parkhaus, wo sich sein Lager befindet. Das ist in der Nähe der Regierungsgebäude, State Street, Ecke Norton. Es ist zum Teil vermietet, aber soweit ich weiß gibt es da drin keine Büros. Ein reines Parkhaus. Dann besitzt er ein Wohnhaus in West Trenton. Du warst bestimmt schon da und hast Bekanntschaft mit Polettis Seelenfreundin gemacht.« Briggs erschauderte unwillkürlich. »Die Frau macht mir eine Heidenangst. Früher hatten sie eine Villa am Meer, aber die wurde weggeschwemmt. Ihm gehört eine Abrissbude in der Stark Street, das als Wohnheim dient. Und er besitzt noch ein paar Häuser in North Trenton, die er allerdings vermietet hat.«

Mit meinem roten Sharpie markierte er die Stellen auf der Karte, wo sich Polettis Immobilien befanden.

»Und was ist mit seinen Freunden?«, fragte ich.

»Genau genommen hat er keine Freunde, nur *Partner*. Sie kennen sich alle von einer Pokerrunde, hingen immer im Hinterzimmer des Autohauses an der Route 41 rum. Das war wie ein Freizeitverein. Bernie Scootch, Ron Siglowski, Buster Poletti, ein Cousin, Silvio Pepper und Tommy Ritt. Zwei von ihnen sollen verschwunden sein, hab ich gehört. Bernie Scootch und Tommy Ritt. Entweder sind sie bei Jimmy, oder sie sind tot.«

»Macht Jimmy gerade reinen Tisch?«

Briggs zuckte die Achselm. »Gestern hat er versucht, mich mit seinem Auto zu überfahren, als ich die Straße überquerte. Er hatte es eindeutig auf mich abgesehen, aber ich konnte rechtzeitig ausweichen. Er hat auf mich angelegt und mich verfehlt. Und jetzt, heute Morgen, hat jemand eine Brandbombe in meine Wohnung geworfen.«

»Weißt du genau, dass es Jimmy war?«

»Gestern im Auto, das war Jimmy, ganz klar. Ich hab ihn erkannt. Wer die Bombe heute Morgen durchs Fenster geworfen hat, weiß ich nicht so genau, ich weiß nur, dass Jimmy auch über Raketenwerfer und Flammenwerfer verfügt. Er kennt da so einen Ort im Waldgebiet der Pine Barrens, wo er Schießübungen mit seinen Leuten veranstaltet, auch Zeug in die Luft sprengt und so. Ich weiß aber nicht, wo das ist.«

»Was für ein Auto hat er gestern gefahren?«

»Den Mustang. Ich hab mal drin gesessen. Ziemlich aufgemotzt. Alles schwarz und silber. Hübsche Karre.«

»Wo soll ich mit dem Suchen anfangen?«

»Wenn er sich wirklich nur verstecken will, würde ich sagen, fang in den Pine Barrens an. Er wird dort bleiben, bis er außer Landes kann. Aber weil er mich ja anscheinend umbringen will, würde ich doch eher in unmittelbarer Umgebung suchen. Da käme die Abbruchhütte in der Stark Street in Frage. Oder das Parkhaus. Halt Ausschau nach Wohnmobilen mit eingeschalteter Klimaanlage.«

Ich faltete den Stadtplan zusammen und steckte ihn in meine Umhängetasche. »Los, gehen wir.«

»Echt, du willst mich mitnehmen? Ich bin doch eine wandelnde Zielscheibe.«

Recht hatte er. Und aus keinem anderen Grund gab ich mich überhaupt mit ihm ab. Trotzdem wollte ich ihn nicht hängen lassen, es sei denn, ich hätte absolut keine andere

Wahl. Warum sollte ich mich der Gefahr aussetzen, von einer verirrten Kugel getroffen zu werden? Andererseits war mir bei dem Gedanken, ihn allein in der Wohnung zurückzulassen, auch nicht sonderlich wohl.

»Du kannst im Büro bleiben, während ich nach Poletti suche. Ich bringe dich hin und hole Lula ab.«

»Nein«, sagte Connie. »Kommt nicht in Frage. Auf gar keinen Fall. Du kannst ihn nicht hierlassen.«

»Mitnehmen kann ich ihn auch nicht«, sagte ich. »Poletti und seine Leute werden auf uns schießen.«

»Warum überlässt du ihm nicht deine Wohnung?«

»Weil er sich da Bezahlpornos im Fernsehen ansieht und in meiner Schublade mit Unterwäsche wühlt.«

Wir sahen zu Briggs.

»Er kommt ja nicht mal an die Schublade ran!«

»Ich kann mich auf einen Stuhl stellen«, sagte Briggs.

»Wir könnten mit meinem Firebird fahren und ihn in den Kofferraum sperren«, schlug Lula vor.

»Wir könnten dich auch pfundweise als Schweinebraten versteigern«, konterte Briggs.

Lula fuhr mit der Hand in ihre Tasche und kramte darin herum. »Irgendwo muss doch meine Pistole sein.«

»Da darfst ihn nicht erschießen«, sagte ich.

»Warum nicht?«

»Ich brauche ihn, um an Poletti ranzukommen. Aber du weißt auch so, dass man nicht einfach wild auf Leute schießt.«

»Ja, schon, aber er hat mich beleidigt.«

»Du hast mich zuerst beleidigt«, sagte Briggs. »Würdest du dich vielleicht gerne in einen Kofferraum sperren lassen?«

»Es käme erst gar keiner auf die Idee, mich in einen Kofferraum zu sperren, weil, ich bin eben umgänglich«, sagte Lula.

»Für ein Nashorn vielleicht«, sagte Briggs.

Ich stellte mich vor Briggs, damit Lula sich nicht vom anderen Ende des Raums auf ihn stürzte. »Ich hab keine Zeit für diesen Kinderkram. Ich muss Poletti finden. Wir nehmen Randy mit uns, aber wir verkleiden ihn, setzen ihm eine Mütze auf oder so, und er kauert sich auf den Rücksitz.«

Zehn Minuten später saß Randy auf der Rückbank meines Explorers. Er trug eine platinblonde Perücke und eine dicke schwarze Hornbrille. Er sah aus wie Andy Warhol, besser gesagt, wie Andy Warhol als Gartenzwerg.

Lula auf dem Beifahrersitz sah aus wie eine Nutte in voller Straßenstrichmontur. Aber komisch, bei ihr hatte es Stil. Wenn ich mit Lula zusammen bin, habe ich immer das Gefühl, sie ist der Schokokuchen, und ich bin eher sowas Profanes wie ein Brötchen.

4

Ich düste die State Street entlang bis zum Parkhaus und blieb vor der Einfahrt stehen. Auf dem ersten Deck wuselte jede Menge Polizei. Ich beugte mich aus dem Fenster, zog einen Parkschein aus dem Automaten und rollte auf das ebenerdige Deck.

»Ihr bleibt hier«, sagte ich zu Lula und Briggs. »Ich erkunde die Lage und melde mich wieder.«

Über eine Treppe gelangte ich in den ersten Stock, wo auf der Rückseite des Parkhauses bereits Polizeiwagen standen und gelbes Absperrband gespannt war. Innerhalb des abgesperrten Bereichs entdeckte ich Joe Morelli. Er arbeitet bei der Polizei in dem Dezernat, das sich mit Straftaten gegen Personen befasst, und hat hauptsächlich mit Mordfällen zu tun – wahrscheinlich hatten sie auf dem Betonfußboden also einen Toten gefunden.

Zufällig ist Morelli auch mein Freund. Eins achtzig groß, schlank und muskulös, gewelltes schwarzes Haar. Seine braunen Augen können mal sanft und sexy, mal knallhart abschätzig blicken. Er besitzt einen Hund und einen Toaster, und seine Oma ist noch verrückter als meine. Heute trug er ein blaues Oberhemd, die Ärmel hochgekrempelt, Jeans und Laufschuhe. Im Hosengürtel steckte seine Glock, und die

Fäuste hatte er in die Seiten gestemmt, während er auf den Mann vor ihm herabblickte.

Ich bückte mich unter das Absperrband hindurch und stellte mich neben ihn. Der Mann auf dem Boden lag bäuchlings in einer trockenen Blutlache. Am Hinterkopf klaffte ein kartoffelgroßes Loch.

»Du liebe Scheiße«, sagte ich. »Hat man den mit einer Kanone niedergestreckt?«

»Das ist die Austrittswunde«, sagte Morelli. »Der Täter muss die Leiche umgedreht haben. Das halbe Gehirn ist auf den silbernen Honda da drüben gespritzt.«

Brechreiz überkam mich, und kalter Schweiß brach mir aus.

»Du bist ja auf einmal so blass«, sagte Morelli. »Jetzt bitte nicht die Girlie-Masche abziehen und ohnmächtig werden.«

»Wie bitte? Girlie-Masche?«

Morelli grinste. »Ach, mein Pilzköpfchen. Du bist ja so zartbesaitet.«

Ich blähte fauchend die Wangen auf und gab mir Mühe, meinen Magen zu beruhigen. Na und, dann bin ich eben empfindlich. Lieber ein zartbesaitetes Pilzköpfchen als ein trockenes Brötchen.

»Wer ist der Mann?«, fragte ich Morelli.

»Tommy Ritt.«

»Ach du Scheiße. Einer von Polettis Kumpeln.«

»Und du bist hinter Poletti her.«

»Ja. Deswegen bin ich hier. Diese Immobilie gehört Poletti. Ich hatte gehofft, dass er sich hier in einem Wohnmobil versteckt hält.«

»Wohnmobile hab ich hier keine gesehen, sorry.« Er sah

mich eindringlich an. »Mike Kelly hat dich gestern Abend mit Ranger zusammen gesehen.«

»Das war rein beruflich.«

Morelli fixierte mich ungerührt mit seinem Bullenblick, wie ich ihn immer nenne. Kalt und unbeirrt. Ein gefühlloses Starren, mit dem er normalerweise Killern im Verhörraum Geständnisse entlockt.

»Funktioniert bei mir nicht«, sagte ich ihm. »Ich hab nichts zu verbergen.«

Das provozierte ein erneutes Grinsen. »Du kennst aber auch all meine Tricks.«

Ich sah ihn neugierig an, und sein Grinsen wurde breiter.

»Heute Morgen stand Randy Briggs vor meiner Tür«, sagte ich. »Er behauptet, Poletti habe versucht, ihn mit seinem Mustang zu überfahren, und habe auf ihn geschossen. Und dann habe noch jemand eine Brandbombe in seine Wohnung geworfen.«

»Davon hab ich gehört. Ich wusste nicht, dass es Briggs' Wohnung war. Was hat er mit Poletti zu tun?«

»Er war sein Buchhalter.«

»Oh. Nicht gerade die gesündeste Berufswahl. Und Briggs war bei dir, um dir zu sagen, dass er auf dem Weg nach Argentinien ist?«

»Sowas in der Richtung, ja. Du weißt nicht zufällig, wo sich Poletti aufhält, oder?«

»Noch nicht«, sagte Morelli. »Aber ich sag dir Bescheid, falls wir was erfahren. Wir suchen auch nach ihm. Er ist in diesem Delikt von besonderem Interesse für die Polizei.«

»Er fährt einen aufgemotzten schwarzsilbernen Mustang, und wahrscheinlich führt er einen Raketenwerfer mit sich.«

Morelli und ich verließen den abgesperrten Tatort, und er begleitete mich zur Treppe. »Bob hat Sehnsucht nach dir«, sagte er.

Bob ist Morellis sandfarbener, schlappohriger, zauseliger Hund.

»Ich hab auch Sehnsucht nach ihm.«

Morelli zerrte mich hinter einen Van und schlang seine Arme um mich. »Und? Hast du auch Sehnsucht nach mir?«

»Ein bisschen. Vielleicht.«

»Heute Abend spielen die Yankees gegen Boston. Willst du nicht vorbeikommen, dir das Spiel angucken und bei mir übernachten?«

»Geht nicht.«

»Na gut. Ich spendiere noch eine Pizza obendrein.«

»Sehr verlockend. Trotzdem nein.«

»Arbeit?«

»Wenn es so einfach wäre. Briggs wohnt derzeit bei mir.«

»Ich denke, du hasst Briggs.«

Ich stöhnte laut auf. »Ich hasse ihn nicht. Ich finde ihn nur wahnsinnig anstrengend. Poletti hat seine Wohnung in die Luft gesprengt. Er braucht eine Bleibe.«

Morellis Polizeigehirn zählte zwei und zwei zusammen. »Du benutzt Briggs als Köder, um an Poletti ranzukommen.«

»Ich betrachte meine Großzügigkeit lieber als eine gute Tat.«

»Und warum hält dich deine gute Tat davon ab, die Nacht mit mir zu verbringen?«

»Ich traue Briggs nicht, so ganz allein in meiner Wohnung. Er würde die Milch direkt aus dem Milchkarton trinken, und er würde in meinem Bett schlafen.«

»Ich könnte ihn wegen irgendwas verhaften, oder sag Ranger, er soll auf ihn schießen. Keine tödliche Verletzung natürlich. Nur eine Fleischwunde, die würde ihn für ein, zwei Tage ins Krankenhaus bringen.«

»Mann, du musst ja wirklich große Sehnsucht nach mir haben.«

»Es ist Bob«, sagte Morelli. »Bob sehnt sich tierisch nach dir.«

Morelli glitt mit der Hand unter mein Shirt, küsste mich mit viel Zungenakrobatik, und mir wurde ganz heiß untenrum. Ein Kollege auf der anderen Seite des Parkhauses rief nach Morelli, und Morelli löste sich von mir.

»Überleg es dir«, sagte er, trat zurück und wandte sich wieder dem Tatort zu. »Ranger würde die Chance, auf jemanden zu schießen, sicher gerne wahrnehmen.«

Ich stieg die Treppe zum Erdgeschoss hinunter und ging zurück zu meinem Wagen.

»Was ist da oben los?«, fragte Lula.

Ich ließ den Motor an und fuhr aus dem Parkhaus. »Tommy Ritt liegt mit dem Gesicht nach unten auf dem Betonboden, im Kopf ein riesiges Loch.«

»Schlimm?«, fragte Briggs.

»Und auch der König mit seinem Heer rettet Tommy nicht mehr«, zitierte ich frei.

»Das war Poletti«, sagte Briggs. »Der Kerl hat ein Rad ab.«

»Wohin fahren wir jetzt?«, sagte Lula. »Ich hab keinen Bock mehr, die ganze Zeit im Auto zu hocken. Dazu den Kobold hinter mir. Er sieht gruselig aus mit seiner Perücke.«

»Ich kann sie ja abnehmen«, sagte Briggs, »aber dann würde Poletti dir sein MG in den Hintern schieben.«

Lula funkelte ihn an. »Soll das eine Anspielung auf meinen früheren Beruf sein? Ich war nämlich keine Nutte für Sonderwünsche. Das haben andere gemacht.«

»Mannomann«, sagte Briggs.

Ich fuhr die State Street durch bis zur Kreuzung Stark Street und zählte von da die Häuserblocks ab. Der obere Abschnitt der Stark Street war nicht ganz so heruntergekommen, hier gab es legale Bars, ein Haus mit Mietwohnungen und alteingesessene Familienbetriebe. Je weiter man kam, desto schlimmer wurde es, bis die Straße schließlich zum Ende hin an ein zerbombtes Kriegsgebiet erinnerte, wo nur noch Ratten und zwielichtige Gestalten hausten.

Polettis Wohnheim befand sich im vierten Häuserblock der Stark Street, nicht im schlimmsten, aber auch nicht im besten Abschnitt. Die Gebäude waren besprüht mit Gang-Graffiti, und auf den Eingangsstufen hockten Junkies mit leeren Gesichtern. Ich parkte gegenüber, und wir besahen uns das Haus. Drei Geschosse, dreckiger roter Backstein, fehlende Eingangstür. Ein Fensterglas im zweiten Stock war schwarz übermalt, zwei Fenster im ersten waren gesprungen. Rußige Stellen um ein Fenster im zweiten Stock herum legten den Verdacht nahe, dass es hier gebrannt hatte. Aus dem offenen Eingang lief eine Ratte und huschte über den Gehsteig.

»Wir sollten uns das mal aus der Nähe ansehen«, sagte ich. »Aber einer muss beim Auto bleiben, damit es nicht gestohlen wird.«

Wir blieben sitzen wie die Ölgötzen. Schwer zu sagen, was gefährlicher war: beim Auto zu bleiben oder ins Haus zu gehen.

»Na gut, ich gehe rein«, sagte ich. »Und ich nehme Briggs mit.«

»Arg«, sagte Lula. »Und warum hab jetzt ich die Arschkarte und soll alleine hierbleiben?«

»Weil du eine Knarre hast.«

Lula sah Briggs an. »Hat er keine Waffe?«

»Die war in meiner Wohnung, als sie in die Luft flog«, sagte Briggs.

Ich stieg aus, und Briggs sprang nach mir von der Rückbank. Wir überquerten die Straße und betraten den Hausflur von Polettis Mietshaus.

»Ich wusste ja, dass es ein Slum ist, aber so schlimm hab ich es mir nicht vorgestellt«, sagte Briggs. »Stinkt wie ein totes Warzenschwein hier.«

Im Erdgeschoss gab es zwei Türen. Auf der einen stand »Hausmeister«. Ich klopfte, und eine kleine Hispanoamerikanerin zwischen fünfzig und neunzig öffnete.

»Was ist?«, sagte sie.

»Ich suche Jimmy Poletti.«

»Kenn ich nicht.«

»Ihm gehört dieses Haus.«

»Wie schön für ihn. Richten Sie ihm aus, meine Toilette ist kaputt.«

Sie wollte schon die Tür wieder zumachen, doch ich steckte schnell meine Tasche in den Spalt.

»Ich halte mich legal hier auf«, sagte sie. »Wollen Sie meinen Führerschein sehen?«

»Sind Sie die Hausmeisterin?«

»Was soll ich sein?«

»An der Tür steht ›Hausmeister‹.«

»Hier gibt es keinen Hausmeister. Das Schild stimmt nicht.« Rumms! Tür zu.

Ich drehte mich um und klopfte an die Tür gegenüber. Ein Rascheln und Schlurfen drang aus der Wohnung, schließlich machte uns eine ausgemergelte Frau mit weit aufgerissenen Augen die Tür auf. »Hier gibt's keine Schmetterlinge«, sagte sie. »Falscher Alarm.«

»Ich will gar keine Schmetterlinge«, sagte ich. »Ich suche Jimmy Poletti.«

»Poletti Confetti«, sagte sie. »Poletti Confetti.« Sie erspähte Briggs, der hinter mir stand, und beugte sich vor, um ihn genauer zu betrachten. »Liebes Hündchen«, sagte sie und tätschelte ihm den Kopf.

Briggs knurrte sie an. Sie schoss zurück in die Wohnung und knallte die Tür zu.

Im nächsten Stockwerk gab es vier Türen, zwei standen offen, die Wohnungen dahinter waren total vermüllt. Auf dem Boden dreckige, klumpige Matratzen, überall Abfall, gebrauchte Spritzen und andere Drogenutensilien, in einer Ecke ein Haufen toter Riesenkakerlaken, wahrscheinlich an einer Überdosis verreckt. In einem der Zimmer hatte jemand ein Lagerfeuerchen gemacht.

»Die haben sich hier Hotdogs und Marshmallows gebraten«, sagte Briggs.

Ich klopfte an eine der geschlossenen Türen, und Sekunden später riss die Ladung aus einer Schrotflinte die obere Hälfte der Tür aus den Angeln.

»Verdammte Scheiße!«, sagte Briggs und warf sich auf den Boden.

Die Tür ging auf, und ein tätowierter Mann sah heraus.

Sein Alter war schwer zu schätzen, irgendwas zwischen zwanzig und dreißig. Ich drückte mich vor Schreck an die Wand, mir schlug das Herz bis zum Hals.

»Hat Jiggy Sie geschickt?«, fragte er.

Ich schüttelte den Kopf.

»Scheiße«, sagte er. »Scheiß Jiggy.«

Ich rückte zentimeterweise vor bis zur Treppe. »Ich hab mich in der Tür geirrt.«

Briggs kam wieder auf die Beine und brachte seine Perücke in Ordnung. »Sie hätten uns töten können, Sie Arschloch«, sagte er zu dem Tätowierten.

»Ich hätte Ihnen einen Gefallen damit getan«, sagte der Mann. »Das ist die grottigste Perücke, die ich je gesehen habe.«

»Ist nur zur Tarnung«, erklärte Briggs. »Kennen Sie Jimmy Poletti?«

»Wie soll der aussehen?«

»Wie ein dicker Autoverkäufer und Miethai«, sagte Briggs.

Der Mann schüttelte den Kopf. »Wüsste nicht, dass ich den kenne.«

»Wer wohnt neben Ihnen?«, fragte ich.

»Ungefähr vierzig Guatemalteken«, sagte der Mann. »Machen die ganze Nacht Krach. Fast so schlimm wie die scheiß Köter.«

»Gibt es hier ein Hunde-Problem?«, fragte Briggs.

»Wilde Chihuahuas. Ein ganzes Rudel. Die fressen Sie bei lebendigem Leib.«

Ich stapfte die Treppe hoch, Briggs ein paar Stufen hinter mir. Hier gab es vier Wohnungen, davon drei verkohlt, verwüstet, der Türrahmen mit Brettern vernagelt, bei der vierten war die Tür angelehnt. Ich trat ein und sah mich um. Ein

Zimmer mit Bad. Ein Mini-Kühlschrank, nicht angeschlossen, die Tür geöffnet. Eine Doppelmatratze, aufgeschlitzt und in Fetzen. Ein einzelner Turnschuh, Größe sechsundvierzig, zerkaut. Es war der Raum mit dem geschwärzten Fensterglas.

»Hier haben wohl die Chihuahuas gewütet«, sagte Briggs.

Wir stiegen die Treppe hinunter zur Straße, und uns blieb die Spucke weg. Mein Explorer war aufgebockt auf Betonziegel, alle vier Reifen und einige Armaturen abmontiert. Keine Menschenseele weit und breit. Nur das ausgeschlachtete Auto an der Bordsteinkante.

Drinnen saß Lula, zusammengesackt hinterm Steuer, den Kopf zurückgelehnt, die Augen geschlossen, den Mund sperrangelweit offen. Blut konnte ich keins erkennen. Lula rührte sich nicht. Ich riss die Fahrertür auf, und Lula schnaubte und schlug die Augen auf.

»Alles in Ordnung?«, fragte ich.

»Ja. Die reinste Geisterstadt hier. Nichts los.« Sie sah geradeaus, durch die Frontscheibe, und bemerkte erst jetzt, dass die Motorhaube offen stand. »Was ist denn mit der passiert?«

»Jemand hat das Auto ausgeschlachtet, während du geschlafen hast«, sagte Briggs. »Wie kann man nur so blöd sein?«

Lula stieg aus und begutachtete, was von meinem Explorer übriggeblieben war. »Ist das gemein! Da schließt man für zwei Sekündchen seine müden Äuglein, und dann schleicht sich so ein Ganove heran. Solche Leute haben einfach keinen Respekt. Sogar die Reifen sind geklaut. Was soll der Scheiß? Ich meine, die haben mich doch gesehen in dem Auto und wussten, dass ich die Reifen noch brauche, um nach Hause zu fahren. Wie soll ich ohne Reifen nach Hause kommen?«

Briggs stellte sich auf Zehenspitzen und schaute unter die Motorhaube. »Die haben es nicht bei den Reifen belassen.«

Ich rief Connie an und bat sie, uns zu erlösen.

»Unmöglich«, sagte sie. »Vinnie ist im Moment nicht da, und ich möchte das Büro nicht verlassen.«

Joe konnte ich schlecht fragen, er hatte Dienst. Meinen Vater wollte ich nicht behelligen, weil meine Mutter einen Anfall kriegen würde, wenn sie erfuhr, dass ich mich in der Stark Street aufhielt. Blieb nur noch Ranger. Er arbeitete auch gerade, war aber flexibel. Und wenn er mich nicht selbst retten konnte, würde er einen seiner Männer vorbeischicken.

»Babe«, sagte er, als ich ihn anrief.

»Jemand hat mir die Autoreifen gestohlen.«

»Dein Auto ist in der Stark Street, vierter Häuserblock.«

Ranger hat die nervige, manchmal allerdings lebensrettende Angewohnheit, mein Handy zu hacken oder einen Peilsender in meinem Auto zu installieren. Er weiß immer, wo ich bin, vierundzwanzig Stunden, sieben Tage die Woche.

»Das weiß ich auch, ich stehe ja davor, aber die Autoreifen sind anscheinend woanders.«

Kurzes Schweigen am anderen Ende, und ich spürte, dass Ranger lachte. Ranger findet mich witzig.

»Ich bin hier mit Lula und Randy Briggs«, sagte ich. »Kannst du mich zu meinen Eltern bringen? Ich will mir Big Blue ausleihen.«

»Ich bin gerade mit was anderem beschäftigt, aber ich schicke dir Hal. Er ist bei euch in der Nähe.«

»Ist Gardi wieder in Miami?«

»Er nimmt den Neun-Uhr-Flug heute Abend.«

5

Big Blue ist ein taubenblau-weißer Buick Roadmaster, Baujahr '53, nachgerüstet mit Sicherheitsgurten und hydraulischen Bremsen. Er ist schwerfällig, und er verbraucht sagenhafte acht Liter auf zehn Kilometer. Das ist kontraproduktiv für mein Selbstwertgefühl, da ich nach Höherem strebe, in die Porsche-Klasse. Meine Finanzen sehen mich dagegen in der Schrottkarren-Klasse. Mein Großonkel Sandor hat den Buick einst meiner Grandma Mazur vererbt, heute fristet er in der Garage meiner Eltern ein trauriges Dasein und hofft auf automobile Notfälle. Die habe ich leider regelmäßig.

Rangers Mitarbeiter holte uns in der Stark Street ab, schraubte die Nummernschilder von meinem Explorer und brachte uns nach Chambersburg. Ich ließ mir von meiner Oma die Autoschlüssel aushändigen und befreite den Buick aus seinem Garagengefängnis. Lula und Briggs stiegen ein, und wir fuhren nach North Trenton, um Polettis Mietobjekte auszukundschaften.

»Das weiße Haus auf der rechten Seite«, sagte Briggs. »Ich kann mir Poletti schlecht in einer Mietwohnung vorstellen. Das Objekt wird von einer Wohnungsbauverwaltung vermietet. Reines Investmentgeschäft. Wahrscheinlich weiß er nicht mal, dass es ihm gehört.«

»Nichts unversucht lassen«, sagte ich. »Wir fahren langsam dran vorbei und unternehmen nichts, es sei denn, der Mustang steht vor der Tür, oder es gibt andere Anzeichen, dass Poletti hier irgendwo steckt.«

Eine Stunde später setzte ich Lula vor dem Büro ab und fuhr zurück zu meiner Wohnung.

Briggs kam hinter mir her und nahm die Perücke ab. »Ich hab Hunger. Was gibt es zum Abendessen?«

»Ich mache mir ein Erdnussbutter-Sandwich.«

»Das ist doch kein richtiges Abendessen. Das ist ein Pausenbrot für Siebenjährige.«

»An was hast du so gedacht?«

»Steak.«

»Dann kauf dir eins.«

»Mein Geld und meine Kreditkarte sind verbrannt.«

»Dann wird es wohl nichts mit dem Steak.«

Briggs sah in meinen Kühlschrank. »Der ist ja leer.«

»Bist du blind? Es sind noch Oliven da. Die tue ich immer auf mein Erdnussbuttersandwich.«

»Ist ja ekelhaft.«

Ich holte eine Packung Froot Loops aus dem Regal über der Ablage. »Wie wärs mit Müsli?«

»Ohne Milch?«

»Na und?«

»Müsli isst man mit Milch.«

»Das sind Froot Loops. Direkt aus dem Karton schmecken sie am besten. Sie sind bunt, sie kleben nicht an den Fingern, und auf der Packung steht, sie wären reich an Vitaminen und Mineralstoffen.«

»Vielleicht überlege ich es mir lieber noch mal mit einem

Quartier bei dir. Im Gefängnis bekommt man besseres Essen.«

Ich machte mir ein Erdnussbutter-Oliven-Sandwich und aß es mit Genuss.

»Wie wollen wir jetzt weiter vorgehen?«, fragte ich Briggs.

»Wir könnten Polettis Kumpels aus der Pokerrunde überprüfen. Einer ist tot, zwei werden vermisst, aber Buster soll noch im Lande sein, wie ich gehört habe.«

»Ist das der Cousin?«

»Ja. Er stand sich gut mit Jimmy. Ihm hat Jimmy zugetraut, die arbeitsrechtlichen Probleme zu lösen, die seine Leute in Mexiko hatten.«

»Meinst du beim Verkauf der Autos?«

Briggs schaufelte sich eine Handvoll Froot Loops in den Mund. »Keine Ahnung. Ich hab nie Fragen gestellt. Hab einfach nur Busters Reisekosten eingegeben. Hotels, Flugtickets und solches Zeug. Zweimal die Woche bin ich zu dem Autohaus in der Broad Street gegangen und hab die Bücher frisiert. Halb so wild, dachte ich. Alle hassen das Finanzamt.«

»Weißt du, wo Buster wohnt?«

»In Trenton. Wo genau, weiß ich nicht. Seine Frau hat ihn rausgeworfen. Er hat sich eine Wohnung genommen, über einer Pizzabude. Ich glaube, er ist der Hauseigentümer.«

Ich ging zu meinem Computer und gab Buster in das Suchprogramm ein.

»Er wohnt in der Stark Street, dritter Häuserblock«, sagte ich. »Arbeit hat er anscheinend gerade nicht.«

»Es gab irgendeine Abmachung mit Jimmy. Buster hat Schwarzgeld erhalten. Und dann gibt es da noch die Beteiligungsgesellschaft Bust Inc, ich glaube, die gehört ihm.«

Ich verfütterte den letzten Sandwichhappen an Rex und schnappte mir meine Tasche. »Na dann, gucken wir uns diesen Buster doch mal an.«

»Toll. Aber ohne Perücke. Die juckt. Und ist echt eine blöde Tarnung. Ich bin einen Meter groß, mit Einlegesohlen. Das merken die Leute.«

»Wenn die Leute, die es merken, auf dich schießen, halt dich wenigstens von mir fern. Wäre nur fair.«

Ich fuhr die drei Häuserblocks ab und hielt vor der Pizzabude an. Einige Typen lungerten am Eingang, rauchten irgendwelches Zeug und gaben sich große Mühe, wie schwere Gangster auszusehen. Verdammt, was weiß ich denn schon ... Vielleicht waren sie wirklich schwere Gangster. Vielleicht hatten sie meine Reifen geklaut.

»Diese Pizzabäckerei ist das letzte Loch«, sagte Briggs, »aber die Leute stehen Schlange.«

»Es ist Abendessenszeit«, sagte ich. »Und man muss nicht selbst kochen.«

Briggs saß auf den Fersen und drückte sich die Nase am Fenster platt. »Ich schwöre dir, ich kann sie bis hierher riechen. Oh Mann, was hätte ich jetzt gern ein Stück Pizza. Wir können uns den Laden doch wenigstens mal ansehen. Du wolltest Buster doch sowieso mal sprechen, stimmt's?«

»Stimmt.«

Gegenüber von Busters Haus fand ich einen Parkplatz.

»Ich bleibe hier und beobachte die Fenster im ersten Stock«, sagte ich zu Briggs. »Du kannst rübergehen und dir ein Stück Pizza holen.«

»Du kommst mit. Sonst trampeln mich die Leute nieder.«

»Das wird nicht passieren. Ich hab dich in Aktion gesehen. Du hast mehr Knie zertrümmert, als je im Profifußball kaputtgegangen sind.«

»Ja, aber da war meistens Krawall.«

Er hatte recht.

»Okay. Ich komme mit, aber nur wenn du mir versprichst, dass du keinem Menschen in die Waden beißt oder mit deinem iPhone auf ihn eindrischst.«

Es gab nur Pizza zum Mitnehmen. Keine Tische. Der Raum war brechend voll. An der Decke drehte sich einsam ein Ventilator. Keine Klimaanlage. Wir drängten uns hinein und rückten mit den anderen Leuten, die auch zur Bestelltheke wollten, zentimeterweise vor.

»Kannst du die Pizza sehen?«, fragte Briggs. »Welche Sorten gibt es?«

»Ich kann keine Pizza sehen. Ich kann gar nichts sehen.«

»Ich möchte eine Pizza mit extra viel Käse und Salami.«

»Verstanden.«

»Sind wir bald dran?«

»Ja. Dauert nicht mehr lange.«

Ich esse gerne Pizza, ehrlich, aber ich konnte mir nicht vorstellen, dass die Pizza hier *so* außergewöhnlich gut sein sollte. Wir hätten noch andere Möglichkeiten in der Stark Street gehabt. Es gab eine ganze Reihe Fast-Food-Pizzerien, man hätte auch eine bestellen und sie sich liefern lassen können. Entweder war diese Pizza hier superbillig, oder es gab ein Tütchen Marihuana als Bonus.

Fünf Minuten später hatten wir unsere Pizza in der Hand, also nichts wie raus. Wir gingen zu Onkel Sandors Big Blue und lehnten uns gegen die Karosse, während wir aßen.

»Gute Pizza«, sagte Briggs. »Fettig und mit genau der richtigen Käsemenge. Echte Jersey-Pizza.«

Ich aß meine Pizza auf, wischte mir die Hände an der Jeans ab und sah zum Haus gegenüber. Der Pizzaladen nahm das gesamte Erdgeschoss ein, ausgenommen eine Tür ganz außen, die vermutlich zu Busters Wohnung im ersten Stock führte. Fünf Fenster gingen von dort zur Straße hinaus, an keinem waren Rollos heruntergezogen. Bis jetzt hatte ich auch keinen menschlichen Schatten dahinter gesehen.

»Hast du einen Plan?«, fragte Briggs.

»Wir klingeln an der Haustür.«

»Und wenn keiner aufmacht?«

»Rufe ich seine Nummer an.«

»Und wenn er nicht rangeht?«

»Schreibe ich ihm einen Brief.«

Autoschlüssel in der einen Tasche, Pfefferspray in der anderen, Handschellen hinten im Hosenbund, nur für den Fall.

»Gehen wir«, sagte ich. »Wollen doch mal sehen, ob Buster mit uns sprechen will.«

Wir überquerten die Straße, und ich wollte gerade an der Tür klingeln, da hörte ich drinnen jemanden eine Treppe hinunterpoltern. Die Tür wurde aufgerissen, und ein Mann stürmte aus dem Haus und stieß mit mir zusammen. Er sah mich an, dann sah er hinunter zu Briggs und wurde knallrot.

»Du verdammtes Arschloch!«, schrie Briggs ihn an. »Du hast meine Wohnung in die Luft gesprengt. Was soll das? Bist du jetzt total durchgedreht?«

»Jimmy Poletti?«, sagte ich und kannte die Antwort bereits.

»Ja«, sagte er. »Was wollen Sie mit dem Zwerg hier?«

»Zwerg?«, sagte Briggs. Seine Stimme war eine Oktave höher, und auf der Stirn trat eine Ader hervor.

Ich griff nach meinen Handschellen und legte sie um Jimmys Handgelenk. »Ich vertrete Ihren Kautionsagenten.«

»Ausgerechnet«, sagte Poletti und schubste mich gegen Briggs, Briggs stürzte zu Boden, ich fiel auf ihn drauf, und Poletti rannte davon. Ich rappelte mich hoch und nahm die Verfolgung auf. Poletti hatte einen satten Vorsprung, aber ich war schneller. Wir liefen bis zum Ende des Häuserblocks und bogen um die Ecke. Er war zum Greifen nahe, da tauchte er ab in eine Gasse, schlüpfte durch eine Tür in ein Gebäude und schob einen Riegel vor. Erst jetzt wurde mir klar, dass es der Hinterausgang der Pizzabude war.

Briggs holte mich ein.

»Bleib hier, falls er rauskommt und versucht abzuhauen«, sagte ich. »Ich gehe nach vorne.«

»Und wenn er auf mich schießt?«

»Schrei um Hilfe!«

»Vielleicht bin ich dann längst tot.«

»Dein Problem«, sagte ich und raste zurück zur Stark Street.

Ich war gerade am Ende der Gasse, da sah ich, wie Poletti in ein Auto sprang und Gummi gab. Es war nicht der Mustang, sondern eine kleine silberfarbene Limousine. Es passierte zu schnell, um Nummernschild oder Wagentyp zu erkennen.

Ich verschnaufte einen Moment, dann schrieb ich Briggs eine SMS, er solle zum Vordereingang kommen. Ich klingelte an der Tür, keine Reaktion. Ich rief Busters Nummer an, aber es ging niemand ran, und ich hörte auch kein Telefon oben läuten.

»Wo ist er?«, fragte Briggs, als er endlich kam. »Was ist passiert?«

»Entwischt.«

Ich sah mir die Tür, die zur Wohnung im ersten Stock führte, näher an. Sie stand immer noch offen. »Wir gehen nach oben und schauen uns um«, sagte ich.

»Ist das nicht verboten?«

»Nein. Ich habe den berechtigten Verdacht, dass sich dort ein Verbrecher aufhält.«

»Wer?«

»Poletti.«

Briggs sah mich mit großen Augen an. »Wirklich?«

»Nein. Bestimmt nicht.«

Wir betraten den kleinen Hausflur und schlossen die Tür zur Straße hinter uns zu. Auf der obersten Treppenstufe hielt ich inne und rief: »Steph Plum, Kautionsagentur. Ist jemand da?«

Stille.

»Ziemlich hübsche Wohnung«, sagte Briggs und schaute sich um. »Flachbildschirm, Leder-Fernsehsessel. Und eine richtige Einbauküche.«

Der Kühlschrank war gut bestückt, die Spülmaschine zur Hälfte gefüllt mit schmutzigem Geschirr. Auf der Küchentheke ein iPhone-Ladegerät, aber kein iPhone. Wir gingen ins Schlafzimmer. Auf dem Boden lag ein Mann, der mit leerem Blick die Decke anstarrte.

»Ist das Buster?«, fragte ich Briggs.

»Nein. Das ist Bernie Scootch. Der sieht aber nicht gut aus. Ist was mit ihm?«

Allerdings. Bernie sah gar nicht gut aus. Er lag in einer

Blutlache, und in seiner Brust klafften mehrere Einschusslöcher. Was das anging, sah ich vermutlich nicht viel besser aus. Ich war klatschnass geschwitzt, und der Horroranblick von Bernie Scootchs Körperflüssigkeiten, die sich in den Teppichboden ätzten, setzte mir zu.

Ich biss mir auf die Unterlippe. »Ich bin mir ziemlich sicher, dass er tot ist.«

»Oh Mann«, sagte Briggs. »Was für eine Scheiße. Echt schlimm.«

Ich wählte den Notruf, nannte die Adresse und gab ein allgemeines Bild der Lage durch. Fünf Minuten später war ein Polizist zur Stelle, kurz darauf auch Morelli. Ich stand unten auf dem Bürgersteig, als der Streifenwagen und Joe vorfuhren.

»Ich war gerade auf dem Heimweg von meiner Mutter, als ich den Anruf mithörte«, sagte Morelli. »Was ist passiert?«

»Oben liegt ein Toter. Randy hat ihn als Bernie Scootch identifiziert. Er wurde erschossen … gleich mehrmals.«

Morelli ging nach oben, um sich die Sache anzusehen, und kehrte nach ein paar Minuten zurück. »Du hast recht«, sagte er. »Mehrere Schusswunden. Was hast du in der Wohnung gemacht?«

»Ich wollte zu Jimmy Poletti.«

»Hattest du Grund zu der Annahme, dass er sich dort aufhält?«

»Ich würde sagen, das fällt in eine Grauzone.«

Morelli sah aus, als würde er gleich einen Magenkrampf bekommen. »Du hast Scootch nicht erschossen, oder?«

»Nein!«

Ich erzählte Morelli die ganze Geschichte, während immer

mehr Leute eintrafen, Gerichtsmediziner, Polizeifotograf, noch mehr Polizei, Spurensicherung und Bryan Kreidler.

Kreidler ist ein Zivilkollege von Morelli im Dezernat Straftaten gegen Personen. Er nickte mir zur Begrüßung zu. »Hallo, Steph. Wie geht's?«

»Eigentlich gut, wenn nur der Tote oben nicht wäre.«

Kreidler sah Morelli an. »Hast du ihn dir schon angesehen?«

»Ja. Mehrere Schussverletzungen. Sehen frisch aus.«

Kreidler stapfte nach oben, Morelli wandte sich wieder mir zu.

»Das ist also Busters Wohnung«, sagte er, »nur leider ohne Buster.«

»Ich hab ihn nicht gesehen«, sagte ich. »Auch keine Mordwaffe. Sie lag nicht neben der Leiche, und Poletti hatte sie auch nicht.«

»Bist du sicher, dass er keine Waffe bei sich trug?«

»Er hatte ein Shirt an, in die Hose gesteckt, keine Waffe. Sonst hätte er bestimmt auf Briggs geschossen.«

Morellis Lippen spannten sich ein wenig. »Verpasste Gelegenheit.«

Die Sonne hinter der Stadtlandschaft stand tief am Horizont. Stark Street lag in dunklen Schatten. In Busters Wohnung gingen die Lichter an. Der Pizzaladen leerte sich, einige Kunden standen draußen herum und begafften die Arbeit der Polizei, aber ein Mord in der Stark Street zieht keine Massen an.

»Ich gebe die Info weiter an Kreidler«, sagte Morelli. »Danach geht es ab nach Hause. Ich hab Bob dabei.«

»Ich fahre auch nach Hause«, sagte ich und sah zu meinem Buick auf der anderen Straßenseite. »Ich hab Briggs dabei.«

Briggs saß kerzengerade auf der Kante des Beifahrersitzes, als ich hinters Steuer glitt.

»Hast du sie gehört?«, fragte er mich, die Augen weit aufgerissen, Hände auf das Armaturenbrett gestützt.

»Wen?«

»Die Hunde. Die Chihuahua-Meute. Ich hab sie jaulen gehört. Wie junge Kojoten. An der Kreuzung hab ich ein kleines dunkles Wesen mit glühenden roten Augen gesehen. Gruselig. Richtig Gänsehaut hab ich gekriegt.«

»Ich hab nichts gehört. Vielleicht hast du dir das ja nur eingebildet?«

»Ich habe sie mit meinem Handy aufgenommen.«

Briggs gab mir sein Handy, und ich sah mir den dunklen Schirm mit den zwei roten Pünktchen drauf an.

»Das kann alles Mögliche sein«, sagte ich.

»Das sind die Augen eines wilden Chihuahuadämons«, sagte Briggs.

6

Um kurz nach neun lief ich mit Briggs im Schlepptau im Büro ein.

»Du siehst voll für den Arsch aus«, begrüßte mich Lula auf ihre charmante Art. »Entweder hattest du eine echt heiße Nacht oder eine echt beschissene.«

»Viel schlimmer. Eine *grauenvolle* Nacht. Randy und ich haben Buster Polettis Wohnung überprüft und Bernie Scootch gefunden. Er lag auf dem Teppichboden, jede Menge Löcher im Bauch. Zwei Tote an einem Tag! Ich hab ewig kein Auge zugetan. Immer nur Leichen gesehen. Und als ich dann endlich schlief, hatte ich einen Albtraum nach dem anderen.«

»Ranger hat es anscheinend noch schlimmer getroffen«, sagte Connie.

Ich bediente mich an der Kaffeemaschine. »Ranger? Wieso? Was ist mit Ranger?«

Connie runzelte die Stirn. »Noch nicht gehört? Sein Bürogebäude wurde versiegelt. Die Einzelheiten kenne ich nicht, aber es musste evakuiert werden. Gardi und ein Mitarbeiter von Rangeman sind im Krankenhaus. Alle machen ein großes Geheimnis darum. Keiner sagt einem was.«

»Bestimmt Anthrax«, sagte Briggs. »Wenn die Polizei ein ganzes Haus versiegelt, ist meistens Anthrax der Grund.«

Ich tippte Rangers Nummer in mein Handy.

»Was war gestern Abend los bei Rangeman?«, fragte ich ihn.

»Es gab einen Zwischenfall mit Gardi.«

»War es Anthrax?«

»Nein. Es war nicht Anthrax. Ich melde mich später.« Er legte auf.

»Es war kein Anthrax«, sagte ich in die Runde.

»Im Bett soll er ja eine Kanone sein«, sagte Lula, »aber warum er sich jetzt so bedeckt hält, verstehe ich nicht. Wir wollen doch nur eine Erklärung.«

Ich musste ein Grinsen unterdrücken. »Er hat eben auch andere Seiten.«

Lula fächelte sich mit dem *Star* Luft zu, Connie verdrehte die Augen.

»Ach du meine Fresse«, sagte Briggs. »Nicht vergessen, ich bin auch noch da. Voll peinlich eure Unterhaltung. Und wo wir schon mal dabei sind, muss ich eins richtigstellen: Es gibt Frauen, die halten *mich* für eine echte Kanone.«

»Das ist echt eine verstörende Aussage«, konterte Lula. »Diese Frauen möchte ich lieber nicht kennenlernen.«

Ich ging nach draußen und rief Morelli an.

»Was war gestern Abend los bei Rangeman?«

»Keine Ahnung. Ich bin nicht weiter instruiert worden, aber es muss was Ernsthaftes sein, denn sie haben das Gebäude komplett versiegelt, und die Bundespolizei hat die Ermittlungen übernommen. Gardi liegt auf der Isolierstation im St. Francis Hospital, mit Wachmann vor der Tür.«

»Ranger sagt, es hätte nichts mit Anthrax zu tun.«

»Er muss es ja wissen.«

»Neuigkeiten über die beiden Morde? Ist Buster noch mal aufgetaucht?«

»Buster ist um zehn nach Hause gekommen. Er sagt, er sei den ganzen Tag in Atlantic City gewesen. Pauschalangebot, Busfahrt inklusive. War mit seiner Freundin da. Hab ich alles überprüft.«

»Wie ist Jimmy in die Wohnung hineingekommen?«

»Er besaß einen Schlüssel. Buster hat ihm schon vor Jahren, als er das Haus kaufte, einen gegeben. Er sagte, sie benutzten die Wohnung als Lagerraum, aber ich vermute, dass sie in den Räumen die eingeschleusten Mädchen untergebracht haben.«

»Hast du die Mordwaffe gefunden?«

»Nein. Noch nicht.«

Ich habe genug gewaltsam zu Tode gekommene Personen gesehen, um zu wissen, dass Bernie noch nicht lange tot gewesen und auch nicht im Schlafzimmer getötet worden sein konnte. Deswegen ärgerte es mich, dass die Polizei die Mordwaffe noch nicht gefunden hatte und dass Poletti sie nicht bei sich gehabt haben sollte, als er aus der Wohnung floh. Gut, vielleicht hatte er Bernie schon vorher irgendwann umgebracht, danach die Wohnung verlassen und war später, aus welchem Grund auch immer, ohne Waffe zurückgekehrt. Trotzdem, die Sache stank zum Himmel.

»Habt ihr schon die übrigen Spieler aus der Pokerrunde befragt?«

»Kreidler hat Silvio Pepper verhört. Pepper soll ziemlich nervös gewesen sein, sagt er. Ron Siglowski ist nirgendwo aufzutreiben. Kreidler hat seine Nachbarn befragt, aber nichts herausgefunden. Verwandte ebenso.«

»Kein Wunder, dass Pepper nervös ist, das wäre ich auch an seiner Stelle. Poletti macht reinen Tisch. Sehr wahrscheinlich ist Siglowski längst über den Jordan, und man hat seine Leiche nur noch nicht entdeckt. Bleiben also Pepper und Briggs.«

»Versteckt sich Briggs immer noch in deiner Wohnung?«

»Ja. Ist kein Zuckerschlecken.«

»Wir könnten ihn an eine Parkuhr in der Stadt fesseln und gucken, ob Poletti den Köder annimmt.«

»Verlockend, aber so blöd wird Poletti nicht sein.«

»Ich muss los«, sagte Morelli. »Melde dich, wenn dir was Besseres als die Parkuhr eingefallen ist.«

Ich ging zurück ins Büro und bat Connie, unsere Suchmaschinen mal mit den Namen Silvio Pepper und Ron Siglowski zu füttern. Fünf Minuten später hatte ich mehr Informationen, als ich brauchte, Fotos, Alter, Adressen, Orthografienoten seit der zweiten Klasse, Strumpfgrößen, Lieblingskäsesorten und die Befunde von Darmspiegelungen.

»Silvio Pepper ist meine erste Station«, sagte ich zu Lula. »Willst du mitfahren?«

»Kommt Däumling auch mit?«

Ich sah Connie an.

»Ja«, sagte sie.

»Was soll's«, meinte Lula resigniert. »Ich fahre trotzdem mit. Will ja nicht verpassen, falls jemand ihn mal wieder runterputzt.«

Silvio Pepper wohnte in einem kleinen zweistöckigen Haus am nördlichen Stadtrand von Chambersburg. Er war dreiundsechzig, verheiratet, Besitzer eines Unternehmens für Ferntransporte, mit Büro in der Broad Street.

Ich fuhr die Hamilton Avenue entlang bis zur Kreuzung Broad Street und bog links ab. Pepper Trucking, ein paar Straßen weiter, war ein relativ kleiner Betrieb, ein Flachbau aus rotem Backstein mit angrenzendem Parkplatz, nicht groß genug für einen Sattelzug, die Trucks standen also wahrscheinlich woanders. Ich stellte mich auf den Firmenparkplatz und sagte zu Lula und Briggs, sie sollten im Auto auf mich warten.

»Warum soll ich im Auto warten?«, fragte Lula. »Das ist langweilig.«

»Ich will nicht gleich in Mannschaftsstärke bei Pepper auflaufen«, sagte ich. »Zwei Personen sind Partner, drei sind einer zu viel.«

»Warum lassen wir dann nicht Briggs hier? Wir können das Fenster einen Spalt für ihn offenstehen lassen.«

»Was soll der Scheiß?«, wehrte sich Briggs. »Bin ich euer Schoßhündchen, oder was?«

»Ich will an Poletti ran, und Briggs ist mein Köder. Ich will nicht zurückkommen, und Briggs ist niedergeschossen oder entführt und Poletti über alle Berge.«

»Das sehe ich ein«, sagte Lula. »Und wie soll ich Briggs zu Hilfe eilen, wenn doch was passiert?«

»Du schießt auf Poletti, triffst ihn aber nicht tödlich.«

»Am Knie zum Beispiel?«

»Genau.«

»Okay. Damit kann ich leben«, sagte Lula.

Ich schlang mir die Tasche über die Schulter, überquerte den Parkplatz und rauschte durch den Haupteingang von Pepper Trucking. Die Frau an der Rezeption war in den Vierzigern, sie wirkte überarbeitet, übergewichtig und unterbezahlt.

»Ich möchte bitte Silvio sprechen«, sagte ich.

Mit absolut unbeteiligter Miene drückte sie einen Knopf auf ihrer Telefonanlage.

»Hier ist eine junge Frau, die Sie sprechen möchte«, sagte sie. Sie verdrehte die Augen, dann sah sie mich an. »Wer sind Sie, bitte?«

»Stephanie Plum.«

»Stephanie Plum«, sagte sie in den Hörer. Sie legte auf und deutete zum Flur. »Zweite Tür rechts.«

Silvio sah aus wie auf dem Foto, hatte aber deutlich mehr Falten.

»Sie sind also die Kopfgeldjägerin«, sagte er. »Ich kenne Sie vom Sehen. Sie suchen sicher Jimmy Poletti.«

»Wissen Sie, wo er sich aufhält?«

»Nein, aber ich weiß, wo er hingehört. In die Klapse. Er war immer der smarte Typ. Geschäftsmann eben. Guter Pokerspieler. Zugegeben, er hatte eine Schwäche für Frauen, wer hat die nicht. Und hat deshalb ein paar fatale unternehmerische Fehlentscheidungen getroffen. Nur spielt man dann doch nicht gleich verrückt und bringt Leute um.«

»Glauben Sie, dass er für den Tod von Bernie und Tommy verantwortlich ist?«

»Wer sonst?«

Ich zuckte mit den Achseln.

»Ich glaube, dass es Jimmy war«, sagte Silvio. »Er hat Angst, dass jemand ihn in die Pfanne haut. Wir standen uns alle sehr nahe. Wir waren zwar nicht an seinen Machenschaften beteiligt, wussten aber davon.«

»Was ist mit Buster? Machte er Geschäfte mit Jimmy?«

»Das weiß ich nicht genau. Jimmy hat ihn hin und wieder

auf Reisen geschickt. Wir dachten, es sei rein geschäftlich. Kann aber sein, dass er auch einfach bloß Autos gekauft hat.«

»Sie machen sich wohl Sorgen.«

»Sorgen ist gar kein Ausdruck. Zwei meiner besten Freunde sind tot. Das ist doch furchtbar. Wie kann sowas passieren?«

»Wäre vielleicht besser, wenn Sie eine Zeitlang verschwinden, so wie Ron.«

»Ron ist Rentner. Er kann fahren, wohin er will. Ich hab meine Firma hier. Ich hab Verantwortung für meine Leute.«

»Sie wissen nicht zufällig, wo Ron steckt, oder?«

Er schüttelte den Kopf. »Nein. Ron ist einfach untergetaucht. Ohne ein Wort des Abschieds. Ich sage es nur ungern, aber vielleicht liegt er längst irgendwo tot in der Gosse. Vielleicht hat Jimmy ihn als Ersten von uns kaltgemacht.«

Ich gab ihm meine Visitenkarte. »Melden Sie sich.«

Er nahm die Karte und starrte mit ausdrucksloser Miene darauf. »Mache ich.«

Ich ging zurück zu meinem Buick und nahm hinterm Steuer Platz.

»Wie war es?«, sagte Lula.

»Wie zu erwarten«, sagte ich. »Er weiß von nichts. Er war nicht beteiligt. Er glaubt, dass Jimmy durchgedreht ist und Amok läuft.«

»Und? Ist da was dran?«, fragte Lula.

»Kein bisschen«, erwiderte ich.

»Dass Jimmy durchgedreht ist, da könnte was dran sein«, sagte Briggs.

Ich rief Connie an und bat sie, mal ein bisschen zu Pepper Trucking zu recherchieren. War Silvio Pepper alleiniger Besitzer? Wo wurden die LKWs abgestellt, wenn sie nicht auf Tour waren? Was beförderten sie eigentlich?

Ich legte auf und überflog dann Ron Siglowskis Infoblatt. Siebzig, verwitwet, keine Kinder. Vor fünf Jahren hatte er sein Versicherungsunternehmen verkauft und war in eine Golf-Community nach Cranbury gezogen. Auf seinem Kreditkartenkonto waren keine Beträge für Flugtickets oder dergleichen abgegangen, keine Abhebungen vom Bankkonto, keine neuen Ausgaben über Kreditkarten. Entweder war er äußerst clever und hinterließ keine Spuren, oder er war tot. Mein Bauchgefühl sagte mir gar nichts, weder in die eine noch in die andere Richtung.

Nächster Halt: Peppers Haus. Ich kenne viele Leute in Burg, Miriam Pepper kenne ich nicht. Ich ließ Lula und Briggs im Auto sitzen und klingelte an der Haustür. Miriam öffnete mir in einem flauschigen rosa Bademantel. Sie war in den Sechzigern, etwas pummelig, braunes Haar, graue Strähnen, rosa Bäckchen. Das Getränk in ihrer Hand sah aus wie Cola, roch aber eindeutig.

»Sie müssen Stephanie Plum sein«, sagte sie. »Silvio hat angerufen und mich vorgewarnt, Sie würden vielleicht vorbeikommen. Ich solle nicht mit Ihnen reden, wer weiß, was ich sagen würde …«

Elf Uhr morgens, und die Frau war im Bademantel und machte es sich mit einem Jim Beam gemütlich. So ein Glück.

»Sie scheinen ein intelligenter Mensch zu sein«, sagte ich. »Sicher würden Sie niemals etwas Unangebrachtes von sich geben.«

»Vielen Dank. Ich bin sehr diskret.«

»Ihr rosa Bademantel steht Ihnen wirklich gut.«

»Rosa ist meine Lieblingsfarbe. Sie bringt Glück.«

»Sie haben ja so recht. Und wie ich sehe, sind Sie ein glücklicher Mensch.«

»Besonders wenn ich ein Schlückchen zu mir genommen habe.« Sie beugte sich vor und flüsterte: »Eigentlich bin ich Alkoholikerin. Möchten Sie einen Manhattan? Manhattans sind meine Spezialität.«

»Nein, danke. Ist noch zu früh für mich.«

»Ich fange den Tag gerne mit einem kleinen Vorsprung an.«

»Ich wollte Sie nach Jimmy Poletti fragen.«

Miriam genehmigte sich einen ordentlichen Schluck Manhattan. »Er ist ein Schwein.«

»Inwiefern?«

»Er ist ein Mann. Reicht das nicht?«

»Ich hatte gehofft, Sie könnten mir etwas Genaueres sagen.«

»Na ja, er hat eine Frau.«

»Ja?«

»Sie ist dünn.«

»Ich weiß«, sagte ich. »Ich habe sie kennengelernt.«

»Wie kann ich gegen sie ankommen?«

»Silvio liebt Sie so, wie Sie sind.«

»Wer?«

»Silvio. Ihr Mann.«

Sie verdrehte krass die Augen. »Der? Der hat doch nur seine Firma im Kopf. Das Transportunternehmen steht mir bis hier!«

»Was transportiert er eigentlich mit seinen Trucks?«

»Er hat einen Vertrag mit einer Fabrik in Mexiko, die Salsa produziert, und mit einer Fabrik in Newark, in der die Behälter dafür hergestellt werden. Er karrt die leeren Behälter nach Mexiko und kommt mit den vollen Behältern zurück.«

Na, wer sagt's denn. Noch eine Mexiko-Connection.

»Transportiert er noch was anderes außer Salsa?«, fragte ich.

»Ich kenne nur diese Salsa-Geschichte. Meine Garage ist voll mit Zwanzig-Liter-Kanistern von dem Zeug. Was soll ich damit machen? Ich meine, wird er in Salsa-Währung bezahlt?«

»Hat er jemals was für Jimmy befördert?«

Sie starrte in ihr Whiskeyglas. »Leer«, sagte sie. »Ich hasse diesen Moment.«

»Wegen Jimmy.«

»Ich würde jetzt wahnsinnig gern eine rauchen«, sagte sie. »Haben Sie Zigaretten dabei?«

»Nein. Tut mir leid. Ich rauche nicht.«

»Xanax?«

»Nein.«

»Muffins?«

Ich stand noch im Hausflur und sah draußen ein Auto vorfahren. Silvio.

Ich gab Miriam meine Visitenkarte. »Rufen Sie mich an, wenn Sie jemand zum Reden brauchen.«

»Klar«, sagte sie. »Aber nur wenn Sie Muffins mitbringen.«

Auf dem Bürgersteig lief ich Silvio in die Arme.

»Ihre Frau ist reizend«, sagte ich. »Sie müssen ein glücklicher Mensch sein.«

»Ja«, sagte er. »Sowas von glücklich.«

7

»Langsam reicht es mir«, sagte Lula, als ich in den Buick einstieg. »Ich will nicht länger mit Däumling im Auto eingesperrt sein.«

»Was soll ich erst sagen?«, meckerte Briggs. »Du bist auch nicht gerade meine Traumfrau.«

»An so eine Traumfrau wie mich kämst du doch im Leben nicht ran«, sagte Lula. »So ein Traum wie mich gibt es nur einmal.«

»Du bist kein Traum«, sagte Briggs. »Du bist ein Albtraum.«

»Albtraum? Ich schlag dir gleich die Nase ein. Dann hast du deinen Albtraum.«

»Wir schlagen keine Nasen kaputt, kapiert!«, sagte ich. »Etwas mehr Anstand, wenn ich bitten darf.«

»Wir müssen mal irgendwas Lustiges machen«, sagte Lula. »Warum fahren wir nicht bei Rangeman vorbei und gucken uns an, was da so abgeht. Vielleicht laufen ja noch Männer in Schutzanzügen rum. Das sieht immer witzig aus. Oder das ganze Bürogebäude ist eingehüllt in so eine Schutzplane, wie bei einer Termitenbekämpfung.«

Ich verließ Chambersburg und gelangte über die Broad Street in die City. Die Rangeman-Zentrale lag in einer ruhigen Seitenstraße, ein siebenstöckiges Gebäude mit gesicherter Tiefgarage. Rangers Privaträume befanden sich im obersten Stockwerk. Die anderen Stockwerke wurden als temporäre Unterkünfte für Mitarbeiter und Häftlinge, für Büros und Fitnessräume genutzt, außerdem für das Herzstück, die Kommandozentrale und die Wohnung des Hausmeisterehepaars. Auf einer kleinen Tafel neben dem Haupteingang war der Name des Unternehmens eingraviert. Die Fenster hatten Panzerglasscheiben, und alle Stockwerke, mit Ausnahme des obersten, wurden rund um die Uhr videoüberwacht.

Ich bog rechts ab und wurde durch orangefarbene Straßenkegel und gelbes Absperrband an jedem weiteren Abbiegen gehindert. Der gesamte Häuserblock, in dem sich das Rangeman-Gebäude befand, war abgeriegelt. Vor dem Haus parkten ein Sattelzug des mobilen Kriminallabors, mehrere Polizeiwagen, ein Rettungswagen, ein Löschzug und ein Truck der Abteilung für Gefahrgut.

Ein uniformierter Polizist aus dem Büro des Sheriffs stand an der Absperrung.

»Was ist denn hier los?«, fragte ich ihn.

»In einem der Häuser ist ein Kontaminationsstoff entdeckt worden«, erklärte er. »Das Betreten der Straße ist verboten, bis das Haus freigegeben wird.«

»Wie lange dauert das?«, fragte Lula.

Der Polizist wusste es nicht.

Über dem Gebäude schwebte der Hubschrauber eines TV-Senders, Rangeman würde also in die Abendnachrichten kommen. Ranger hasste diese Art von Publicity.

»Das Haus soll kontaminiert sein? Womit? Wie ist das möglich?«, wunderte sich Lula. »Diese Überwachung ist ja geradezu beängstigend.«

Ich rief Morelli an.

»Ich stehe gerade an einer Absperrung vor der Straße zu Rangeman«, sagte ich. »Der ganze Block ist abgeriegelt, und das Kriminallabor ist mit einem Sattelschlepper angerückt. Ich wusste gar nicht, dass das kriminaltechnische Labor einen Sattelschlepper hat. Was ist hier los?«

»Ich kann gerade nicht«, sagte Morelli. »Wir treffen uns um zwölf in der Mittagspause bei Pino's.« Aufgelegt.

Lula sah mich an. »Und?«

»Er kann gerade nicht sprechen.«

»Hat er gesagt, ob es einen terroristischen Hintergrund hat?«

»Nein, aber ich halte es für unwahrscheinlich, dass Rangers Haus Zielscheibe von Terroristen ist.«

»Sowas macht mich fertig«, sagte Lula. »Nicht zu wissen, was los ist.«

Mich machte es auch fertig. Ich hatte ein flaues Gefühl im Magen. Irgendwas Schreckliches war hier passiert, was sehr Schreckliches. Ich hatte Angst um Ranger. Und um seine Männer.

Ich verließ den Tatort, bog an der nächsten Kreuzung ab und fuhr durch die Stadt bis zur Stark Street. Wenn ich schon mal in der Gegend war, konnte ich auch gleich bei Buster vorbeischauen, es würde mich von Ranger ablenken. Obwohl noch Vormittag, war die Pizzabude schon wieder gerammelt voll. Drumherum sah alles normal aus, keine Anzeichen von Polizei. Ich parkte ein paar Häuser weiter, auf der anderen Straßenseite, und behielt das Haus im Auge, während Lula und Briggs Pizza kauften.

Ich wählte Busters Nummer, beim zweiten Klingeln ging

er ran. Ich nannte meinen Namen, und er legte gleich auf. Ich versuchte es erneut, aber diesmal nahm er erst gar nicht ab. Ich lief über die Straße und hämmerte gegen seine Tür. Nichts. Die Tür war abgeschlossen.

Lula und Briggs kamen aus der Pizzabude, Lula mit einem großen Pizzakarton in der Hand.

Wir traten an den Rand des Bürgersteigs und sahen hinauf zu den Fenstern im ersten Stock. Keine sich bewegenden Schatten, keine Radio- oder Fernsehgeräusche.

»Hast du mal an die Tür geklopft?«, sagte Lula.

»Ja.«

»Dann ist wohl keiner zu Hause, und wir können in Ruhe unsere Pizza futtern.«

Ich wollte meine beiden Begleiter nicht zu meiner Verabredung mitschleppen, deswegen setzte ich Lula am Büro ab und brachte Briggs zu meinen Eltern.

»Du kommst schon wieder gerade rechtzeitig zum Essen«, sagte Grandma, als sie die Haustür aufmachte.

»Ich kann leider nicht bleiben«, sagte ich. »Aber darf ich Randy bei euch lassen?«

»Das dürfte wohl gehen«, sagte sie. »Wie lange müssen wir ihn hierbehalten?«

»Ein, zwei Stunden.«

»Aber nur, wenn du ihn um drei wieder abholst. Deine Mutter hat einen Zahnarzttermin, und ich lasse mir für die Totenwache heute Abend die Haare machen. Das wird eine schöne Aufbahrung, bei dem Skandal um den Sohn der Toten. Die Bude wird bestimmt voll. Und natürlich hoffen viele, dass sich Jimmy dem Volk zeigt.«

Grandma und ihre Freundinnen gehen viermal die Woche zu Totenwachen mit Aufbahrungen, ganz egal, ob sie die Toten gekannt haben oder nicht. Das Beerdigungsinstitut quoll regelmäßig über vor Blumen, stellte Cookies und Getränke bereit und war Chambersburgs erste Adresse für Klatsch und Tratsch, hier galt: sehen und gesehen werden.

»Jimmy kreuzt ganz sicher nicht auf«, sagte ich zu Grandma. »Und zur Beerdigung wird er schon gar nicht kommen. Er würde sofort verhaftet werden.«

»Ich gehe trotzdem hin«, sagte sie. »Im Fernsehen läuft nichts Spannendes, immer nur Wiederholungen.«

»Ich will auch hin. Jimmy wird zwar nicht da sein, aber dafür viele seiner Freunde und Angehörige. Soll ich dich mit dem Auto hinbringen?«

»Ja, danke für das Angebot. Komm doch zum Abendessen vorbei, dann fahren wir danach zusammen hin. Deine Mutter kocht Schmorbraten, und zum Nachtisch gibt es Schokoladenkuchen.«

»Schmorbraten und Schokoladenkuchen sind meine Lieblingsgerichte«, schmeichelte Briggs sich ein.

»Von mir aus kann er mit uns essen«, sagte Grandma.

»Aber benimm dich!«, ermahnte ich Briggs. »Kein Knurren, kein Beißen, kein Treten.«

»Ja, ja, Wadenbeißer kriegen bei uns keinen Schokokuchen«, stimmte Grandma mir zu.

»Meine Güte«, klagte Briggs. »Was habt ihr bloß! Ich bin doch kein Tier.«

Ich stemmte die Fäuste in die Seiten und sah zu ihm hinunter.

»Na gut«, sagte er. »Früher habe ich sowas vielleicht mal

gemacht, aber das war gerechtfertigt. Schließlich muss ich meine Größe irgendwie ausgleichen. Ich kann meinen Feinden schlecht in die Fresse hauen.«

»Stimmt«, sagte Grandma. »Da ist was dran.«

»Danke«, sagte Briggs. »Für eine alte Dame sind Sie ganz in Ordnung.«

»So alt bin ich gar nicht«, sagte Grandma. »Ich hab noch einige Jährchen vor mir.«

Meine Hand lag schon auf dem Türknauf. »Ich muss los«, sagte ich zu Grandma. »Setz ihn vor die Glotze. Er sieht gerne Trickfilme. Aber gib ihm ja nicht die Fernbedienung. Sonst lädt er sich noch Pornos runter.«

»Diese Pornofilme haben immer so verführerische Titel«, sagte Grandma. »Ich würde mir gerne mal welche angucken. Einen habe ich mal gekauft, aber der war nur mit nackten Mädchen, und ich wollte doch nackte Männer sehen.«

Morelli saß schon an einem Tisch, als ich das Pino's betrat. Pino's ist das Restaurant erster Wahl bei den meisten Polizisten. Es hat eine gute Bar, einen kleinen Gastraum mit nur wenigen Tischen und eine Speisekarte, die sehr Pizza-lastig ist und solide italienisch-amerikanische Hausmannskost bietet.

Ich setzte mich ihm gegenüber und warf einen Blick in die Speisekarte. Das war reine Formalität, denn ich kannte die Karte auswendig. Ich aß seit Jahren bei Pino's, und die Karte hatte noch nie gewechselt.

»Ein Meatball Sub«, sagte ich zu der Kellnerin. »Und eine Cola.«

»Für mich das Gleiche«, sagte Morelli.

Er trug Jeans, ein schwarzes T-Shirt und ein kariertes

Oberhemd mit hochgekrempelten Ärmeln. Seine Haare, die seit Wochen keinen Frisör mehr gesehen hatten, kräuselten sich über den Ohren und im Nacken. Seine braunen Augen blickten ernst, doch seine Lippen umspielte eine sanfte Sinnlichkeit. Er sah aus wie ein Filmstar, der einen Geheimagenten spielt.

»Hast du Briggs in deinem Wagen eingesperrt?«, fragte er mich.

»Nein. Ich hab ihn bei meinen Eltern abgeladen.«

»Ich hatte schon befürchtet, ich müsste mit ihm zu Mittag essen.«

»Das würde ich dir niemals antun.«

Morelli grinste. »Was *würdest* du mir denn antun?«

»Nur Gutes«, sagte ich.

»Und was kann ich Gutes für dich tun?«

»Das steht auf einer langen Liste.«

»Darf ich bald anfangen, die Liste abzuarbeiten?«

»Sobald ich Poletti geschnappt habe und Briggs losgeworden bin.«

Morelli biss in eine Laugenstange. »Ich bin an dem Fall dran. Ich hätte nämlich auch ein Wörtchen mit Poletti zu reden.«

»Irgendwelche Spuren?«

Er schüttelte den Kopf. »Keine. Aber seine Frau hat mich eingeladen, ich könne jederzeit wiederkommen.«

»War also nicht völlig umsonst.«

Morelli grinste. »Ich hebe mir alles für dich auf.«

Meistens glaubte ich ihm, doch Morelli troff das überschüssige Testosteron aus allen Poren. Unsere Beziehung ist notorisch spannungsvoll, weicht konsequent der Frage einer dauerhaften Bindung aus, kann jedoch viel mit dem »L«-Wort anfangen. Ich frage ihn wohlweislich nicht nach seinem Sexleben jenseits unserer Beziehung, denn würde ich erfahren, dass er mit einer anderen Frau schläft, müsste ich sie leider umbringen. Okay, vielleicht würde ich sie auch nicht umbringen, aber mit Sicherheit würde ich das Süßwarenregal im nächsten Supermarkt ausräumen und alles in mich hineinstopfen und mich dann übergeben.

»Themawechsel«, sagte ich. »Was ist mit Ranger?«

»Ranger hatte Emilio Gardi in Gewahrsam und wartete auf dessen Auslieferung nach Miami. Anscheinend hatte Gardi jedoch irgendein schlimmes Zeug bei sich, womit er Ranger und sein ganzes Unternehmen ausschalten wollte. Dabei ist irgendwas schiefgelaufen, und Gardi hat was von dem Zeug abbekommen. Auch einer der Männer von Rangeman ist schwer krank, aber alle anderen konnten rechtzeitig evakuiert werden.«

»War Gardi also nur eine Falle?«

»Sieht so aus. Ich kenne die Details nicht. Die Bundespolizei gibt keine Informationen über den Kontaminationsstoff heraus, aber Gardi und der Mann von Rangeman sind auf einer Isolierstation und werden auf Strahlenvergiftung getestet. Die Erstversorger der Feuerwehr sagen, Gardi habe was von Polonium geschrien und um medizinische Hilfe gebeten.«

»Was ist Polonium?«

»Ich weiß es nicht genau. Ich hatte noch keine Zeit zu googeln. Aber man hat mir gesagt, dass es das Zeug ist, was angeblich Jassir Arafat umgebracht hat. Kein schöner Tod.«

»Ist ja gruselig.«

»Ja. Vor lauter Grusel kannst du heute Nacht bestimmt

nicht ruhig schlafen und brauchst deswegen einen großen starken Mann wie mich, der dich beschützt.«

Ich musterte ihn kühl. »Hast du das alles nur erfunden, damit ich heute Nacht bei dir schlafe?«

»Nein. So clever bin ich nicht, aber langsam werde ich notgeil, also sag Bescheid, ob es klappt.«

»Briggs kann mich beschützen.«

»Höre ich da einen gewissen Sarkasmus heraus? Ich kenne Briggs, er ist ein gemeiner kleiner Schuft. Ich würde ihn nicht unterschätzen.«

Unser Essen kam, und wir ließen es uns schmecken.

»Irgendwie ergibt das für mich keinen Sinn«, sagte ich schließlich. »Ich dachte immer, Ranger und Gardi hätten sich vorher nicht gekannt. Warum wollte Gardi Rangeman ausschalten?«

»Vermutlich hatte Gardi einen Auftraggeber. Als die Sache schiefging, hat jemand bei Rangeman den roten Knopf gedrückt und damit gleichzeitig bei der Bundespolizei, dem Gefahrgut-Team und der Feuerwehr Alarm ausgelöst. Die Bundespolizei hat die Ermittlungen sofort an sich gezogen und deckelt alle Informationen, die von Gardi kommen. Erstaunlich, dass du von Ranger auch nicht mehr erfahren hast.«

»Wir haben nur kurz miteinander telefoniert, er konnte nicht frei sprechen.«

»Er hat bestimmt alle Hände voll zu tun, um den Laden am Laufen zu halten, ohne seine Kommandozentrale.«

Und wie ich Ranger kenne, hatte er längst mit der Jagd auf den Kerl begonnen, der Gardi geschickt hatte.

»Was glaubst du, wie lange dauert es noch, bis man das Bürogebäude wieder betreten darf?«, fragte ich Morelli.

»Keiner sagt dir was. Es herrscht die höchste Sicherheitsstufe, die ich je erlebt habe. Alle kneifen den Arsch zusammen.«

Willkommen daheim. Mein Schließmuskel war auch nicht gerade entspannt. Ranger hatte viele Feinde, er stand mit dem Rücken zur Wand, insofern hatte ich mich daran gewöhnt, dass er immer einer gewissen Gefahr ausgesetzt ist. Aber diese Nummer hier, das war eine ganz andere Liga. Das war einfach nur grauenvoll.

»Was hast du heute Nachmittag vor?«, fragte ich Morelli.

»Schreibtischarbeit. Und ich will mich in Busters Hinterhof ein bisschen umsehen. Wir haben die Mordwaffe noch nicht gefunden.«

»Ich hab da so einen Verdacht.«

Morelli trank seine Cola aus und lehnte sich in seinem Stuhl zurück. »Bestimmt den gleichen wie ich.«

»Ich glaube, Poletti ist gar nicht der Killer.«

»Hmh, könnte sich lohnen, dieser Theorie nachzugehen. Passt in die Gemengelage. Kann sei, dass Poletti aus irgendeinem, uns nicht bekannten Grund Busters Wohnung aufgesucht und dort den nächsten toten Pokerspieler entdeckt hat, dann in Panik geflüchtet und dir unten auf dem Bürgersteig in die Arme gelaufen ist.«

»Buster war zu dem Zeitpunkt in Atlantic City. Fragt sich, wer noch einen Schlüssel hat.«

Morelli gab der Kellnerin ein Zeichen, dass wir bezahlen wollten. »Anscheinend besitzen eine ganze Reihe von Leuten einen Schlüssel zu der Wohnung. Einschließlich Scootch.«

»Hast du mit Miriam Pepper gesprochen?«

»Ja. Ein Uhr mittags, und sie war total knülle. Aber sie hat mir ein besseres Angebot gemacht als Polettis Frau.«

»Lass mich raten. Einen Manhattan?«

Morelli stand auf. »Ich war nahe dran, das Angebot anzunehmen.«

8

Ich verabschiedete mich von Morelli, fuhr zurück zu meinen Eltern und holte Briggs dort ab.

»Ich konnte schon mal einen Blick auf den Kuchen für heute Abend werfen«, sagte er. »Wahnsinn! Schokoladenkuchen mit superdicker Schokoladenglasur.«

»Und du hast dir kein Stück abgeschnitten, als gerade mal keiner guckte? Erstaunlich.«

»Ich stand unter ständiger Beobachtung. Und, was machen wir jetzt?«

»Weiß nicht. Was Poletti betrifft, bin ich mit meinem Latein am Ende.«

»Wenn du nichts Besonderes vorhast, könnten wir mal bei meiner Wohnung vorbeifahren. Als ich das letzte Mal da war, standen überall Feuerwehrwagen rum, und es qualmte noch.«

Wir zogen aus Burg ab und folgten der Hamilton Avenue bis zur Grand Avenue. Ich parkte gegenüber von Briggs' Haus, und schweigend sahen wir zu dem hässlichen roten Backsteinklotz aus den fünfziger Jahren auf der anderen Straßenseite. Drei Geschosse, Briggs wohnte im ersten Stock, und es war klar zu erkennen, wo. Die Fenster seiner Wohnung waren bei der Explosion zerborsten, die Öffnungen jetzt mit Spanplatten vernagelt. Dicker schwarzer Ruß hatte die Ziegel im ersten und zweiten Stock verfärbt. Die Haustür stand offen, Schläuche wanden sich nach draußen, und eine schmutziggraue Brühe ergoss sich in die Kanalisation. Am Straßenrand standen zwei Trucks einer Sanierungsfirma.

»Willst du reingehen?«, fragte ich Briggs.

Er schüttelte den Kopf. »Ich wollte mir nur das Haus ansehen. Es hat keinen Zweck hineinzugehen. Der Schadensabwickler der Versicherung hat mich angerufen, er sagt, es sei nichts mehr zu retten gewesen. Die Explosion hat ein Loch in die Decke gerissen, und das Feuer hat sich bis in den zweiten Stock ausgebreitet. Zum Glück war keiner zu Hause, als es passierte. Niemand wurde verletzt.«

»Tut mir leid, das mit deiner Wohnung«, sagte ich. »Es muss ein schwerer Schlag sein, seinen ganzen Kram auf diese schreckliche Weise zu verlieren.«

»Dir haben sie die Wohnung doch schon ein paarmal abgefackelt«, sagte Briggs. »Es muss schrecklich für dich gewesen sein.«

»Das erste Mal war am schlimmsten. Ich war vollkommen durcheinander. So etwas war mir in meinem ganzen Leben noch nicht passiert.«

»Kann man kaum glauben«, sagte Briggs. »Du ziehst das Unheil echt an. Als Kind wurde bestimmt dein Fahrrad von einem Müllwagen überrollt, könnte ich mir denken.«

»Ein einziges Mal nur«, sagte ich. »Aber mein Fahrrad wurde nicht abgefackelt oder in die Luft gesprengt.«

»Ja, das ist noch mal krass was anderes, wenn sich dein ganzer Kram einfach so in Rauch auflöst.«

»Mir fällt nichts mehr ein, wo und wie ich Poletti aufspüren könnte«, wechselte ich das Thema. »Meine Tricks sind aufgebraucht. Wird Zeit, dich als Köder einsetzen.«

»*Was?* Bist du irre? Der Mann will mich umbringen.«

»Keine Angst, wir treffen Vorsichtsmaßnahmen.«

»Welche?«

»Ich beobachte dich.«

»Und?«

»Wir fangen ihn, bevor er dich töten kann.«

»Wie willst du das machen?«

»Hinter ihm herrennen«, sagte ich. »Und ihm eine Ladung Pfefferspray ins Gesicht sprühen.«

»Das überzeugt mich nicht.«

»Ich kann auch meinen Elektroschocker einsetzen.«

»Was willst du machen, wenn du nicht nahe genug an ihn herankommst?«

»Na gut. Ich könnte Kugeln in meine .45er legen und ihn einfach erschießen. Zufrieden?«

Briggs nickte. »Kugeln sind immer eine gute Idee. Für den Anfang. Aber was dann? Worauf zielst du?«

»Ich treffe alles. Auf drei Meter Entfernung bin ich Meisterschützin.«

»Du machst mich nervös. Vielleicht kriege ich Durchfall. Mir ist nicht gut. Ich hab einen Reizdarm.«

»Das ist echt nicht zu viel verlangt von dir. Du brauchst nur vor Busters Haus in der Stark Street auf und ab zu laufen.«

»Und wenn ich trotzdem Durchfall kriege? Ich spüre ihn schon, wenn ich nur dran denke.«

»Dann gehst du zu den Pizzabäckern und benutzt ihr Klo.«

»Vielleicht haben sie nur ein Privatklo und kein Gästeklo.«

»Dann verschwinde durch die Hintertür und hock dich hinter den Müllcontainer.«

»Du bist ja eiskalt«, sagte Briggs.

»Wir sind hier in der Stark Street. Da kacken die Leute andauernd hinter Müllcontainern.«

»Na gut, ich könnte es versuchen, aber vorher will ich deine Pistole sehen.«

»Ich hab sie gerade nicht dabei«, sagte ich.

Briggs verschränkte die Arme vor der Brust. »Wenn du kein Schießeisen hast, tue ich gar nichts.«

»Ist ja schon gut. Ich hole Lula. Die hat immer ein Schießeisen.«

»Klar habe ich ein Schießeisen«, sagte Lula und quetschte sich auf den Beifahrersitz. »Und es macht mir auch nichts aus, es zu benutzen, wenn es für einen guten Zweck ist. Oder, wie in unserem Fall, um Poletti zu kriegen, bevor er die Welt von unserem kleinen Hosenscheißer befreit.«

»Diarrhö ist eine medizinisch anerkannte Krankheit«, sagte Briggs.

»Wo sollen wir unseren Köder auslegen?«, fragte Lula.

Ich startete den Buick und fädelte mich in den Verkehr ein. »Wir fangen in der Stark Street an. Wir postieren ihn vor Busters Haus.«

»Ja, gute Idee«, sagte Lula. »Buster guckt aus dem Fenster, sieht Briggs unten stehen und ruft Poletti an, damit der ihn kaltmacht.«

»Scheiße, verdammt«, sagte Briggs. »Könntest du das nicht ein bisschen freundlicher ausdrücken?«

»Du nimmst immer alles so ernst. Das ist dein Problem«, sagte Lula. »Du musst locker an die Sache rangehen, nicht so verkrampft!«

»Verkrampft? Die Leute wollen mich umbringen!«, sagte Briggs. »*Die* nehmen es ernst.«

»Hast du dein Handy dabei?«, fragte ich Briggs.

»Ja.«

»Ich setze dich vor der Pizzabude in der Stark Street ab. Lula und ich suchen einen Parkplatz und nehmen die Beobachtung auf. Halt dein Handy griffbereit, und wenn wir sehen, dass dir Gefahr droht, rufen wir dich an.«

»Ihr bleibt doch in der Nähe, oder? Du hast gesagt, du triffst nur auf drei Meter genau.«

»Kein Problem«, sagte ich. »Wir geben dir garantiert Deckung.«

»Und wenn du aufs Klo musst«, sagte Lula, »dann gib Bescheid, damit wir auch mal eine Pause machen können. Ich brauche zwischendurch ein Stück Pizza oder einen Donut oder so.«

»Klar. Wie lange muss ich hier rumlaufen?«

»Ich würde sagen, bis jemand auf dich schießt oder dich mit dem Auto überfährt.«

Ich hielt vor dem Pizzaladen, Briggs stieg aus, kreidebleich, das Handy in der Hand.

»Keine Sorge«, sagte ich. »Wird schon schiefgehen.«

Er nickte und schlurfte los.

»Gegenüber wird gerade ein Parkplatz frei«, sagte Lula. »Fahr einmal um den Block, und komm von der anderen Seite zurück.«

Ich fuhr einmal um den Block und parkte dann auf der

anderen Straßenseite, zwei Häuser weiter. Briggs klammerte sich noch immer an sein Handy und schritt mechanisch vor Busters Haus auf und ab, auf und ab.

»Sieht irgendwie unnatürlich aus«, sagte Lula. »Das wird keinem eine Kugel entlocken.«

»Er soll gar nicht erschossen werden«, sagte ich. »Wir wollen Poletti nur aus der Reserve locken.«

»So kann man es natürlich auch sehen.«

Eine halbe Stunde später rollte ein schwarzer SUV die Stark Street entlang und hielt vor Briggs und der Pizzabude an.

»Wo ist Briggs denn auf einmal hin?«, sagte Lula. »Diese scheiß Karre nimmt mir jede Sicht.«

»Gib mir deine Pistole.«

»Was?«

»Deine Pistole!«

Lula kramte in ihrer Handtasche. »Sie muss hier irgendwo sein.«

Ich stieg aus, lief über die Straße, aber da war der SUV schon fort und kein Briggs mehr auf dem Bürgersteig. Ich lief zurück zum Auto, glitt hinters Steuer und nahm die Verfolgung auf.

»Sie haben ihn«, sagte ich zu Lula. »Hast du deine Pistole endlich gefunden?«

»Vielleicht hab ich sie in meiner anderen Handtasche gelassen. Im letzten Moment hatte ich mich für diese lila Schuhe entschieden, und du weißt ja, wie wichtig es ist, farblich immer passend zu kombinieren.«

Ich besitze zwei Taschen. Eine Umhängetasche für den Alltag und eine kleine Abendtasche, die ich vielleicht dreimal im Jahr benutze. Beide sind schwarz.

Der Buick hat an der Kühlerhaube keine Ramme, aber wenn Big Blue erst mal ins Rollen kommt, ist er ein Panzer. Ich war einen Häuserblock hinter dem SUV, als der plötzlich vor einer Ampel stehenblieb. Ich fuhr ihn hart von hinten an, so dass der Wagen ein Stück in die Kreuzung hineinhüpfte. Eine der Türen auf der Beifahrersitzseite klappte auf, und Briggs wurde nach draußen gestoßen. Die Ampel sprang auf grün, und der verbeulte SUV fuhr los.

Lula und ich stiegen aus und lasen Briggs von der Straße auf.

»Alles in Ordnung?«, fragte ich ihn.

»Nein! Nichts ist in Ordnung! Ich wurde gerade gekidnappt!«

»War es Poletti?«

»Nein. Zwei bescheuerte Typen, die sagten, sie wollten immer schon mal einen Zwerg entführen. Haben die sie noch alle? Was ist los mit der Welt? Wie tief sind wir gesunken!«

»Hast du ihnen erklärt, dass du kein Zwerg mehr bist?«, fragte Lula. »Das heißt jetzt Kleinwüchsiger.«

»Nein. Ich hab dem einem in die Eier getreten, da hat er mich aus dem Auto geworfen. Ich dachte, ihr wollt mich beschützen? Stellt euch vor, das wäre jetzt Poletti gewesen.«

»Immerhin hat Stephanie den SUV gerammt«, sagte Lula. »Und dabei ihren Privatbesitz nicht geschont!«

Wir sahen uns den Buick an. Er hatte keine Schramme abbekommen. Big Blue war unbesiegbar.

Die nachkommenden Autos mussten um uns herumfahren, manche hupten. Briggs zeigte den Fahrern den Stinkefinger.

»Wir steigen besser wieder ein«, mahnte Lula.

»Kleine weiße Männer, die anderen Leuten den Stinkefinger zeigen, sind in diesem Viertel nicht gern gesehen.«

Ich fuhr die gesamte Stark Street zurück und bog an der Kreuzung State Street links ab, segelte durch die City und machte einen kleinen Umweg, um noch mal bei Rangemans Bürohaus vorbeizuschauen. Die Straße war immer noch abgesperrt und voller Einsatzfahrzeuge. Mein Herz geriet ins Stottern, und ein scharfes Frösteln packte mich. Ich fuhr einmal um den Block und dann gleich weiter zum Kautionsbüro, setzte Lula dort ab und brachte Briggs zurück in meine Wohnung.

»Wollten wir nicht zu deinen Alten, Abendessen?«, sagte er. »Warum sind wir hier?«

»Ich muss mich umziehen. Ich gehe nach dem Abendessen zur Totenwache von Mrs Poletti, da kann man nicht in Jeans und T-Shirt antanzen.«

»Warum nicht?«

»Das wäre respektlos. Außerdem würde meine Mutter es erfahren, und sie würde mit mir schimpfen und das Bügeleisen aus dem Schrank holen. Wenn sie sich ärgert, bügelt sie. Dann sollte man sich lieber nicht in ihrer Nähe aufhalten.«

»Deine ganze Familie ist irgendwie schräg, wenn du mich fragst.«

»Ich würde lieber sagen, dass wir in normalem Umfang gestört sind.«

Ich pflanzte Briggs vor den Fernseher und zog mich um, schlüpfte in ein schwarzes körperbetontes Kostüm, darunter ein weißes Stretch-Tanktop mit rundem Ausschnitt. Ich stieg in meine schwarzen Heels, bürstete mir die Haare straff nach hinten, band sie zu einem Pferdeschwanz zusammen und trug noch mal Wimperntusche auf. Ich war startklar.

»Na, holla«, sagte Briggs. »Da sieh einer an. Ganz schön aufgedonnert. Wenn Poletti hinter mir her ist, kannst du ihn mit deinen Heels aufspießen.«

9

Grandmas Lippen waren grellrosa geschminkt, sie trug ein rosa Dress und weiße Tennisschuhe.

»Gerade rechtzeitig«, begrüßte sie uns an der Haustür und bedeutete uns hereinzukommen. »Es gibt Bier zum Essen, aber falls ihr vorher Härteres braucht, bitte.«

»Hört sich gut an«, sagte Briggs. »Was hätten Sie denn so im Angebot?«

»Whiskey«, sagte Grandma. »Ich könnte ihn mit etwas Eis aufpeppen, oder trinken Sie ihn lieber wie ein echter Kerl?«

»Egal«, sagte Briggs.

Grandma lief los, um den Whiskey zu holen, und ich schlenderte mit Briggs ins Wohnzimmer. Mein Vater saß in seinem Sessel, schaute fern und löste Kreuzworträtsel.

»Oje«, sagte er, als er aufblickte und Briggs sah. »Sie schon wieder.«

»Es ist mir immer eine Freude, Sir«, sagte Briggs.

»Mannomann, du musst ja ganz schön scharf auf den Schokokuchen sein«, raunte ich Briggs zu.

»Kannst du laut sagen«, erwiderte Briggs.

Grandma kam mit dem Whiskey für Briggs ins Zimmer geschlurft. Briggs sah das Glas an, sah meinen Vater an und trank das Glas zur Hälfte leer.

»Gut«, sagte er »Mild.«

Grandma und ich halfen meiner Mutter, die Speisen aus der Küche aufzutischen, dann nahmen wir alle Platz.

»Guten Appetit«, sagte mein Vater und lud sich eine halbe Kuh auf den Teller, schaufelte eine Kelle Kartoffelbrei dazu, vier grüne Bohnen und goss Bratensoße über alles. Dunkles Fleisch, Darmspiegelung, Herz-Kreislauferkrankungen, das sind Fremdworte für meinen Vater. Seine Philosophie: Wenn man nie zum Arzt geht, erfährt man auch nie, dass einem etwas fehlt. Bis jetzt hat das bei ihm funktioniert.

»Es schmeckt köstlich!«, sagte Briggs zu meiner Mutter, nachdem er den Schmorbraten probiert hatte. »Wie haben Sie die Soße so schwarz hingekriegt?«

»Sie lässt das Fleisch anbrennen«, sagte Grandma. »Das ist das Geheimnis einer guten Bratensoße. Hauptsache voller Krebserreger.«

Briggs kippte den restlichen Whiskey hinunter, sah mich an und schrie ein stummes: »Hilfe!«

»Immer nur an den Kuchen denken«, beruhigte ich ihn.

»Das wird eine schöne Totenwache«, sagte Grandma. »Es kommen viele Leute. Wir sollten früh da sein, um uns einen guten Platz in der ersten Reihe zu sichern.«

Mein Vater aß mit gesenktem Kopf und kaute sich durch den Schmorbraten. Briggs schabte die Soße von den Kartoffeln.

»Wie ich gehört habe, musste die Familie ganz schön was zusammenkratzen, um einen schönen Sarg für die arme Mrs Poletti kaufen zu können«, sagte Grandma. »Das kommt davon, wenn man keine Vorsorge trifft. Stellt euch vor! Ich hab mir meinen Sarg schon ausgesucht und Ratenkauf vereinbart. Ein Schmuckstück, mit weißem Seidenfutter und allem drum und dran.«

Mein Vater aß ungerührt weiter, doch hielt er die Gabel so verkrampft, dass die Fingerknöchel weiß hervortraten.

»Ne, ne«, sagte Grandma. »Ich will nicht auf dem kalten Fuß erwischt werden, wenn es mal so weit ist. Ich arbeite sogar meine Löffelliste ab.«

Alle hörten auf zu essen und starrten Grandma an. Die Löffelliste enthält die Dinge, die man vor seinem Tod noch erleben möchte.

»Was steht denn auf deiner Liste?«, fragte ich sie.

»Bis jetzt sind es sechs Punkte«, sagte Grandma. »Zu allererst: Ich möchte neue Brüste. Meine alten hängen an mir wie Waschlappen. Zweitens, ich will Ranger einmal nackt sehen. Wenn nicht splitternackt, würde ich mich auch mit halbnackt zufriedengeben. Nur, seinen Schwengel, den würde ich wirklich gerne sehen. Muss ein hübscher Anblick sein, und so viele Schwengel bekomme ich auf meine alten Tage ja nicht zu Gesicht.«

Meine Mutter lief rot an, Briggs wand sich auf seinem Stuhl, und meinem Vater fiel ein Happen Schmorbraten aus dem Mund.

»Und ich will Joes Oma Bella drankriegen«, führte Grandma weiter aus. »Dieser ganze Blödsinn, sie hätte den bösen Blick und so, der macht mir keine Angst. Ich weiß noch nicht, wie ich sie drankriegen soll, aber wenn, dann richtig. Viertens möchte ich mal in einer Parade marschieren. Fünftens will ich mal so einen richtigen Verbrecher festnehmen. Und das Letzte bleibt mein Geheimnis.« Grandma sah zu Briggs. »Was ist mit Ihnen? Haben Sie auch eine Löffelliste?«

»Keine offizielle«, antwortete Briggs. »Hauptsache, ich wandere nicht wieder ins Gefängnis und muss nicht allzu bald den Löffel abgeben.«

»Ist doch ganz gut für den Anfang«, sagte Grandma.

Abgesehen von der Brusterneuerung unterschied sich meine Liste nicht allzu sehr von Grandmas. In einer Parade marschieren könnte ganz lustig sein, und Ranger nackt sehen, das hatte ich schon hinter mir, aber ein zweites Mal konnte nicht schaden ... auch nicht ein drittes und viertes Mal. Der Gedanke löste gleich eine kleine Panikattacke aus. Ich schickte ihm eine SMS, *Melde dich*, und seine Antwort wenig später lautete: *Nur Geduld.*

Briggs spülte seinen Schmorbraten mit zwei Glas Bier hinunter, und sein Blick wurde glasig.

»Alles gut?«, fragte ich ihn.

»Wuuuu«, sagte er. »Wuuuunderbar.« Seine Augenlider wurden schwer und fielen schließlich ganz zu.

»Vielleicht braucht er ein Stück Kuchen zur Aufmunterung«, sagte Grandma.

»Der Kerl ist voll«, sagte mein Vater.

Grandma musterte ihn. »Verträgt wohl nicht viel Alkohol.«

Wenn man bedenkt, dass er knapp einen Meter groß war und einen heftigen Whiskey und zwei Bier intus hatte, wirkte er eigentlich ganz okay. Ich hätte bei der Menge schon längst unterm Tisch gelegen.

Ich half meiner Oma beim Geschirrabräumen, und meine Mutter brachte den Kuchen herein und stellte ihn auf den Tisch. Briggs schlug die Augen auf und versuchte sich zu konzentrieren.

»Kuchen«, kam es aus ihm heraus. »Kuchen gut.«

Er pflügte durch sein Stück und sackte danach vollends auf dem Stuhl zusammen. Seine Lider klappten wieder zu, der Kopf fiel zur Seite, und aus einem Mundwinkel troff etwas Schokosabber.

»Wir legen ihn auf das Sofa, da kann er seinen Rausch ausschlafen«, sagte ich.

»Der kommt mir nicht ins Wohnzimmer, auf keinen Fall«, sagte mein Vater. »Wenn euch sein Leben so heilig ist, dann verklappt ihn irgendwo weit entfernt von meinem Fernseher.«

»Wir könnten ihn in der Küche auf den Boden legen«, sagte Grandma. »Da richtet er mit seinem Gesabber wenigstens nicht so eine Schweinerei an. Und hinterm Tisch wird auch niemand über ihn stolpern.«

Meine Mutter nahm einen Fuß, Grandma den anderen, ich packte Briggs unter den Achseln, und mit vereinten Kräften schleiften wir ihn in die Küche. Wir legten ihn hinter dem kleinen Tisch ab, und Grandma schob ihm noch ein aufgerolltes Geschirrtuch unter den Kopf.

»So sieht er richtig friedlich aus«, sagte sie.

Ich überlegte, ob ich ihn mit Handschellen an den Ofen fesseln sollte, damit er nicht nach dem Aufwachen einfach abhaute, aber ich hatte nur ein Paar Handschellen dabei, und vielleicht brauchte ich sie ja noch für Poletti.

Ich hatte Glück und erwischte gerade noch den letzten freien Platz auf dem Kundenparkplatz des Beerdigungsinstituts. Auf der großen Vorderveranda hatten sich einige Leute versammelt, im Foyer standen noch mehr. Mrs Poletti war im Schlummerraum Nummer eins aufgebahrt, ein Ehrenplatz, der für Verstorbene reserviert war, die erwartungsgemäß mehr Trauergäste anzogen als üblich – Mafiabosse, Opfer von Gewalttaten, B-Promis und die hohen Tiere der Kolumbusritter.

Grandma marschierte schnurstracks in den Showroom, ohne den Tisch mit den Cookies auch nur wahrzunehmen. Sie blickte misstrauisch und presste die Lippen aufeinander, als sie sah, dass die erste Reihe vor dem Sarg bereits vollständig von Angehörigen der Familie Poletti besetzt war. Sie würde sich mit einem Platz in der zweiten Reihe begnügen müssen.

»Wenigstens einige Mitglieder der Familie sollten am Kopfende des Sarges der Verstorbenen stehen«, sagte Grandma. »Die junge Generation hat kein Gespür für Traditionen.«

Ich erkannte die beiden Enkel, Oswald und Aaron, Aarons Frau und Buster. »Wer ist der Mann neben Buster?«, fragte ich Grandma. »Er war an Mrs Polettis Todestag in ihrem Haus.«

»Das ist ein Verwandter von außerhalb, der wegen eines Vorstellungsgesprächs zufällig gerade in der Stadt war«, sagte Grandma.

»Und die drei älteren Frauen neben ihm?«

»Schwestern der Verstorbenen. Alte Jungfern, alle drei. Es gibt Gerüchte, die drei seien schon immer etwas sonderbar gewesen.«

»Inwiefern sonderbar?«

»Ich habe gehört, sie sollen ein Herz und eine Seele sein, wenn du verstehst.«

Nach uns strömten noch mehr Leute herein, füllten die Sitzreihen, stellten sich an, um zu kondolieren und Mrs Polettis Frisur und Makeup zu begutachten.

Grandma kannte alle und jeden.

»Wer ist der Mann?«, fragte ich sie.

»Busters Vater«, sagte sie. »Er war in der Baulogistik tätig. Und die Frau hinter ihm kannte Mrs Poletti vom Bingo.«

Nach einer Stunde versiegte der Strom der Trauernden allmählich, und ich verließ meinen Platz, um hier und da Gesprächen zu lauschen und Leute auszufragen.

Jeder hier war mit der Familie Poletti verbandelt, ob durch Blut oder Bingo, außer Grandma, die einfach nur neugierig war.

Jimmy Polettis Frau Trudy glänzte durch Abwesenheit. Silvio und Miriam Pepper kamen zu spät, kondolierten der Familie und verließen das Institut durch einen Seitenausgang, bevor ich Gelegenheit hatte, sie zu sprechen. Aaron und seine Frau brachen ebenfalls eher auf. Oswald Poletti kam eine Viertelstunde vor Ende der Trauerfeier aus dem Schlummerraum und bahnte sich einen Weg durch die Menge, zielstrebig zum Tisch mit den Cookies, wo ich ihn abpasste, als er sich die Taschen mit Oreo-Keksen vollstopfte.

»Mein Beileid zum Tod Ihrer Großmutter«, sagte ich.

»Na ja, sie war alt, irgendwie«, sagte er.

»Haben Sie mal was von Ihrem Vater gehört?«

»Der gute alte Dad ruft selten an.«

»Nichts für ungut, aber gibt es auch Tage, an denen Sie mal nicht bekifft sind?«

»Hä?«

Buster, auf dem Weg zur Tür, geriet in mein Blickfeld, und ich lief hinter ihm her.

»Stephanie Plum«, sagte ich und hielt ihm die Hand hin. »Ich würde Sie gern mal sprechen.«

»Sie sind die Kopfgeldjägerin, die in meine Wohnung eingebrochen ist und Bernie gefunden hat, richtig?«

»Ich bin nicht eingebrochen. Die Tür stand offen.«

»Ich hab gehört, dass Jimmys Buchhalter bei Ihnen ist. Für so einen kleinen Kerl kommt er ganz schön rum.«

»Er hilft mir bei der Suche nach Jimmy.«

»Egal.« Er richtete sein Augenmerk auf meine Brüste unter dem Stretch-Tanktop. »Sie sind süßer, als ich dachte. Sie können bestimmt gut mit Handschellen umgehen.«

»Mit dem Elektroschocker sogar noch besser«, sagte ich. »Und gelegentlich soll ich auch Personen erschießen.«

»Aufhören. Das macht mich total an. Ich hab jetzt schon einen stehen.«

»Ganz schöne Leistung für Ihr Alter.«

Buster grinste. »Sie können einem wirklich jede Illusion rauben.«

»Zurück zu Jimmy.«

»Ich weiß nichts über Jimmy. Wenn Sie mich fragen, wurde er reingelegt. Keine Ahnung, wo er sich jetzt aufhält. Punkt.«

»Er war in Ihrer Wohnung.«

»Ja, aber da war ich nicht anwesend. Er besitzt einen Schlüssel. Viele Leute besitzen einen Schlüssel zu der Wohnung. So bin ich eben. Ich hab die Schlüssel nie zurückverlangt, als ich einzog.«

»Reden Sie nicht mit Jimmy?«

»Wer? Ich? Der ist ein Krimineller. Sehe ich aus wie einer, der mit Kriminellen verkehrt?«

»Ja.«

»Mann, das kränkt mich jetzt aber. Ich bin ein rechtschaffener Bürger.«

»Haben Sie das Blut auf dem Teppich entfernt?«

»Nein. Ich hab den Teppich weggeworfen. Es gibt Menschen, denen bedeutet der Besitz anderer Leute einen Dreck. Da hat sich jemand einen üblen Scherz erlaubt, Bernie einfach in meiner Wohnung abzuladen.«

»Sie wissen also nicht, wer Bernie getötet hat?«

»Wenn ich es wüsste, würde ich ihm die Rechnung für den Teppich schicken.«

»Alle glauben, dass es Jimmy war.«

»Dann ziehen sie voreilige Schlüsse. Ich kann mir Jimmy nicht als Mörder vorstellen.«

»Immerhin hat er versucht, seinen Buchhalter umzubringen.«

»Ja, jeder würde Briggs am liebsten umbringen. Briggs ist eine Pest. Und überhaupt, Jimmy hat nur *versucht*, ihn zu überfahren. Jimmy war ziemlich angepisst, weil Briggs seine Missus gevögelt hat.«

»Wie bitte?«

»Wussten Sie das nicht?«

»Randy Briggs und Trudy Poletti?«

Buster grinste. »Ja. Briggs ist eine Bestie. Wahrscheinlich hat er noch den Hund besprungen, als er mit Trudy durch war.«

Ich schürzte die Oberlippe. »Huuuuu!«

»Jeder wusste, dass Trudy mit einer Menge Kerle rummacht. Jimmy hat meistens weggeguckt. Aber dass sie es mit dem Buchhalter getrieben hat, seinem eigenen Angestellten, das war eine schwere Kränkung für ihn! Ganz zu schweigen von den wenig schmeichelhaften Vergleichen, die die Leute daraufhin zwischen Briggs und Jimmy angestellt haben. Unter uns: Ich habe Jimmys Apparat gesehen, und Briggs könnte unten rum besser ausgestattet sein.« Buster schaukelte auf den Fersen. »Aber auf dem Gebiet kennen Sie sich wahrscheinlich besser aus als ich.«

»Ich kenne mich überhaupt nicht aus! Briggs haben sie eine Brandbombe in die Wohnung geworfen. Er hat mich gebeten, ihn zu beschützen, und als Gegenleistung hilft er mir bei der Suche nach Jimmy. Und Sie wissen ganz bestimmt nicht, wo Jimmy sich versteckt?«

»Ein Blick auf Ihre Titten würde mir vielleicht auf die Sprünge helfen.«

»Ekelhaft. Wir sind hier auf einer Totenfeier. Da drüben ist eine Leiche aufgebahrt.«

»Und wenn ich Sie bitten würde, sie mir in einer Bar zu zeigen?«

»Nein.«

»Wenn ich Sie zum Essen einlade?«

»Nein.«

»Wenn ich im Krankhaus läge, nach einem Herzinfarkt?«

»Nein.«

»Mann, sind Sie eine harte Nuss! Bei Herzinfarkt werden die meisten Frauen schwach.«

10

Briggs schlief noch immer auf dem Küchenboden, als ich mit Grandma nach Hause kam. Ich stupste ihn mit dem Fuß an, und er brabbelte irgendetwas, wachte aber nicht auf.

»In Ordnung, wenn ich ihn euch hierlasse?«, fragte ich meine Mutter. »Ich hole ihn auch gleich morgen früh ab.«

»Wenn du mir das versprichst.«

Ich fuhr zu mir nach Hause, und als ich mich auf den Mieterparkplatz stellte, fiel mir auf, dass in meiner Wohnung Licht brannte. Morelli besaß einen Schlüssel, aber sein grüner SUV stand nicht auf dem Platz. Rangers schwarzer Porsche war auch nicht da, aber das hatte nichts zu bedeuten. Ranger verfügt über jede Menge Autos.

Mein Handy klingelte. »Babe«, sagte Ranger.

»Bist du in meiner Wohnung?«, fragte ich ihn.

»Bist du allein?«

»Ja.«

»Dann bin ich in deiner Wohnung.«

Ranger stand in der Küche, in der Hand eine Flasche Wasser. Er trug Jeans, ein schwarzes T-Shirt, eine Glock und eine schusssichere Weste, deren Reißverschluss nicht zugezogen war. Alles in allem nicht die übliche, maßgeschneiderte schwarze Rangeman-Kluft, auch kein Rangeman-Logo.

»Freizeitkleidung im Dienst?«, sagte ich.

»Keiner darf das Gebäude verlassen. Ella musste einen Noteinkauf machen.«

Ella ist die weibliche Hälfte des Hausmeisterehepaars, das den Büroturm von Rangeman in Schuss hält. Ella sorgt dafür, dass die Männer angemessen gekleidet sind und gut bekocht werden, sie beaufsichtigt die Putztruppe, und um Rangers Privatwohnung im obersten Stock kümmert sie sich persönlich.

»Wie geht es dir?«, fragte ich ihn.

»Gut so weit. Ich war nicht vor Ort, als das Gift freigesetzt wurde. Bruce McCready hat Gardi mit der Kartusche erwischt. Es kam zu einem Kampf, wobei der Auslösemechanismus an der Kartusche aktiviert wurde und McCready und Gardi vergiftet wurden. Gardi ist in Panik geraten und hat McCready alles erzählt, was er weiß, weil er hoffte, sich damit zu retten und noch rechtzeitig behandelt zu werden. McCready konnte das Gebäude zum Glück verlassen, bevor sich das Gift ausbreitete.«

»Kommt McCready wieder auf die Beine?«

»Es will keiner aussprechen, aber nach meinen spärlichen Informationen haben McCready und Gardi wohl eine tödliche Dosis abbekommen. Das Zeug braucht eine gewisse Zeit, bis es wirkt. McCready ist ein guter Mann. Sehr beliebt. Wir beten bei Rangeman die ganze Zeit für ihn.«

»Schrecklich. Wie konnte das passieren?«

»Wir haben keine Leibesvisitation vorgenommen. Wir sind dazu technisch nicht ausgestattet. Das hat Gardi offenbar gewusst: Er hatte eine mit Polonium 210 gefüllte Kartusche mit Zeitzünder am Körper versteckt. Sein Plan war, das Zeug in die Klimaanlage einzubringen, bevor er nach Miami aufbrach. So hat er es jedenfalls McCready gegenüber dargestellt, und so hat McCready es uns berichtet, bevor er ins Krankenhaus eingeliefert wurde. Seitdem habe ich weder mit McCready noch mit Gardi gesprochen. Sie liegen beide auf der Isolierstation, schwer bewacht.«

»Ich hab noch nie von Polonium gehört.«

»Es wird in Atomreaktoren produziert. Es ist sehr selten und schwer nachzuweisen. Wenn es durch eine offene Wunde in den Körper eintritt, durch Nahrungsaufnahme oder durch verseuchte Atemluft, wirkt es tödlich. Es führt zu multiplem Organversagen. McCready hat mit Hilfe der Überwachungskamera mitbekommen, wie Gardi die Kartusche hervorholte, und ging zu ihm. Wenn das Gift unentdeckt in das Belüftungssystem des Gebäudes gelangt wäre, hätte es uns alle infiziert.«

»Morelli glaubt, dass Gardi für jemanden arbeitet, der einen Rachefeldzug gegen dich führt.«

Ranger lehnte entspannt an meiner Küchentheke, seine braunen Augen schimmerten schwarz in dem schummrigen Licht. »Ich hab mir ein paar Feinde gemacht.«

»Das ist alles? Ein paar Feinde?«

Die Mundwinkel verzogen sich zu einem angedeuteten Lächeln. »Bist du um mich besorgt?«

»Klar bin ich um dich besorgt.«

»Lieb von dir.« Er sah auf die Uhr. »Ich muss gehen.«

»Was? Ist das dein Ernst? Du hat mir überhaupt nichts erzählt.«

»Genau der Grund, warum ich nicht verheiratet bin«, sagte Ranger. »Frauen stellen Fragen.«

»Unh!« Ich schlug mir mit der flachen Hand gegen die Stirn. »Das ist nicht der Grund, warum du nicht verheiratet bist. Du bist nicht verheiratet, weil … du unmöglich bist!«

Er zog mich an sich und küsste mich, und der Kuss ergoss sich wie ein Lavastrom bis hinunter in meine Dingsbums.

»Ich hab noch ein paar Sachen zu klären.«

Sag bloß.

Er zupfte spielerisch an meinem Pferdeschwanz und ging.

Erst gegen acht Uhr morgens war ich wieder bei meinen Eltern. Grandma stand mit verschränkten Armen in der Haustür, und Briggs trippelte auf dem Bürgersteig auf und ab. Seine Frisur war zerzaust, sein Shirt voller Flecken und zerknittert.

»Warum läufst du hier draußen herum?«, fragte ich ihn. »Und warum ist dein Hemd so dreckig?«

»Das ist Schokolade«, sagte Grandma. »Nach dem Aufwachen hat er den Kuchen verputzt. Bis auf den letzten Krümel! Dein Vater hat ihn mit einem Baseballschläger verfolgt. Zum Glück für den Kleinen meldete sich bei deinem Vater dann die Natur. Wie du weißt, muss er jeden Morgen pünktlich seinen Toilettenbesuch absolvieren. Gut dass du gekommen bist, bevor er fertig ist.«

»Der Kuchen hat mich so lieb angelächelt«, entschuldigte Briggs seine Fressattacke. »Den musste ich einfach essen.«

»Morgen ist die Beerdigung«, sagte Grandma. »Kommst du?«

»Vielleicht.«

»Es sollen verdeckte Ermittler da sein, falls Jimmy aufkreuzt. Vielleicht wird sogar geschossen. Besser, ich ziehe mir meine schusssichere Weste an. Man weiß nie.«

»Seit wann hast du denn eine schusssichere Weste?«

»Die habe ich mir vor einiger Zeit über Teleshopping bestellt. Ich dachte, die könnte praktisch sein. Dunkelblau, passend zu meinem Hosenanzug.«

Ich verfrachtete Briggs in den Buick und fuhr zurück zu meiner Wohnung.

»Echt mal«, sagte ich. »Musstest du unbedingt gleich den ganzen Kuchen essen?«

»Ich konnte mich nicht mehr bremsen. Ich hatte Hunger.«

»Ich habe im Büro zu tun. Ich bringe dich nach Hause, damit du dich frischmachen kannst, und hole dich später wieder ab. Ich vertraue dir, dass du dich ordentlich benimmst.«

»Vielleicht leg ich mich kurz hin. Von dem Kuchen ist mir schlecht geworden.«

»Leg dich ja nicht auf mein Bett!«

»Ich dusche auch zuerst.«

»Nein! Du schläfst auf dem Sofa. Wenn ich auch nur eine einzige Falte in meiner Bettdecke sehe, schmeiße ich dich raus, und du kannst auf dem Parkplatz übernachten.«

»Glaubt du, ich hab Läuse, oder was?«

»Ich *weiß*, dass du Läuse hast.«

Ich sah Briggs durch den Hintereingang in meinem Haus verschwinden, schüttelte mich und brauste los zum Büro.

»Was macht die halbe Portion?«, fragte Lula als Erstes.

»Den hab ich zu Hause abgesetzt. Er war müde heute Morgen.«

»Hast du nicht gesagt, du würdest ihm nicht trauen, so ganz allein in deiner Wohnung?«

»Stimmt, ich traue ihm nicht, aber ich kann ja auch nicht die ganze Zeit auf ihn aufpassen.«

Connie wedelte mit einem Aktenhefter. »Mir ist gerade ein neuer NVGler ins Haus geflattert. Bringt nicht die dicke Kohle, aber ist einfach zu schnappen. Stanley Kulicky.«

NVGler ist unser Kürzel für Kautionsflüchtlinge, die zu ihrem Prozesstermin nicht vor Gericht erschienen sind.

»Stanley Kulicky?«, sagte ich. »Den kenne ich. Mit dem bin ich zusammen zur Schule gegangen. Was hat er ausgefressen?«

»Er ist in den Sunshine Diner eingebrochen und hat zwei Kanister Reispudding geklaut. Wahrscheinlich war er bekifft und hat Jieper auf Reispudding gekriegt. Der Diner war geschlossen, da hat er sich selbst bedient.«

»Das ist doch kein Schwerverbrechen«, sagte Lula.

»Nachdem er die Kanister auf dem Rücksitz festgezurrt hatte, ist er noch mal in den Diner, um sich einen Burger und Pommes zu braten. Dabei hat er versehentlich die Küche in Brand gesetzt, ist in Panik abgehauen und hat beim Verlassen des Parkplatzes einen Polizeiwagen gerammt. Personen kamen nicht zu Schaden, aber der Wagen ist hin. Kulicky behauptet, er habe ihn nicht gesehen, er sei urplötzlich aus dem Nichts aufgetaucht.«

Ich sah mir die Akte an. »Arbeitslos. Lebt bei seinen Eltern.« Ich blätterte vor bis zu seinem Foto. »Oh Mann! Was ist denn mit dem passiert?«

Lula sah mir über die Schulter. »Er ist fett«, sagte sie. »Normalerweise nehme ich das Wort nicht in den Mund, es könnte ja als abwertend verstanden werden, aber in dem Fall ist es gerechtfertigt. Total aufgedunsen ist der.«

»Damals auf der Highschool war er eine richtige Bohnenstange«, sagte ich.

»Vielleicht hat er so ein Drüsen-Syndrom«, sagte Lula.

Reispudding-Syndrom traf es wohl eher.

Ich steckte den Hefter in meine Umhängetasche und nahm mir einen Donut aus dem Karton auf Connies Schreibtisch. »Ich klemme mich dahinter«, sagte ich.

»Ich auch«, sagte Lula. »Vielleicht brauchst du ja Hilfe.«

»Ich hab ihn heute Morgen angerufen«, sagte Connie. »Seine Eltern sind arbeiten, aber er ist zu Hause. Klang so, als wäre er kooperativ. Er sagte, er habe den Gerichtstermin vergessen.«

»Das sagen alle. Und dann schießen sie auf dich«, sagte Lula.

Stanleys Eltern wohnten außerhalb von Burg, in der Cobb Street. Das Haus war ein kleiner Bungalow mit einem langen schmalen Garten und einer freistehenden Einzelgarage hinterm Haus. Stanley saß auf dem Garagendach. Nackt!

»Na, da kommen wir ja genau im richtigen Moment«, ätzte Lula mit einem Blick in die Einfahrt.

»Wenigstens kann er nicht bewaffnet sein.«

Wir gingen nach hinten zur Garage, bauten uns unten auf, die Fäuste in die Seiten gestemmt, und sahen hinauf zu Stanley.

»Wie geht's?«, fragte ich ihn.

»Ganz gut. Und selbst?«

»Kann nicht klagen. Was machst du da auf dem Dach?«

»Mir gefällt es hier oben. Es ist friedlich. Ich kann den Garten überblicken. Und ich kann Mrs Zahn ins Schlafzimmer gucken. Manchmal ist sie nackt.«

»Ist das der Grund, warum du auch nackt bist?«

»Nein. Meine Klamotten sind in der Waschmaschine, und ich hab sonst nichts zum Anziehen.«

»Ist noch was von dem Reispudding übrig?«, wollte Lula wissen.

»Nein«, sagte er. »Ich durfte ihn nicht behalten. Die Polizei hat ihn beschlagnahmt.«

»Klare Sache: Fall abgeschlossen«, sagte Lula zu mir. »Wir können hier einpacken.«

Zum Glück hatte ich die Autoschlüssel und nicht Lula, denn ich war noch nicht bereit, die Segel zu streichen. Ich wollte nicht ohne Stanley abziehen.

»Ich muss mit dir aufs Gericht, um einen neuen Prozesstermin für dich zu vereinbaren«, sagte ich zu Stanley.

»Ich will aber nicht. Dann komme ich doch nur wieder ins Gefängnis.«

»Nur für kurze Zeit, bis du gegen Kaution wieder frei bist.«

»Trotzdem nein.«

»Du hast Connie gesagt, du würdest kooperieren.«

»Ich hab meine Meinung geändert.«

Ich wandte mich an Lula. »Einer von uns muss aufs Dach und ihn runterholen.«

»Ich bin nur deine Assistentin«, sagte Lula. »Du bist die richtige Kopfgeldjägerin. Für solche Scheißjobs bist du zuständig.«

Stanley wog schätzungsweise hundertfünfzig Kilo. Er war ein Riese, ein Zementklumpen. Keine Ahnung, wie ich den vom Dach bugsieren und in den Buick verfrachten sollte. Wenn ich ihm einen Schlag mit dem Elektroschocker verpasste, würde er runterkullern und auf den Boden krachen. Weiß Gott, was er sich beim Aufschlag alles brechen würde. Er würde zerplatzen wie eine Wasserblase.

»Hör zu, Wonnekloß«, sagte Lula. »Du bist kein geiler Anblick da oben. Wenn du nicht runterkommst, mache ich ein Foto von dir und stelle es auf YouTube. Und dann spritze ich dich mit dem Gartenschlauch nass.«

»Ich bin schon auf YouTube«, sagte er. »Es gibt einen Pissfilm von mir auf YouTube.«

»Ekelhaft«, sagte Lula. »Zum Glück hab ich den nicht gesehen.«

»Weiß deine Mutter, dass du splitternackt auf ihrem Hausdach sitzt?«, fragte ich ihn. »Ich rufe sie mal an.«

»Wie billig«, sagte er. »Aber ich mache euch ein Angebot: Ihr bekommt eine Portion Gras, wenn ihr sie nicht anruft. Echt gutes Zeug.«

»Ich hab ein besseres Angebot«, sagte ich. »Wenn du dir was anziehst und mit mir in die Stadt fährst, rufe ich deine Mutter nicht an.«

»Meine Klamotten sind alle in der Waschmaschine. Hab ich dir doch gesagt.«

»Wir schneiden ein Loch in ein Betttuch, und du stülpst es dir über den Kopf«, sagte Lula. »Ein Betttuch ist doch ungefähr deine Größe.«

»Musst du gerade sagen«, rief Stanley. »Du bist dick.«

Lulas Augen traten hervor. »Wie bitte?«

»Du bist dicker als ich.«

»Ich bin nicht halb so dick wie du. Ich bin eine starke und schöne Frau, aber ich bin *nicht* dick. Zwischen stark und *dick* ist ein himmelweiter Unterschied.«

»In meinen Augen bist du dick.«

»Das reicht«, sagte Lula. »Ich steige dir jetzt aufs Dach, dann kannst du deinen fetten Arsch einpacken.«

Eine Leiter wurde an die Garage gelehnt, und Lula erklomm die Sprossen, als stünde sie unter Strom. Von der Garage aus kletterte sie aufs Dach. Stanley versuchte kreischend davonzukriechen, verlor den Halt und fiel vom Dach.

Rumms!

Wonneproppen landete auf dem Rücken, unter sich, plattgedrückt wie ein Pfannkuchen, ein Hortensienbusch.

»Hast du dich verletzt?«, fragte ich ihn.

»Sehe ich vielleicht so aus?«

»Schwierige Frage.«

»Vielleicht habe ich mir das Rückgrat gebrochen.«

»Versuch mal, mit den Zehen zu wackeln.«

Lula kam die Leiter heruntergestiefelt. »Kann er mit den Zehen wackeln?«

»Ja.«

»Schade, dass er sie nicht sehen kann. Weißt du, was er sonst noch nicht sehen kann?«

»Konzentrier dich«, sagte ich zu Lula. »Wir müssen ihn ins Auto schaffen.«

»Willst du ihn etwa nackt in dein Auto setzen? Mit den tausend kleinen blauen Hortensienblüten an seinen Arschbacken? Die kleben dann hinterher an deinen Sitzbezügen.«

»Ich brauche einen Krankenwagen«, sagte Stanley.

»Schwer zu glauben, dass er sich bei der Körperpolsterung irgendwas gebrochen haben soll«, sagte Lula.

»Er ist ganz schön blass im Gesicht«, sagte ich zu Lula. »Vielleicht ist er mit dem Kopf aufgeschlagen.«

»Mir ist nicht gut«, sagte Stanley. »Mir ist sogar richtig schlecht. Ich kriege nur schwer Luft.«

Ich rief den Notarzt.

Lula sah zu ihm hinab. »Du hättest gleich einen Krankenwagen mit eingebautem Hebekran bestellen sollen.«

»So schwer ist er nun auch wieder nicht«, sagte ich. »Und mit Klamotten am Leib sieht er noch besser aus.«

»In Klamotten sehe ich richtig süß aus«, sagte Stanley. »Knuffig, wie man mir bestätigt hat.«

»Kann ich verstehen, jetzt, wo du es sagst«, meinte Lula. »Du hast was Knuffiges, wie ein ausgestopfter Bär.«

»Wir können uns gern verabreden, wenn ich aus dem Krankenhaus entlassen bin«, sagte Stanley.

Ich sah auf die Uhr. Es war später Vormittag. So hatte ich mir meinen Tagesablauf eigentlich nicht vorgestellt. Eine unkomplizierte Festnahme, den Kautionsflüchtling durch die Prozedur am Gericht begleiten, die Empfangsbestätigung abholen, so lief das normalerweise. Meinen Gefangenen zu beschützen, während er auf einer Trage in der Notaufnahme lag, das konnte Stunden dauern. Und zu allem Überfluss würde ich ihn danach entweder ins Gefängniskrankenhaus überführen oder ihn auf die Polizeiwache kutschieren müssen. Bis das alles erledigt war, wäre ich längst in den Wechseljahren.

»Kannst du nicht bei ihm im Krankenhaus bleiben?«, fragte ich Lula.

»Kommt gar nicht in die Tüte. Krankenhäuser machen mir Angst.«

Der Rettungswagen fuhr rückwärts in die Einfahrt. Die beiden Sanitäter stiegen aus und verzogen das Gesicht, als sie Stanley sahen.

»Der ist ja nackt«, sagte der eine. »Wie kommt der denn hier nackt nach draußen? Ist der Mann verrückt?«

»Irgendwie schon«, sagte ich. »Er hat auf dem Dach gehockt und ist runtergefallen, auf die Hortensie.«

»Kann er mit den Zehen wackeln?«

»Ja.«

»Kann er mit sonst noch was wackeln?«

»Laden Sie ihn nun ein oder nicht? Wir haben nicht den ganzen Tag Zeit zum Rumstehen und Quatschen.«

Zehn Minuten später hatten sie Stanley in den Wagen verladen.

»Fahren Sie mit ihm?«, fragte der Sanitäter.

»Nein«, sagte ich. »Ich rufe seine Mutter an und sage ihr, was los ist.«

»Nein, bitte nicht meine Mutter«, rief Stanley aus dem Wagen.

Ich sah Lula an.

»Okay«, willigte sie auf meine stumme Bitte hin ein. »Ich begleite ihn zum Krankenhaus. Aber das kostet dich was. Ich will einen von den Kanistern mit Reispudding, wenn ich wieder rauskomme.«

Ich gab ihr den Papierkram und schärfte ihr ein, unbedingt anzurufen, falls es Probleme gab. Der Rettungswagen fuhr mit Stanley und Lula im Gepäck davon, ich setzte mich in den Buick, da klingelte mein Handy.

»Es gibt da ein kleines Problem mit deiner Wohnung«, sagte Briggs. »Ich hab so weit alles wieder im Griff, aber vielleicht willst du es dir lieber selbst ansehen.«

»Ist es die Toilette?«

»Nein.«

»Der Fernseher?«

»Du bist doch versichert, oder?«

11

Auf dem Mieterparkplatz hinter meinem Haus wimmelte es von Menschen, die sich um Feuerwehrautos, Polizeiwagen und Krankentransporter scharten. Die Wand um die Fensteröffnungen herum war kohlschwarz, und an Stelle meines Wohnzimmerfensters klaffte ein Loch. Briggs stand mitten auf dem Platz. Ich erkannte ihn sofort, seine Kleidung hing in Fetzen an ihm herab, er hatte nur einen Schuh an, Haare und Gesicht waren rußverschmiert. Er trug Rex' Aquarium und sprach mit einem der uniformierten Polizisten, der sich Notizen machte.

Ich stellte den Buick ab, lief zu Briggs und riss ihm das Aquarium aus den Händen. Rex saß in seiner Suppendose, spähte durch die Öffnung und blinzelte mich mit seinen glänzenden schwarzen Äuglein an.

»Es ist ihm nichts passiert«, sagte Briggs. »Ich hab ihn gerettet, bevor er sich eine Rauchvergiftung einfangen konnte.«

Meine Augen füllten sich mit Tränen.

»Tut mir leid mit deiner Wohnung«, sagte Briggs.

»Ist alles ersetzbar«, sagte ich. »Solange es Rex gut geht.«

»Es ist nicht so schlimm, wie es aussieht«, sagte Briggs. »Die Rakete hat das Fenster verfehlt und die Hauswand getroffen, deswegen war der Brand nicht so verheerend wie bei mir. Die Flammen hat hauptsächlich dein Hausmeister gelöscht. Er sagte, langsam habe er Übung darin, Brände in deiner Wohnung zu löschen.«

»Es muss passiert sein, kurz nachdem ich gegangen bin.«

»Ja, ziemlich genau dann. Ich denke mir, Jimmy hat gewusst, dass ich vorübergehend bei dir wohne. Er hat das Haus beobachtet, um zu sehen, wann ich mich alleine hier aufhalte.«

Ich wandte mich an den Polizisten. »Hat jemand gesehen, wie die Rakete abgeschossen wurde?«

»Keine Ahnung«, sagte er. »Wir klappern das ganze Haus ab und natürlich auch die Nachbarn. Wir können nur hoffen, dass wir einen Zeugen finden.«

Dann erblickte ich Morelli, der sich zwischen den Feuerwehrautos und den Notfallhelfern einen Weg bahnte. Er trug seine stoische Bullenmiene zur Schau, als er mich sah und in das Aquarium schaute.

»Wie geht es Rex?«

»Ganz gut. Briggs hat ihn noch rechtzeitig aus der Wohnung geholt. Ich war gerade in Burg, um einen Kautionsflüchtling festzunehmen, als es passierte.«

Morelli sah an der Hauswand hoch zu meiner Wohnung. »Rakete?«

»Sieht so aus«, sagte ich. »Ich hab bisher noch mit niemandem gesprochen, außer mit Briggs und dem Polizisten da.«

»Ich befand mich zum Zeitpunkt des Einschlags im Wohnzimmer«, sagte Briggs. »Ich bin von der Küche zum Badezimmer gegangen, um mich zu duschen. Und urplötzlich höre ich einen irren Knall, der das ganze Gebäude erschüttert. Ich bin vor Schreck auf dem Hintern gelandet. Im Wohnzimmer, neben dem Fenster, bildete sich ein Feuerball. Die Flammen erfassten die Gardinen, es entwickelte sich rasend schnell eine Rauchwolke, und die Feuermelder gingen los. Ich komme wieder auf die Beine, laufe in die Küche, schnappe mir die Ratte und renne die Treppe hinunter nach draußen auf die Straße.«

»Rex ist ein Hamster«, sagte ich.

Morelli sah sich um. »Ist dein Auto hier irgendwo?«

»Hinten bei den Müllcontainern«, sagte ich. »Ich hab keinen freien Parkplatz gefunden.«

Er gab mir die Schlüssel zu seinem SUV. »Ich stehe hinter dem Rettungswagen. Warte im Auto auf mich, ich will erst noch ein bisschen die Szenerie ausspähen.« Er sah zu Briggs. »Brauchen Sie medizinische Hilfe?«

Briggs schüttelte den Kopf, und Tapetenschnipsel und Putzbröckchen fielen ihm aus dem Haar. »Nein, mit mir ist alles in Ordnung. Aber Sie könnten sich nach meinem zweiten Schuh umschauen, wenn Sie in die Wohnung gehen. Das wäre nett.«

Morelli verschwand, und Ranger rief an.

»Keine Sorge, mir geht es gut«, beruhigte ich ihn. »Briggs war in der Wohnung, als die Rakete einschlug, und er hat das Aquarium mit Rex aus dem Haus getragen.«

»Ich hab Hal hingeschickt, falls du jemanden brauchst. Er sagt, Morelli sei vor Ort, deswegen hält er sich im Hintergrund.«

»Woher weißt du das überhaupt alles? Ich denke, euer Kontrollzentrum ist dicht.«

»Wir sind auch außer Haus funktionsfähig.«

Eine Stunde später verließen die Löschfahrzeuge und Rettungswagen nacheinander den Parkplatz, nur der Brandinspektor blieb vor Ort. Die Gaffer aus der Umgebung zogen ab, und die meisten Bewohner aus meinem Haus durften ihre Wohnungen wieder betreten.

Morelli kam zurück zu seinem SUV und gab Briggs den verlorenen Schuh.

»Sieht es schlimm aus?«, fragte ich ihn.

»Ich hab schon Schlimmeres gesehen«, sagte Morelli. »Wir können von Glück sagen, dass die Rakete nicht durch das Fenster geflogen ist, sondern nur die Hauswand getroffen hat. Dein Wohnzimmer ist verwüstet, aber die übrigen Räume sind intakt. In der Hauptsache Rauch- und Wasserschaden. Euer Hausmeister ist sofort mit einem Feuerlöscher in die Wohnung eingedrungen und hat den Brand klein gehalten. Er sagt, er hält sich im Putzschrank immer gleich mehrere auf Vorrat.«

»Wann will die Feuerwehr meine Wohnung wieder freigeben?«

»Sollte der Inspektor keine Schäden an der Statik finden, kannst du heute Nachmittag rein, aber wohnen kannst du da erst in ein, zwei Wochen wieder. Frühestens.«

Mein Plan, Briggs als Köder zu benutzen, war also aufgegangen … Nur nicht in meinem Sinn.

»Ich bleibe noch hier«, sagte Morelli. »Der Anschlag fällt in die Poletti-Ermittlungen. Von mir aus kannst du schon los. Ich rufe dich an, sobald die Wohnung freigegeben ist.«

Briggs zog sich den Schuh an, und wir gingen zum Rand des Parkplatzes, wo ich den Buick abgestellt hatte. Ich wollte erst mal zu meinen Eltern fahren und Rex bei ihnen in Pension geben. Und wenn mein Vater nicht da war, würden Grandma und meine Mutter Briggs so lange bei sich behalten, bis wir alle wieder in geregelten Verhältnissen leben konnten.

»Ach, du grüne Neune«, sagte Grandma bei Briggs' Anblick. »Was haben sie denn mit dem gemacht? Hat dein Vater ihn sich vorgeknöpft?«

»Jemand hat eine Brandrakete in meine Wohnung geschossen«, sagte ich.

»Schon wieder?«, sagte Grandma.

»Ja. Ich würde Rex gerne bei euch abgeben.« Ich spähte ins Haus. »Ist mein Vater da?«

»Er sitzt in der Küche, immer noch beim Mittagessen. Lass dich lieber nicht mit dem Zwerg bei ihm blicken.«

Ich übergab Grandma das Aquarium mit Rex und ging mit Briggs zurück zum Auto.

»Du musst dich jetzt selbst um eine Unterkunft kümmern«, sagte ich. »Ich ziehe zu meinen Eltern, bis meine Wohnung wieder instandgesetzt ist, und bei uns kannst du nicht bleiben.«

»Wo soll ich denn hin?«

»Was weiß ich. Quartier dich bei Freunden oder Verwandten ein. Nimm dir ein Zimmer in einem Motel.«

»Poletti würde mich überall aufspüren.«

Ich ließ den Motor an und fädelte mich in den Verkehr ein. »Er hat dich in meiner Wohnung aufgespürt, und die hat jetzt ein riesiges Loch!«

»Wolltest du mich nicht als Köder benutzen?«

»Aus und vorbei.«

»Mannomann! Das ist der Dank dafür, dass ich deine Ratte gerettet habe.«

»Meinen *Hamster*! Und wenn du nicht gewesen wärst, wäre er erst gar nicht in Gefahr geraten!«

»Ein bisschen Dankbarkeit darf man ja wohl noch erwarten. Ich hätte auch einfach weglaufen und ihn krepieren lassen können. Aber ich hab mich selbst in Gefahr gebracht und ihm das Leben gerettet.«

Ich bog in die Hamilton Avenue. »Komm mir nicht mit dieser dreisten Dankbarkeitsmasche, nach allem, was ich für dich getan habe!«

»Du hast mich unter Alkohol gesetzt, mich gekidnappt, und wegen dir bin ich beinahe in Stücke zerfetzt worden.«

»Und jetzt willst du noch mehr von mir?«

Briggs sackte förmlich in sich zusammen. »Ich weiß nicht, was ich will. Ich bin deprimiert.«

Mein Handy klingelte, Lulas Name stand auf dem Display.

»Du musst mich abholen«, sagte sie. »Ich bin hier fertig.«

»Was ist mit Stanley?«

»Er ist bei mir. Sie haben ihn entlassen. Er hatte gerade eine Panikattacke, aber hat sich wieder beruhigt. Wir stehen vor dem Eingang der Notaufnahme.«

Drei Minuten brauchte ich bis zum Krankenhaus. Lula stand am Straßenrand, neben ihr Stanley, im Krankenhausnachthemd und mit Handschellen.

»Du brauchst dir keine Sorgen zu machen«, sagte Lula zu mir, als sie Stanley auf den Rücksitz half. »Ich hab ihm zwei Krankenhemden angezogen, Größe XXL, eins von vorne, eins von hinten, damit sein Allerwertester nicht so freiliegt.«

»Ich hab Hunger«, sagte Stanley.

»Ja, ich hab auch Hunger«, meldete sich Briggs. »Ich bin noch ganz durcheinander wegen heute Morgen.«

Lula drehte sich um zu Briggs. »Was ist denn mit dem los?«

Ich lenkte den Buick durch den Verkehr Richtung Cluck-in-a-Bucket. »Meine Wohnung wurde abgefackelt, Briggs war gerade im Badezimmer. Jemand hat einen Brandsatz hineingeschossen.«

»Wie bitte?«

»Der Scheißkerl ist hinter mir her«, sagte Briggs. »Und er bleibt mir so lange auf den Fersen, bis er mich kriegt.«

»Du hättest eben seine Frau nicht flachlegen sollen«, sagte ich.

»Alle haben sie flachgelegt«, sagte Briggs. »Ich kam als Letzter an die Reihe, als keiner mehr wollte. Ich dachte, ich tue ihnen einen Gefallen.«

»Ist nicht wahr!«, sagte Lula. »Eine richtige Brandrakete? Die so *Krach Wumm* macht, und alles fliegt in die Luft?«

»Ich würde eher sagen, *Krach Wuschu*, und alles löst sich in Rauch auf«, bemerkte Briggs. »Die Rakete ist nicht durchs Fenster geflogen, hat aber dafür ein Loch in die Hauswand gebohrt. Stephanies Wohnzimmer wurde eingeäschert. Und unter Einsatz meines Lebens habe ich ihren Hamster gerettet.«

»Erzähl keinen Scheiß!«, sagte Lula. »Ist das wahr?«

Ich schwenkte auf den Parkplatz von Cluck-in-a-Bucket. »Scheint so. Ich darf noch nicht wieder in meine Wohnung. Was wollt ihr haben?«

»Ich will einen Doppel Clucky-Burger mit Riesenpommes, Zwiebelringen und eine Cola Light«, sagte Stanley. »Und zum Nachtisch eine Apple pie.«

»Für mich dasselbe«, sagte Lula.

»Für mich auch«, sagte Briggs.

»Und wer geht rein und bestellt?«, fragte ich.

»Ich nicht«, sagte Briggs. »Ich reiche ja nicht mal bis zum Schalter.«

»Ich würde ja gehen«, sagte Stanley. »Aber ich hab kein Geld, und mit den gefesselten Händen kann ich nicht alles tragen.«

»Einer von uns behält die Gefangenen im Auge«, sagte Lula zu mir. »Such es dir aus.«

»He!«, sagte Briggs. »Guckt mal, der Typ, der gerade aus dem schwarzen SUV ausgestiegen ist und rüber ins Cluck-in-a-Bucket geht. Das ist Jimmy Poletti. Der Schweinehund, der meine Wohnung in die Luft gesprengt hat.« Briggs löste den Sicherheitsgurt und sprang aus dem Wagen. »Du verdammtes Arschloch!«, brüllte er Poletti an.

Poletti drehte sich um, erblickte Briggs und seine Begleitung und nahm die Beine in die Hand.

Lula und ich stürzten aus dem Auto und liefen hinterher, einmal ums Haus und über die Straße, ich in Sneakers, Lula in Stilettos und einem Rock, der gerade mal ihre Pofalte bedeckte. Ich hatte Poletti fast eingeholt – Lula stocherte hinter mir über den Bürgersteig, Briggs, als Letzter, stieß wüste Drohungen und obszöne Beschimpfungen gegen Poletti aus –, da schlitterte der schwarze SUV um die Ecke und bremste scharf ab, Poletti sprang hinein, und der Wagen raste davon.

»Scheiße!«, sagte Briggs. »Scheiße! Scheiße! Scheiße! Scheiße!«

Lula strich sich den Rock glatt. »Poletti hat einfach kein Glück. Zwei Raketen abgeschossen, und keine hat unserem Wicht ein Härchen gekrümmt. Nicht nur das, Poletti hat auch keinen Mumm. Offensichtlich traut er sich nicht mal, Briggs vor Zeugen zu töten. Geht's noch?«

Wir gingen zurück ins Cluck-in-a-Bucket, bestellten unser Essen und trugen es zum Buick. Nächste Katastrophe: Stanley war weg.

»Jemand hat uns Stanley geklaut«, sagte Lula.

»Ja«, sagte Briggs. »An Fettklößen in Handschellen und Krankenhaushemden scheint große Nachfrage zu bestehen.«

Ich fuhr die Straße von Cluck-in-a-Bucket zu Stanleys Elternhaus entlang, aber von Stanley keine Spur.

»Mir reicht's«, sagte ich. »Ich hab keinen Bock mehr, mich weiter ins Zeug zu legen, um Stanley heute noch einzufangen.«

»Kein Problem«, sagte Lula. »Ich bin sowieso für Sonntagabend mit ihm verabredet. Ich sag dir Bescheid, wenn wir aus dem Kino kommen, dann liefere ich ihn dir auf dem Silbertablett.«

12

Ich war im Büro und beendete meine Mittagspause, als Morelli mir eine SMS schickte, die Wohnung sei wieder freigegeben. Ich ließ Briggs in der Obhut von Connie und Lula, stapfte zu meinem Buick und gondelte gemächlich die Hamilton entlang. Gemächlich deswegen, weil ich gar keine Lust hatte auf mein Zuhause. Ich wollte die Verwüstung nicht sehen. Es war deprimierend. Zu oft hatte ich dieses Theater schon durchgemacht, und ich hatte die Schnauze voll. Wenigstens würde diesmal kein verspritztes Blut an den Wänden kleben, tröstete ich mich. Nicht schlecht, oder? Und mal ehrlich, was regte ich mich auf? Besonders ins Herz geschlossen hatte ich das Sofa, das nun verkohlt war, eh nie. Und überhaupt, warum sollte ich den Angriff persönlich nehmen? Die Rakete war ja nicht gegen mich gerichtet. Ich war zwar Opfer, aber nicht das anvisierte Opfer. Das war Briggs. Ich war nur der Kollateralschaden.

Morelli lehnte an seinem Auto und wartete auf mich, als ich auf den Parkplatz rollte.

»Du redest ja mit dir selbst«, begrüßte er mich. »Ist das nun ein gutes oder ein schlechtes Zeichen?«

»Ich rede mir gerade meine krankhaften Depressionen schön.«

»Und? Mit Erfolg?«

Ich fing an zu heulen.

Morelli schlang die Arme um mich und drückte mich an sich. »So schlimm ist es gar nicht«, sagte er. »Ein Pott Farbe, und alles ist wie neu. Und an dem Sofa hast du doch sowieso nie gehangen.«

»Ja, aber die Wohnung war gerade frisch gestrichen, nachdem sich der Kerl bei mir im Hausflur in die Luft gesprengt hatte. Mir gefiel die neue Farbe.«

Morelli nahm mich an die Hand und zog mich hinter sich her ins Haus. »Wir streichen die Wohnung in derselben Farbe.«

Wir gingen die Treppe hoch in den ersten Stock und trafen dort auf Dillan Ruddick, den Hauswart. Mit einer Maschine saugte er das Wasser vom durchnässten Teppichläufer im Flur ab.

»Danke, dass Sie meine Wohnung vor Schlimmerem bewahrt haben«, sagte ich zu ihm.

»No problemo«, sagte Dillan. »Ich hab es zu einer Wissenschaft perfektioniert. Sobald der Alarm losgeht, laufe ich los zu Ihrer Wohnung und schnappe mir unterwegs den Feuerlöscher.«

»Das beruhigt mich«, sagte ich und fügte, zu Morelli gewandt, hinzu: »Ich bin eine wandelnde Katastrophe!«

»Ja, das macht dein Leben so interessant«, sagte Morelli und schloss meine Wohnungstür auf. »Achtung beim Auftreten. Die Teppiche sind klitschnass. Morgen organisieren wir einen Renovierungstrupp. Wie du siehst, beschränken sich die meisten Schäden auf das Wohnzimmer.«

»In der Hauswand ist ein Loch! Ich kann nach draußen gucken!«

»Dillan nagelt dir ein paar Bretter davor, wenn er mit dem Absaugen fertig ist. Ich dachte, du wolltest dir Klamotten aus der Wohnung holen. Das Meiste muss wahrscheinlich sowieso gereinigt werden oder wenigstens gelüftet, um den Brandgeruch rauszukriegen.«

Ich packte einige Klamotten in einen Wäschekorb und stopfte noch zwei Müllbeutel voll, dazu das Futter für Rex, die wichtigsten Toilettenartikel, dann die Sachen von Briggs, und wir verließen die Wohnung.

Morelli verstaute alles in dem Buick. »Wohin fährst du jetzt? Ziehst du zu deinen Eltern?«

»Wahrscheinlich. Aber ich weiß nicht, was ich mit Briggs machen soll. Briggs wollen sie nicht bei sich aufnehmen.«

»Briggs ist ein erwachsener Mensch«, sagte Morelli. »Er kann sich um sich selbst kümmern.«

»Seine Wohnung wurde komplett zerstört. Er hat alles verloren. Und Poletti versucht ihn zu töten.«

»Briggs ist auch kein Unschuldsengel. Er hat Poletti bei seinen Steuertricksereien geholfen, und er hat seine Frau gevögelt.«

»Du weiß das mit seiner Frau?«

»Das ist Stadtgespräch.«

»Und Briggs hat Rex das Leben gerettet.«

»Jetzt kommen wir der Sache näher«, sagte Morelli.

»Ich kann ihn nicht einfach so im Regen stehen lassen.«

Morelli versuchte krampfhaft, nicht entnervt auszusehen. »Du bist so süß!«

Ich fing schon wieder an zu heulen.

»Mist«, sagte Morelli und umarmte mich fest. »Du kannst bei mir bleiben. Briggs darfst du auch mitbringen.«

Ich fuhr mit den Klamotten zu meinen Eltern und füllte die Waschmaschinentrommel mit einer ersten Ladung.

»Gib mir dein schwarzes Kostüm, ich hänge es nach draußen zum Lüften«, sagte Grandma. »Das brauchst du morgen für die Beerdigung.«

Da kommt Freude auf. Wenn ich eins noch mehr hasse als Trauerfeiern am offenen Sarg, dann Beerdigungen. Ich klaute mir eine Handvoll Schoko-Cookies mit echter Schokolade aus der Plätzchendose meiner Mutter, sagte Grandma, dass ich bald wiederkäme, und tuckerte mit dem alten Buick ins Büro.

»Wundert mich, dass du noch kein neues Auto hast«, sagte Lula, als ich das Büro betrat.

»Keine Zeit, kein Geld«, sagte ich. »Ich muss Poletti fangen.« Ich übergab Briggs die Reisetasche mit seinen Sachen. »Zum Glück hast du deine Kleidung in der Reisetasche gelassen. Vermutlich haben sie den Brandgeruch nicht so doll angenommen. Und Wasser oder Löschschaum haben sie auch nicht abbekommen.«

Briggs verschwand zum Umziehen auf die Toilette, und Connie ging mit einer Dose Raumspray durchs Büro.

»Du musst ihn von hier wegschaffen«, sagte sie. »Selbst mit sauberer Kleidung riecht er immer noch wie ein verkohlter Hammel.«

»Gibt es schon Neuigkeiten bezüglich des Rangeman-Gebäudes?«, fragte ich Connie. »Steht es immer noch unter Quarantäne?«

»Soweit ich weiß, ja«, sagte Connie. »Vor einer halben Stunde hat meine Cousine Loretta angerufen. Sie ist Krankenschwester im St. Francis Hospital. Sie sagt, Emilio Gardi ginge es nicht gut. Nierenversagen.«

Plötzlich hatte ich so ein flaues Gefühl im Magen.

»Und was ist mit Rangers Mitarbeiter McCready?«

»Keine Ahnung. Nichts gehört.«

Ich rief Ranger an. »Wie geht es McCready?«

»Er kommt zurecht. Die Ärzte wollen was Neues an ihm ausprobieren.«

»Und du?«

»Ich bin noch nicht wieder in Höchstform, also pass auf. Ich kann dich nicht immer überwachen.«

Er legte auf, und ich brauchte einen Moment, um mich zu beruhigen. Es gab Zeiten, da wäre ich froh gewesen, wenn Ranger mich nicht auf Schritt und Tritt verfolgte, aber heute war das anders.

»Du bist blasser als sonst«, sagte Lula. »Alles okay?«

Ich saß auf einem Stuhl neben Connies Schreibtisch, beugte mich vor und ließ den Kopf zwischen den Beinen hängen. »Ich bin einfach nur ein bisschen neben der Spur.«

»Ich kenne da ein gutes Rezept für solche Fälle. Hilft garantiert«, sagte Lula. »Donuts. Du brauchst Donuts. Eindeutig. Ich könnte auch welche vertragen.«

Briggs kam aus der Toilette. »Ich möchte auch einen Donut.«

Er hatte sich den Schmier aus dem Gesicht gewischt, die Haare gekämmt und saubere Sachen angezogen. Der Brandgeruch haftete noch immer an ihm, aber er stank nicht mehr ganz so stark nach verkohltem Hammel.

»Ich brauche keinen Donut«, sagte ich. »Ich brauche etwas mehr gesunden Menschenverstand in meinem Leben. Normalität.«

»Ja, aber ein Donut wäre ein Schritt in die richtige Richtung«, sagte Lula. »Mit einem Donut im Magen kann man besser denken.«

»Wo, glaubst du, hält sich Ranger versteckt?«, fragte ich Connie.

»Ich vermute mal, nicht allzu weit vom Rangeman-Gebäude«, sagte sie. »Ranger ist ein vorsichtiger Typ. Wahrscheinlich unterhält er irgendwo ein Satellitenbüro mit Zugriff auf ein gesichertes Info-Account. Er ist keiner, der dem Cloud-Computing vertraut.«

Ich wusste, dass er in Trenton diverse Immobilien besaß. Alle in der Hand verschiedener Beteiligungsgesellschaften, die Adressen kannte ich leider nicht.

»Na gut«, sagte ich. »Ich bin für Donuts. Noch jemand?«

»Ich«, sagte Lula.

»Ich auch«, sagte Briggs.

Ich brachte Lula und Briggs zu Tasty Pastry, drückte ihnen zwanzig Dollar in die Hand und sagte, sie sollten mir zwei Donuts mit Schokoglasur mitbringen. Kaum waren sie im Geschäft verschwunden, dampfte ich ab. Es war gemein, das gebe ich zu, aber ich brauchte etwas Zeit und Raum für mich allein. Ich wollte Ranger ausfindig machen, und das ging mit Lula und Briggs im Gefolge schlecht.

Zwei Minuten später klingelte mein Handy.

»Was fällt dir ein!?«, sagte Lula.

»Ich musste Briggs loswerden, damit ich mal mit Ranger sprechen kann«, sagte ich.

Vom Rangeman-Gebäude ausgehend erkundete ich systematisch ein sechs Häuserblocks umfassendes Gebiet. Ich suchte ein Haus mit bewachtem Parkplatz und spiegelverglasten Fenstern. Ranger brauchte Ungestörtheit. Ich erweiterte das Raster und stieß schließlich auf ein Haus in der Bender Street, etwa fünfhundert Meter vom Rangeman-Gebäude entfernt, ein dreigeschossiges Townhouse mit getönten Scheiben. Auf der Rückseite verlief eine Gasse, der Hinterhof war umgeben von einer drei Meter hohen Betonmauer mit automatischem Sicherheitstor. Videokameras auf dem Dach hatten die Gasse im Visier.

Ich stieg aus und winkte in eine der Kameras. Dreißig Sekunden später piepte mein Handy.

»Babe«, sagte Ranger.

Ich lächelte in die Kamera. »Hallöchen.«

Das Tor schob sich zur Seite, ich stieg wieder in den Buick und glitt auf den asphaltierten Parkplatz im Innenhof. Drei SUVs standen schon da, drei Plätze waren noch frei. Die Tür des Hintereingangs flog auf, und Tank schaute heraus, nicht gerade erfreut über meinen Besuch. Ich drängte mich an ihm vorbei in einen Flur, der bis zum Vordereingang und einem Personenaufzug führte.

»Zweiter Stock«, sagte Tank und hielt mir die Aufzugtür auf.

Kurz darauf öffnete sich die Tür erneut, und ich stand in einem Loft, vor mir Ranger. Auch er schien nicht sonderlich erfreut über meinen Besuch, aber bei Ranger weiß man nie. Ranger ist nicht so fürs Gefühlige.

Betonfußboden, weiße Wände, schwarze glänzende Ledermöbel. Eine kombüseartige Hightech-Küche, ein Esstisch für sechs Personen, in einer Ecke ein kleines Schreibbüro, ein Sofa mit Beistelltisch vor einem Flachbildschirm, und ein abgetrennter Bereich, in dem ich Schlaf- und Badezimmer vermutete.

»Ist das die Batcave?«, fragte ich ihn.

»Das Haus war eine sichere Bleibe, bis du es entdeckt hast.«

»Ist es das jetzt nicht mehr?«

»Jetzt ist es ein Zuhause«, sagte Ranger.

»Wow!«

Seine Mundwinkel zuckten aufwärts zu einem angedeuteten Lächeln. »Das darfst du nicht überinterpretieren.«

»Es war eine echte Offenbarung. Ich weiß nicht, wie ich es dir sagen soll, aber dein sicheres Heim war nicht so schwer zu finden.«

»Du kennst mich eben zu gut, deswegen. Eigentlich ist das hier eher eine Zweigstelle, keine sichere Bleibe. Was verschafft mir die Ehre deines Besuchs?«

»Zwei Probleme. Das erste betrifft Jimmy Poletti. Ich weiß, dass er sich hier in der Gegend aufhält, weil er gerade einen Brandsatz in mein Wohnzimmer abgefeuert hat. Leider hatte ich bei meiner Verfolgung bisher kein Glück. Ich dachte, du könntest mir vielleicht helfen.«

»Hast du einen Plan?«

»Nur vage Vorstellungen.«

»Und das zweite Problem?«

»Du. Mir gefällt der Gedanke nicht, dass irgend so ein aufgeputschter Polonium-Mörder beim zweiten Mal Erfolg haben könnte und aus dir eine ewige Glühlampe macht. Das stresst mich. Ich hoffe, du findest den Kerl und eliminierst ihn.«

»Ich gebe mir Mühe.«

»Hast du irgendwelche Hinweise?«

»Vermutlich handelt es sich um einen Russen. Entweder Mafia oder Militär. Ich habe etliche Mitglieder der russischen

Mafia festgenommen. Und es gehört nicht viel Fantasie dazu, sich vorzustellen, dass Gardi sich in diesen Kreisen bewegt.«

»Wie kommst auf die Russen?«

»Das Polonium 210 aus Gardis Besitz ist ein relativ obskures radioaktives Gift, das nur in sehr geringen Mengen produziert wird. Nach meinem Kenntnisstand wird es gegenwärtig nur in Russland hergestellt, und nur Russen mit exzellenten Verbindungen haben Zugriff darauf.«

»Und du glaubst, irgendein russischer Mafioso hat so einen Brass auf dich, dass er dazu fähig ist?«

»Ein gewisser Grad von Wahnsinn wäre dazu erforderlich, aber ich halte es für möglich, ja.«

»Wie willst du den Kerl aufspüren?«

»Ohne Gardi komme ich nicht an ihn ran.«

»Morelli sagt, nicht mal die Polizei hat Zugang zu Gardi.«

»Ihm wird atomarer Terrorismus vorgeworfen. Eine ganze Armee von FBI-Fuzzis bewacht ihn, und niemand auf Bundesebene gibt Informationen heraus.«

»Ich könnte dich einschleusen.«

Ranger lupfte die Augenbraue um ein Hundertstel Millimeter.

»Ich habe Randy Briggs an der Hand«, sagte ich. »Er war mal kurzzeitig Chef der Security im Central Hospital und ist während dieser Zeit an Wochenenden manchmal für Kollegen im St. Francis eingesprungen. Er kennt die Dienstpläne bestimmt auswendig und weiß, wie man auf die Stationen gelangt.«

13

Ein einziger Donut war übriggeblieben, als ich zurück ins Büro kam. Ich nahm ihn mir und wandte mich an Briggs.

»Ranger muss unbedingt mit Gardi sprechen«, sagte ich. »Kannst du ihn unbemerkt ins St. Francis hineinbringen?«

»Das könnte schwierig werden. Wie ich gehört habe, wimmelt es auf der Station nur so von FBI-Leuten. Die lassen nicht mal den Sicherheitsdienst des Krankenhauses rein.«

»Irgendjemand muss ja rein«, sagte ich. »Ärzte, Krankenschwestern, Hauswirtschaftskräfte, Reinigungspersonal, Essensdienst. Womit hätten wir die besten Chancen?«

»Als Hauswirtschaftskraft. Ich bin sicher, dass jeder, der das Zimmer betritt, Schutzkleidung tragen muss, Kittel und Maske. Das ist euer Vorteil. Ich könnte euch damit ausstatten, und dann braucht ihr nur noch mit einem Stapel Handtücher oder Laken hineinzugehen. Spätnachmittags ist die beste Zeit. Wenn bei Gardi nicht gerade Not am Mann ist, dürfte er allein sein. Morgens machen die Ärzte ihre Visiten, nachmittags erledigen die Schwestern den Papierkram. Die Security-Leute sitzen draußen vor der Tür. Das Problem ist Ranger, weil die Hauswirtschaftskräfte alle Frauen sind. Sie arbeiten immer zu zweit und schieben ihre Wägelchen mit Wäsche und anderen Sachen durchs Haus.«

»Ich könnte zusammen mit Stephanie im Team gehen«, sagte Lula. »Eigentlich meide ich Krankenhäuser wie die Pest, aber hierfür würde ich mich breitschlagen lassen. Ich stelle mir einfach vor, ich trete in einer Krankenhausserie auf und bekomme dafür einen Oscar als beste Nebendarstellerin. Ich würde alles für die Rolle geben.«

»Gäbe es nicht doch eine Chance für Ranger?«, fragte ich Briggs. »Er braucht eine ganz spezielle Information.«

»Ranger mit dem Nötigsten auszustatten wäre kein Problem«, sagte Briggs. »Und ich kann ihm auch beschreiben, wie man auf die Station kommt. Ich weiß nur nicht, ob er sich an den FBI-Leuten vorbeimogeln kann. Wenn ich Gardi bewachen müsste, würde ich einen kräftigen Mann, den ich nicht kenne, nur ungern ins Krankenzimmer lassen.«

»Als Frauen hätten wir dieses Problem nicht«, sagte Lula. »Wir würden einfach unsere Arbeit tun, als wären wir unsichtbar.«

»Kann sein«, sagte Briggs. »Das ist Glückssache.«

»Weißt du, was Ranger von Gardi wissen will?«, fragte mich Lula.

»Wer ihm das Polonium gegeben hat.«

»Wenn du noch Informationen aus Gardi herausholen willst, dann halt dich ran«, sagte Connie. »Es geht ihm gar nicht gut.«

Das St. Francis Hospital ist von unserer Kautionsagentur nur einen Steinwurf weit entfernt, aber Connie fuhr uns trotzdem hin. Unterwegs rief ich Ranger an und erläuterte ihm unseren Plan.

»Das ist eigentlich nicht in meinem Sinn«, sagte er.

»Wenn ich erwischt werde, bist du meine einzige Rettung.«

Schweigen am anderen Ende der Leitung. Also legte ich auf.

Briggs brachte uns zu einem Lieferanteneingang auf der Rückseite. Die Tür hatte ein Zahlenschloss mit vier Ziffern. Er drückte die entsprechenden Knöpfe, und die Tür sprang auf.

»Die Kombination wird nie geändert«, sagte er. »St. Francis ist nicht gerade das sicherste Krankenhaus.«

Wir folgten ihm durch einen leeren Flur bis zu einem Vorratsraum. Dort zogen wir uns Krankenhauskittel über, nahmen uns Handschuhe und Mundschutz, und Briggs rollte einen Wäschewagen für uns heran.

»Connie sagt, er läge auf der Isolierstation im zweiten Stock«, erklärte Briggs. »Normalerweise müsste er auf die Krankenstation für Häftlinge, aber da können sie ihn nicht getrennt von den anderen Patienten unterbringen. Dem Wachschutz an der Tür sagt ihr, ihr kommt wegen der kontaminierten Bettwäsche. Denkt daran, doppelte Handschuhe gegen Infektionen und Mundschutz zu tragen. Wenn der Wachmann einigermaßen bei Verstand ist, wird er sich von dem Zimmer entfernen, sobald ihr mit der Bettwäsche kommt.«

»Woher weißt du das alles?«, wollte Lula von Briggs wissen.

»Für den Umgang mit verstrahlten Patienten gibt es strenge Verhaltensregeln. Das Atomzeug ist nämlich echt fies. Bei der Wäsche gilt folgende Prozedur: Eine von euch bleibt mit dem Wäschewagen draußen vor der Tür, die andere geht ins Zimmer, leert den Wäschekorb und schaut im Badezimmer nach. Hinter diesem Vorratsraum lauern Hunderte Überwachungskameras, deswegen gehe ich nicht weiter. Legt jetzt eure Schutzkleidung an, und zieht die Atemmaske über – und tragt sie auch die ganze Zeit. Legt beides erst ab, wenn ihr wieder hier unten seid, außer Sichtweite der Kameras.«

»Wir müssen uns noch Namen ausdenken«, sagte Lula zu mir. »Ich bin Shaneeka. Und wie willst du heißen?«

»Judy.«

»Wie bitte? So ein Allerweltsname für eine als Krankenschwester getarnte Geheimagentin?«

»Ich bin keine Krankenschwester. Ich schiebe nur einen Wäschewagen durchs Haus.«

»Trotzdem könntest du stolz auf deine Arbeit sein. Ich finde, du solltest Shandra heißen.«

»Okay. Dann bin ich eben Shandra.«

Wir folgten Briggs' Anweisungen und fuhren mit dem Bettenaufzug in den zweiten Stock. Drei Männer in zerknitterten grauen Anzügen und mit Ohrstöpseln standen am anderen Ende des Korridors.

»Showtime«, sagte Lula und visierte die drei Männer an.

»Halt dich bitte zurück«, ermahnte ich sie.

»Ja, ja«, sagte sie. »Ich weiß, ich weiß.«

Vor den Männern blieb sie stehen und sah zum Krankenzimmer. Die Tür war geschlossen, und ein Schild mit dem internationalen Symbol für Strahlung hing daran.

»Shandra und ich sollen hier die kontaminierte Wäsche abholen«, sagte Lula. »Wir sind noch neu hier. Ich würde Ihnen raten, lieber etwas zurückzutreten, falls wir gleich versehentlich Strahlensuppe verschütten sollten.«

Die drei Männer wichen auf der Stelle zurück.

Ich streifte mir die doppelten Handschuhe über, nahm einen der strapazierfähigen orangefarbenen Plastikbeutel mit aufgedrucktem Strahlungssymbol aus dem Wäschewagen und betrat das Zimmer.

Gardi lag im Bett, an diverse Schläuche angeschlossen, die irgendwelche Flüssigkeiten in seinen Körper träufelten. Seine Augen waren geschlossen, seine Haut war grau wie nasser Zement.

»Hi«, sagte ich. »Wie geht es Ihnen?«

Er klappte die Augen halb auf. »Toll.«

»Tut mir leid mit dem Polonium.«

»Dumm gelaufen.«

»Ich hab gehört, jemand hätte Sie reingelegt.«

»Falsch. Ich hab mich selbst reingelegt. Es war eine geschäftliche Abmachung. Ich brauchte Geld. Dringend. Und jetzt bin ich ein toter Mann.«

»Vielleicht gibt es ja ein Gegengift.«

»Haben Sie eins dabei?«

»Ich meine ja nur. Wer hat Ihnen das Polonium gegeben?«

»Wen interessiert das schon?«

»Ranger.«

»Logisch. Hört mal, ich persönlich habe gar nichts gegen Ranger, obwohl er mir das Essen mit meinen Freunden verdorben hat.«

»Dann helfen Sie mir weiter. Von wem haben Sie das Polonium?«

»Von einem Typen mit so einem komischen Tattoo im Nacken. Das hab ich dem FBI auch gesagt, die haben mich nur angeguckt, als wäre ich verrückt. Sie haben mir kein Wort geglaubt.«

»Hatte der Mann auch einen Namen?«

»Mir hat er sich jedenfalls nicht vorgestellt. Er ist auf mich zugekommen. Er habe erfahren, dass ich Geld brauchte. Er hätte viel Geld, und er hätte einen Auftrag für mich.«

»Wie sah der Mann aus?«

»Mittelgroß, normal gebaut. Er hatte ein Kapuzenshirt an. Ein Weißer. Sein Haar hab ich nicht gesehen, weil er die Kapuze aufhatte. Er trug eine verspiegelte Sonnenbrille, aber er hat eine markante Narbe über einem Auge, so viel hab ich erkannt. Und er sprach mit Akzent. Klang irgendwie britisch. Und dann, wie gesagt, das Tattoo am Hals.«

»Was für ein Tattoo?«

»Ein Totenkopf mit Blume.«

»Und der wollte, dass Sie das Polonium bei Rangeman abliefern?«

»Ja. Er hat mich noch gewarnt, ich solle vorsichtig sein. Schon eine verschwindend geringe Menge von dem Zeug auf der Haut könnte tödlich sein. In dem Punkt hat er recht.«

»Aber Sie haben trotzdem eingewilligt.«

»Er hat mir Geld gegeben. Sehr viel Geld. Und der Job schien nicht weiter kompliziert. An der Kartusche war eine Zeitschaltuhr befestigt. Die habe ich eingeschaltet, und danach verblieb mir noch eine halbe Stunde, bis das Zeug versprüht würde. Nur dass das blöde Ding in dem Handgemenge mit dem Kerl von Rangeman kaputtgegangen und das Zeug auf mir ausgelaufen ist.«

Ich ging ins Badezimmer und sammelte die Handtücher ein. »Wo hat Totenkopf mit Blume Ihnen die Kartusche übergeben?«

»Er hatte mir in New York ein Zimmer reserviert. Hotel Gatewell. Die Kartusche wartete schon auf mich, als ich eincheckte.«

»Und das Geld?«

»In bar. Ging direkt an meine … Finanzpartner.«

»Meine Fresse, Emilio, das ist echt scheiße!«

»Fällt mein Haar schon aus?«

»Kann ich nicht erkennen.«

»Wenn ich hier heil rauskomme, bin ich schuldenfrei.«

»Na dann, viel Glück.«

Ich verließ das Krankenzimmer und stopfte den orangefarbenen Sack in den Wäschekarren.

»Alles erledigt?«, fragte Lula.

»Ja, fertig.«

Mit gesenktem Kopf schoben wir den Wäschewagen bis zum Bettenaufzug, fuhren hinunter ins Erdgeschoss, stellten den Wagen wieder außer Reichweite der Überwachungskameras im Flur ab, entledigten uns der Atemmasken, Handschuhe und Schutzkittel und bewegten uns Richtung Ausgang. Connie und Briggs warteten am Straßenrand, gegenüber stand mit laufendem Motor ein schwarzer SUV, vermutlich ein Rangeman-Fahrzeug. Lula und ich stiegen in Connies Wagen, und sie brachte uns zurück ins Büro. Hinter uns schnurrte der schwarze SUV heran, und Hal stieg aus.

»Ranger möchte dich sprechen«, sagte er zu mir.

Ich stieg in den SUV, und Hal brachte mich zu dem Townhouse in der Bender Street. Mit dem Aufzug segelte ich in den zweiten Stock, Ranger saß am Schreibtisch.

»Und? Erwischt?«, fragte er.

»Nein. Ich bin bis zu Gardi vorgedrungen, und bis jetzt hat mich noch niemand verfolgt.«

»Wie geht es ihm?«

»Er sieht furchtbar aus, ist aber völlig klar im Kopf. Er hat mit dem FBI gesprochen, aber die halten seine Informationen nicht für stichhaltig. Gardi kann keine Namen liefern. Es war eine geschäftliche Vereinbarung, behauptet er. Er brauchte dringend Geld, und dann hat sich dieser Kerl bei ihm gemeldet und ihm einen Job angeboten. Gardi hat ihn nur ein einziges Mal gesehen. Das Geld wurde bar an Gardis Geschäftspartner ausgezahlt. Die Kartusche stand in einem New Yorker Hotelzimmer zur Abholung bereit. Das ist alles.«

»Hat er dir den Fremden beschrieben?«

Ich wiederholte haarklein, was Gardi mir erzählt hatte, vom Verhör durch das FBI bis zu der Narbe und dem Tattoo.

»Soll ich raten?«, sagte Ranger. »Ein Totenkopf mit Blume.«

»Genau! Kennst du ihn?«

»Nur als Vlatko. Unsere Wege haben sich während eines Rettungseinsatzes in Nordkorea gekreuzt, da war er ein SVR-Schläger. SVR ist der neue KGB.«

»Habt ihr zusammengearbeitet?«

»Nein. Wir waren Gegner. Er gehörte dem russischen Auslandsgeheimdienst an, und ich war Späher einer Einheit der Bodentruppen.«

»Und?«

»Die Operation war erfolgreich, aber es lief nicht alles sauber ab. Es gab Verluste auf beiden Seiten. Ich wurde gefangengenommen und Vlatko zur Folterung übergeben. Er hatte mir schon den Bauch halb aufgeschlitzt, bevor es mir gelang, ihm das Messer zu entreißen.«

»Ich dachte, die Narbe käme von einer Blinddarmoperation.«

»Wenn das Messer tiefer eingedrungen wäre, hätte ich mir die ersparen können.«

»Und was hast du ihm angetan?«

»Ich hab ihm das Messer ins Auge gestochen.«

»Wow! Grauenvoll. Nordkorea, das ist Jahre her. Hast du seitdem von Vlatko gehört?«

»Nein. Ich dachte, er wäre aus meinem Leben verschwunden.«

»Er trauert wohl seinem verlorenen Auge hinterher.«

»Scheint so.«

»Den einzigen anderen konkreten Hinweis, den ich von Gardi bekommen habe, war der Name des Hotels in New York. The Gatewell.«

Ranger tippte den Namen in seinen Computer.

»Das Gatewell ist auf der West Side«, sagte er. »Ein kleines Luxushotel. Ich recherchiere mal ein bisschen dazu.«

»Heißt Recherche auch Einbruch in die Kundendatenbank?«

»Das ist verboten«, sagte Ranger, »und von hier aus schwierig zu machen. Aber vielleicht gelingt es uns ja.«

Hal brachte mich zurück ins Büro. Ich lud Briggs in mein Auto und besorgte ein paar Pizzen. Morelli kehrte gerade von einem Spaziergang mit Bob zurück, als ich vor seinem Haus vorfuhr. Bob kam angepest, schnüffelte an den Pizzakartons und knurrte Briggs an.

Ich stellte die Pizzakartons auf den Sofatisch, Morelli holte eine Rolle Küchenpapier und ein Sixpack Budweiser aus der Küche, schaltete den Fernseher ein, und wir ließen es uns schmecken.

»Was macht die Suche nach Poletti?«, fragte Briggs.

Morelli schüttelte den Kopf. »Er steckt irgendwo da draußen, aber er kommt in Bewegung.«

»Echt großzügig, dass wir hier bleiben dürfen. Bei dem Risiko!«, sagte Briggs.

Morelli stutzte. »Was für ein Risiko?«

»Die Wahrscheinlichkeit, dass Ihnen jemand eine Brandbombe ins Fenster wirft, ist sehr hoch«, sagte Briggs.

Morelli machte große Augen, als käme ihm der Gedanke zum ersten Mal.

»Solange wir nicht hinausposaunen, dass du hier bist«, sagte ich zu Briggs, »erfährt es keiner, und niemand wird eine Rakete auf das Haus abfeuern.«

Briggs sah die Dose Bier an. »Sie haben nicht zufällig Heineken im Haus, oder?«, fragte er Morelli.

»Ich hab nur Bud«, sagte Morelli.

Briggs stieß einen Seufzer der Verzweiflung aus und nahm sich ein Bud. »Hätten Sie wohl ein Bierglas für mich?«, fragte er.

»Bei mir hast du nicht danach gefragt«, sagte ich.

»Bei dir erwarte ich auch nicht viel«, sagte Briggs.

Morelli brachte Briggs das gewünschte Glas. »Lassen Sie sich nicht täuschen von den Gardinen vor den Fenstern und dem Toaster in der Küche. Ich bin noch weniger kultiviert als sie.«

Der Gedanke gefiel mir, aber ich war mir unsicher, ob es stimmte. Ich trank das Bier aus der Dose und verschlang zwei Stücke Pizza.

»Ich muss zu meinen Eltern, die Wäsche abholen«, sagte ich zu Morelli. »Grandma hat mein schwarzes Kostüm zum Auslüften nach draußen gehängt, damit ich es morgen zur Beerdigung anziehen kann.«

Morelli sah zu Briggs. »Und was machen wir mit ihm?«

»Ich wollte ihn hier bei dir lassen.«

»Du willst dich doch nicht etwa aus dem Staub machen«, sagte Morelli. »Du kommst zurück, oder?«

»Klar komme ich zurück.«

14

Meine sauberen Sachen lagen ordentlich gefaltet in einem Wäschekorb, das schwarze Kostüm hing gut ausgelüftet und gebügelt auf einem Kleiderbügel, der rote Rock war in der Reinigung. Meine Mutter und meine Oma sind wahre Engel der Sauberkeit und Ordnung.

»Hast du schon gehört?«, fragte Grandma. »Emilio Gardi ist tot. Marjorie Barstock hat eben angerufen.«

»Wirklich?«

»Marjories Tochter arbeitet im Krankenhaus. Sie sagt, es gäbe ein wahnsinniges Theater deswegen. Das FBI hatte gedacht, er würde noch eine Weile leben, sie haben sich einfach noch mehr Informationen von ihm erhofft. Marjorie sagt, ihre Tochter meint, das Herz sei kaputt gewesen. Strahlung ist wirklich eine schlimme Sache. Deswegen soll man sich nie direkt vor einen Mikrowellenherd stellen.«

»Gibt es noch Nachtisch?«, fragte ich Grandma.

»Deine Mutter hat Vanillepudding gekocht. Ich glaube, im Kühlschrank steht ein Schälchen. Es gibt auch Sahne dazu.«

Ich fand den Pudding, klatschte einen Batzen Schlagsahne obendrauf und aß im Stehen.

»Wo er wohl beerdigt wird?«, fragte Grandma. »Ob sie ihn auf eine der Giftmülldeponien nach Nevada bringen müssen?«

Das schien mir eher unwahrscheinlich, aber sicher war ich mir auch nicht.

»Marjorie sagt, der jüngste Poletti-Sohn sei heute auch in der Notaufnahme gewesen, sternhagelvoll, wie ihre Tochter meint. Ich glaube, er hat Gras geraucht, jedenfalls hat er sich sein Hemd angezündet, und als er versucht hat, sich das Hemd vom Leib zu reißen, hat er sich die Pfoten verbrannt. Wieder mal ein gutes Beispiel, warum Gras gefährlicher ist als Alkohol. Leute, die trinken, setzen nicht ihr Hemd in Brand.«

»Ich muss zurück zu Morelli«, sagte ich. »Briggs ist bei ihm.«

Grandma half mir, die Wäsche zum Auto zu tragen. »Sag Bescheid, wann die Beerdigung ist. Und morgen früh müssen wir um acht in der Kirche sein. Ich muss nicht eher da sein, weil mir diesmal egal ist, wo ich sitze, ob vorne oder hinten.«

Ich fuhr zu Morelli, parkte vorm Haus und schleppte den Wäschekorb ins Wohnzimmer. Briggs, Morelli und Bob schauten Baseball im Fernsehen. Niemand blutete, was ich als gutes Zeichen interpretierte.

»Ich könnte jetzt gut ein Eis vertragen«, sagte Briggs.

Morelli sah ihn schräg von der Seite an. »Ich hab keins da.«

»Jemand müsste losgehen, welches kaufen«, sagte Briggs.

Wie auf Kommando drehten sich alle drei Köpfe zu mir um.

»Na gut«, sagte ich. »Sonst noch was außer Eis?«

»Plätzchen«, sagte Briggs.

Ich ging zu dem Mini-Markt einige hundert Meter weiter auf der Hamilton, kaufte drei Eisbecher, zwei Packungen

Cookies und Twizzlers. Danach hatte ich keinen Cent mehr und eine überzogene Kreditkarte. Wieder vor Morellis Haus rief ich Ranger an.

»Ich brauche Geld«, sagte ich. »Ich muss Poletti fangen. Auf der Totenfeier für seine Mutter war er nicht, aber vielleicht kommt er morgen zur Beerdigung. In Tarnung. Oder er schaut von ferne zu. Ich könnte Hilfe gebrauchen.«

»Welcher Art?«

»Vier Augen sehen mehr als zwei.«

»Geht klar.«

Ich angelte mir ein Twizzler aus der Tüte und biss ein Stück ab. »Gardi ist tot.«

»Ja, schon gehört«, sagte Ranger. »Ich hab zwei Männer drangesetzt, Daten über Vlatko zu sammeln. Aber wir sind noch nicht weit gekommen.«

»Das kann doch nicht so schwierig sein, einen Einäugigen mit einem Schädel-Blumen-Tattoo auf dem Hals zu finden.«

»Auf Facebook oder match.com gibt es niemanden mit den Merkmalen«, sagte Ranger.

»Und was nun?«

»Exkursion nach New York.«

Ich legte auf, rief als Nächstes Lula an und bat auch sie um Hilfe. Ich brauchte jemanden, der auf Briggs aufpasste, während ich nach Poletti suchte.

Um zehn Uhr hatte Morelli genug von dem Baseballspiel.

»Ich habe morgen früh eine Besprechung, und sowieso, mein Team verliert«, sagte er.

Briggs hatte sich auf dem Sofa häuslich eingerichtet. »Ich gucke mir das Spiel noch zu Ende an.«

Morellis Haus war kein Palast, aber für eine einzelne Person recht komfortabel. Wohnzimmer, Esszimmer, Küche und Gäste-WC im Erdgeschoss, oben drei Schlafzimmer und ein Bad. Auch für ein Ehepaar oder eine junge Familie wäre es noch komfortabel. Zu dritt, und mit Briggs dabei, war es ungemütlich.

Ich lag mit Schlüpfer und T-Shirt bekleidet in Morellis Bett, die Decke bis unters Kinn gezogen. Morelli stand nackt neben dem Bett.

»Was ist los?«

»Briggs.«

»Briggs ist unten im Wohnzimmer.«

»Ich hab Angst, er könnte hochkommen und fragen, ob wir Bio-Taro-Chips im Haus haben oder ob er sich eine Kreditkarte ausleihen kann, um sich einen Pornofilm zu kaufen.«

»Er guckt sich das Baseballspiel am Fernsehen an.«

»Woher willst du das so genau wissen? Er ist ein hinterhältiger Zwerg. Vielleicht ist er längst die Treppe hochgekrabbelt. Hast du die Schlafzimmertür abgeschlossen?«

»Ja.«

»Du lügst. Die Schlafzimmertür hat gar kein Schloss.«

»Würdest du dich sicherer fühlen, wenn ich die Kommode vor die Tür schiebe?«

»Ja, vielleicht. Aber lauschen könnte er dann immer noch.«

Morelli zog mir den Schlüpfer Millimeter für Millimeter runter.

»Macht es dir nichts aus, wenn er uns hört?«, fragte ich ihn.

»Nein.« Er küsste mich auf die nackte Schulter und schob tastend eine Hand unter mein T-Shirt.

»Ich muss immerzu an ihn denken«, sagte ich.

Obwohl, ich muss zugeben, Morelli hat magische Hände, und er konnte wahnsinnig geil küssen.

»Gefällt dir das?«, fragte er und fuhr mit einem Finger über meinen Nippel.

»Mmmm.«

Dann plötzlich hatte ich wieder Briggs vor Augen, wie er ein Ohr an die Tür legt.

»Ich hab Probleme, mich zu konzentrieren«, sagte ich.

»Kann ich von mir nicht sagen, wie du wohl merkst.«

»Allerdings. Ich würde ja gerne mitmachen. Wirklich, glaub mir, wahnsinnig gern. Aber ich werde einfach das Gefühl nicht los, dass Briggs draußen vor dem Zimmer hockt. Wer weiß, vielleicht ist das Baseballspiel ganz plötzlich zu Ende gegangen.«

»Es mussten noch zwei Innings gespielt werden.«

»Stimmt, du hast recht«, sagte ich. »Wenn wir uns ranhalten, sind wir vielleicht noch vor Spielende fertig.«

»Kein Problem«, sagte Morelli.

Für mich schon. »Und wenn die Innings in Rekordzeit vorbei sind? Wer weiß, vielleicht sind sie schon längst beim zweiten Inning. Vielleicht sogar schon durch!«

»Also gut«, sagte Morelli. »Eigentlich wollte ich es mir für einen besonderen Anlass aufheben, aber vielleicht ist heute eine gute Gelegenheit, es mal auszuprobieren.«

Er kramte in der Schublade seines Nachttischs und holte eine neonblau-silberne Schachtel hervor. »Letzte Woche habe ich Ziggy Shestok hochgehen lassen. Er hatte mal wieder Zeug aus dem Kofferraum seines Cadillacs verkauft, dabei hab ich mir dieses Baby für zwei Dollar gegönnt. Wenn du das über den Shopping-Kanal bestellst, kostet es zwanzig Dollar.«

»Du hast Ziggy wegen Hehlerei verhaftet und dann selbst Haushaltsgeräte von ihm gekauft?«

»Nein. Ich meine, ich habe ihn wegen Drogenbesitzes verhaftet. Der Verkauf der gestohlenen Haushaltsgeräte war nur ein Nebenjob. Er hatte auch Toaster im Angebot, aber ich habe schon einen.« Morelli entfernte die Plastik-Schutzhülle, in die der Karton eingeschweißt war, nahm das Gerät heraus und begutachtete es. »Batterien inklusive«, sagte er.

»Was sind denn das für knubbelige kleine Dinger an dem Gerät?«

»Auf der Schachtel steht, das seien Luststimulatoren.«

»Lust ist immer gut«, sagte ich.

Morelli schaltete das Gerät ein. »*Ssssssssssssssss!*«

»Wow. Klingt ganz schön ... *kraftvoll.*«

»Es nennt sich das Sekundenwunder.«

Er drückte wieder den Startknopf. Das Gerät in seiner Hand brummte, und ich spürte, wie sich die Vibration auf die Matratze übertrug.

Ich sprang auf die andere Seite des Bettes. »Das ist mir zu viel Lust auf einmal.«

Morelli zog mich wieder auf seine Seite, klemmte mich zwischen seine Beine und küsste mich. »Sei tapfer«, sagte er. »Das Gerät hat eine Geld-zurück-Garantie.«

Ich kniff die Augen zu und biss die Zähne zusammen. »Los, mach!«

Ssssssssssssssss! Ssssssssssssssss!

»Uuuuaaah!«, schrie ich.

Morelli rollte von mir herunter. »Alles in Ordnung?«

»Mehr als in Ordnung«, keuchte ich. »Das war die wundervollste Sekunde in meinem Leben.«

Rumms, rumms, rumms! »He!«, rief Briggs von der anderen Seite der Tür, »alles klar bei euch? Ich habe so ein komisches Brummen gehört. Klang wie ein Schwarm aggressiver Bienen.«

»Nur eine Stromentladung«, sagte Morelli. »Passiert hier andauernd.«

15

Ich genoss gerade meine zweite Tasse Kaffee in der Küche, als Briggs hereinwatschelte.

»Ich konnte nicht schlafen«, sagte er. »Ich bin ständig aufgewacht, weil ich immer damit gerechnet habe, dass gleich ein Brandsatz durchs Fenster fliegt.«

»Es wird keine Brandbombe durchs Fenster fliegen. Es weiß niemand, dass du hier bist.«

»Er wird mich finden. Es ist nur eine Frage der Zeit.« Er goss sich Kaffee ein. »Wo ist Morelli?«

»Schon aus dem Haus. Er hat heute früh eine Besprechung.«

»Warum trägst du das schwarze Kostüm? Gehst du auf eine Beerdigung?«

»Ja. Jimmy Polettis Mutter kommt heute unter die Erde.«

»Das hab ich ganz vergessen. Soll ich mitkommen?«

»Ja. Wir müssen in zwanzig Minuten zum Trauergottesdienst aufbrechen.«

Fünfzehn Minuten später stand Briggs wieder in der Küche. Geduscht und in frischer Kleidung, die zerknittert, aber sauber war und nur noch leichten Brandgeruch ausströmte. Er schlang einen Teller Cornflakes hinunter, schüttete einen Pott Kaffee hinterher, beklagte sich über den miesen Orangensaft, und schon saßen wir im Auto, unterwegs zu Grandma.

Grandma trug einen königsblauen Hosenanzug, dazu schwarze Lackleder-Pumps und, aus dem gleichen Material, eine große Handtasche, in der vermutlich eine .45er Langrohrpistole steckte.

Ich reihte mich mit meinem Buick in die Schlange vor der Kirche ein und bekam einen Trauer-Wimpel für das Auto. Lula stellte sich mit ihrem roten Firebird hinter mich. Wir stiegen aus und versammelten uns auf dem Bürgersteig. Lula trug schwarze Fünfzehn-Zentimeter-Heels, einen schwarzen Stretch-Rock und ein Wickel-Top. Die Haarfarbe hatte sie aus gegebenem Anlass von Pink zu Magenta abgedimmt.

»Und? Hast du schon einen Plan?«, fragte sie mich. »Den Wicht aus dem Fenster hängen und hoffen, dass jemand auf ihn zielt?«

»Das ist Plan B«, sagte ich. »Den probieren wir morgen, falls heute Plan A nicht funktioniert.«

»Und wie sieht Plan A aus?«, fragte Briggs.

»Wir gehen in den Gottesdienst und auf die Beerdigung und hoffen, dass wir irgendwo Jimmy Poletti herumlungern sehen«, sagte ich. »Wir verteilen uns im Raum und bleiben über Handy in Kontakt.«

»Von mir aus nehmen wir ihn fest. Ich bin zu allem bereit«, sagte Grandma. »Hab meinen Big Boy mitgebracht.«

»Lass deinen Big Boy schön in der Handtasche stecken«, sagte ich. »Ruf mich lieber an, falls du Jimmy irgendwo entdeckst. Ich bleibe hier draußen. Du und Lula, ihr geht zusammen mit Briggs in die Kirche. Und passt auf, dass ihn euch keiner wegschnappt.«

Ich überquerte die Straße, um einen besseren Blick auf die Kirche und ihre unmittelbare Umgebung zu erlangen. Dass ich Briggs nicht als Köder aushängen würde, war ein bisschen geflunkert. Natürlich würde ich ihn als Lockvogel benutzen. Das wussten alle Beteiligten, einschließlich Briggs, nur wollte er es nicht aus meinem Mund hören.

Mein Handy brummte, und ich las mir die SMS durch.

Babe.

Ranger war also da – irgendwo.

Fünf Minuten später eine SMS von Grandma: Sie, Lula und Briggs säßen in der letzten Reihe und könnten den gesamten Kirchenraum überblicken. Bis jetzt hätten sie Jimmy Poletti noch nicht gesichtet, dafür nur den Sohn von Poletti, in Handschellen.

Orgelmusik ertönte. Die schweren Eichentüren der Kirche schlossen sich, und es herrschte Stille.

Die nächste SMS von Ranger. *Drinnen zwei Polizisten in Zivil, ein dritter draußen, ein paar Häuser von dir entfernt.*

Ich sah die Straße hinunter und winkte dem Mann an der Kreuzung. Er grinste, erwiderte aber mein Winken nicht. Ich hielt Ausschau nach Ranger, konnte ihn nirgends entdecken, aber das war nicht weiter verwunderlich.

Ich sah den vorbeifahrenden Autos hinterher und behielt die Seiteneingänge der Kirche im Auge. Keine ungewöhnlichen Aktivitäten. Nach einiger Zeit öffnete sich die Doppeltür des Hauptportals der Kirche wieder, und die Trauergäste kamen nach und nach heraus.

SMS von Lula: *Wir bleiben bei der Toten. Bis jetzt wollte noch keiner was von unserem Zwerg, hat nur von vielen Leuten böse Blicke geerntet. Anscheinend nicht beliebt.*

Ich wartete gegenüber, auf der anderen Straßenseite, bis Mrs Polettis Sarg herausgetragen und in den Leichenwagen geschoben wurde. Der Polizist an der Kreuzung war immer noch auf seinem Posten. Grandma und Lula standen auf dem Bürgersteig vor dem Leichenwagen, Briggs eingequetscht zwischen ihnen. Ranger war nicht zu sehen. Grandma und Briggs gingen mit Lula, ich klemmte mich hinter das Steuerrad des Buicks, und der Autokorso zum Friedhof setzte sich in Bewegung.

Ich parkte am Ende der Straße, die zum Gräberfeld führte, stieg aus und erhielt umgehend eine SMS von Ranger.

Sieht gut aus.

Meinte er mich in meinem kleinen Schwarzen, oder wollte er damit andeuten, dass Jimmy Poletti hier war? So oder so, eine gute Nachricht. Ich folgte den Menschen, die auf ein kleines Zeltdach zugingen, unter dem einige Klappstühle aufgestellt waren. Es handelte sich um einen alten Friedhof mit vielen Familiengruften. Die Grabsteine reichten von einfachen Bodenplatten bis zu kunstvollen Engelstatuen aus Granit. Zwischen den Gräbern erstreckte sich eine Wiese, aber verstreut über das Gelände standen hier und da auch ausgewachsene Bäume.

Die Familiengruft der Polettis befand sich am Rand eines sanften Hügels. Schätzungsweise fünfzig Personen hatten sich am Grab eingefunden, einige der Trauernden saßen auf den Klappstühlen, die meisten standen. Lula, Grandma und Briggs hielten sich etwas am Rand. Ich blieb in einiger Entfernung stehen und beobachtete, mit dem Rücken zum Grab, die Straße.

Plötzlich spürte ich eine Veränderung in meinem Kraftfeld, erschnupperte einen Hauch Bulgari Green Duschgel und wusste, dass Ranger in der Nähe war.

»Du guckst in die falsche Richtung«, sagte er, dicht hinter mir. »Er ist auf der anderen Seite, neben dem Ahorn.«

Ich drehte mich um und erkannte in der Menge, halb verdeckt von einem Baum, Jimmy Poletti. Dunkler Anzug, ernstes Gesicht.

»Ich hab ein schlechtes Gewissen, dass wir ihn auf der Beerdigung seiner Mutter festnehmen«, sagte ich.

»Babe. Er hat einen Brandsatz auf deine Wohnung abgefeuert.«

»Wir wissen nicht mit letzter Sicherheit, ob er der Täter war.«

»Willst du ihn laufen lassen?«

»Nein, aber wir sollten wenigstens warten, bis die Beerdigung zu Ende ist, bevor wir zugreifen.«

»Von mir aus können wir warten, aber für die Zivilbullen lege ich meine Hand nicht ins Feuer.«

»Glaubst du, dass sie ihn schon entdeckt haben?«

»Noch nicht, aber das ist nur eine Frage der Zeit; er schleicht sich nämlich näher heran.«

»Wie ist er hergekommen?«

»Er hat seinen Wagen auf der anderen Seite des Hügels geparkt.«

»Ist er allein?«

»Außer ihm war niemand sonst im Auto.«

»Woher weißt du das alles, und warum weiß ich das nicht?«, fragte ich Ranger.

»Weil ich weiß, wohin man gucken muss.«

Die Worte des Priesters waren von meinem Platz aus nicht

zu hören, doch mir fiel auf, dass er dem Ritus penibel folgte. Briggs trat gelangweilt von einem Fuß auf den anderen. Er konnte nicht viel sehen, bei seiner Größe, schaute sich um, mal in den Himmel, mal zu mir, zum Ahornbaum. Plötzlich stutzte er, und im selben Moment war mir klar: Er hatte Poletti erkannt.

»Briggs!«, sagte ich zu Ranger. »Er hat Poletti gesehen.«

Ranger lief sofort los, aber es war zu spät.

»Da ist er!«, schrie Briggs und zeigte in Polettis Richtung. »Du Scheißkerl!«

Der Priester erstarrte mitten im Segen, Mund und Augen vor Schreck weit aufgerissen. Alle Köpfe wandten sich um. Poletti sprang wie ein aufgescheuchtes Reh hinter dem Ahorn hervor.

»Ich hab eine Pistole«, sagte Lula und fuhr mit der Hand in ihre Tasche. »Keiner rührt sich, bis ich meine Pistole habe!«

Die Zivilpolizisten rannten los, und unter den fünfzig betagten Trauergästen setzte ein rabiates Drängen und Schieben ein, weil alle so schnell wie möglich raus aus der Gefahrenzone wollten, hin zu ihren Autos.

Poletti schlug einen Haken, lief hügelaufwärts, sah einen Polizisten ihm entgegenkommen, änderte erneut die Richtung und lief direkt auf das Grab zu. Ein Schuss fiel, alle warfen sich zu Boden, außer Lula, Grandma und Briggs, die nicht von der Stelle gewichen waren.

Lula hielt ihre Glock mit beiden Händen umklammert und versuchte, Poletti ins Visier zu nehmen. Briggs, mit Glubschaugen und knallrot im Gesicht, platzte beinahe vor Wut.

»Was ist los mit dir?«, schrie er Poletti an. »Du hast meine Wohnung in die Luft gesprengt, du miese Sau.«

»Du hast meine Frau gebumst!«, schrie Poletti und raste mit Volldampf auf Briggs zu. »Ich hasse dich!«

»Alle bumsen deine Frau«, rief Briggs. »Sprengst du deswegen gleich alle Wohnungen in die Luft? Nein! Aber mit Kleinwüchsigen kann man es ja machen.«

Lula feuerte einen Schuss ab, der danebenging, und Poletti stürzte sich auf Briggs. Grandma schwang ihre Handtasche just in dem Moment, als Poletti an ihr vorbeistürmte. Die schwere Tasche aus schwarzem Lackleder traf Poletti an der Schläfe, er taumelte und sackte bewusstlos zu Boden. Ranger legte ihm Handschellen an, und die drei Polizisten übernahmen ihn.

Lula und Grandma klatschten sich umständlich ab.

»Geschafft«, sagte Grandma. »Ich hab gerade einen Verbrecher zur Strecke gebracht. Ein Punkt weniger auf meiner Löffelliste. Wo ist mein Lippenstift? Muss ich mir die Lippen nachziehen? Die Leute werden über mich sprechen auf der Totenfeier.«

»Ich wäre mit ihm fertig geworden«, sagte Briggs. »Ich hätte ihn in Stücke gerissen.«

»Ja klar«, sagte Lula. »Du hättest ihm ins Knie gebissen.«

»Unterschätz das nicht«, sagte Briggs. »Ein Biss ins Knie kann einen zum Krüppel machen.«

16

Ranger und ich folgten Poletti und der Polizei den Hügel hinunter zu den Autos und fuhren zur Wache. Ich wartete solange, bis Poletti angemeldet war, holte mir die Empfangsbestätigung für ihn ab und kehrte zurück zum Parkplatz, wo Ranger stand. Er trug eine schwarze Hose, ein schwarzes tailliertes T-Shirt und einen schwarzen Blazer.

»Keine Rangeman-Uniform heute?«, sagte ich. »Gehst du als Geschäftsmann, oder ist das nur deine Trauerkleidung?«

»Ich muss nach New York, und da würde mich der Wachschutz-Look nur hemmen. Es würde mir helfen, wenn du mitfährst.«

»Ich nehme an, du willst nach Vlatko suchen.«

»Bis jetzt ist das Hotel meine einzige Spur.«

Ich fuhr zum Büro und übergab Connie die Empfangsbestätigung.

»Ich mache einen kleinen Ausflug mit Ranger«, sagte ich. »Poletti ist aus dem Verkehr gezogen. Briggs muss jetzt alleine klarkommen.«

Ich bin nicht so oft in New York, wie ich gerne wäre. Meistens fehlt mir dazu die Zeit und das Geld. Deswegen freute ich mich auf die Fahrt, auch wenn sie nur rein beruflich war. Ehrlich gesagt freute ich mich wie ein kleines Kind, weil ich mit Ranger nach New York fuhr. Und außerdem – ich weiß, das ist ein bisschen prollig – durfte ich in seinem supergeilen Porsche sitzen und mir vorkommen wie in einem James-Bond-Film.

Ranger nahm den Turnpike zum Lincoln Tunnel und stellte den Wagen auf einem Parkplatz in der Upper West Side ab, nicht weit vom Gatewell Hotel. Es war gegen Mittag, die Straßen waren vollgestopft, und auf den Bürgersteigen sah es nicht viel besser aus. Das Gatewell befand sich in der Mitte eines Häuserblocks, zwei Straßen vom Broadway entfernt. Die Uniform des Türstehers sollte wohl aussehen wie ein Mao-Anzug. Das Foyer war klein, aber elegant, viel glänzendes Schwarz und Weiß und Silber, hier und da ein Hauch Rot.

Ranger zeigte dem Geschäftsführer seinen Ausweis und die Bescheinigung über einen Herausgabeanspruch von Emilio Gardi.

»Wir haben Grund zu der Annahme, dass er in diesem Hotel übernachtet hat«, sagte Ranger.

»Das FBI hat sich gestern auch schon nach ihm erkundigt«, sagte der Geschäftsführer.

»Hier geht es um eine andere Sache«, sagte Ranger. »Ich vertrete seine Familie und seine Kautionsagentur.«

»Ich besitze leider nicht viele Informationen. Er war nur einen Tag hier, vergangene Woche. Das Zimmer wurde im Voraus bar bezahlt. Sonst sind keine weiteren Kosten entstanden. Von einer Kreditkarte wurde auch nichts abgebucht.«

»Haben Sie den Namen oder die Telefonnummer der Person, die die Reservierung vorgenommen hat?«, fragte Ranger.

»In unseren Unterlagen ist nichts verzeichnet, aber einer

der jungen Herren an der Rezeption hat sich an die Transaktion erinnert. Der Mann, der das Zimmer reserviert hat, war zwei Tage vorher persönlich hier und hat bar bezahlt. Er fiel auf, weil er einen leicht britischen Akzent hatte und ein merkwürdiges Tattoo am Hals. Einen Totenkopf und eine Blume.«

Neben dem Foyer gab es eine Lounge. Wir setzten uns an einen Bartisch und bestellten Sandwichs.

»Ist Vlatko Engländer?«, fragte ich Ranger.

»Vlatko ist Russe, aber er spricht fließend Englisch, allerdings eher britisches als amerikanisches.«

»Kannst du Russisch?«

»Ich verstehe Russisch ganz gut, kann es aber kaum sprechen.«

»Es muss einen Grund geben, warum er dieses Hotel ausgesucht hat.«

»Hier auf der West Side lebt eine große russische Community«, sagte Ranger. »Wahrscheinlich gibt es da einen Anknüpfungspunkt für ihn. Über die Arbeit. Einen Verwandten. Einen Freund. Eine Frau.«

Wir beendeten unsere Mittagspause, und Ranger wandte sich noch einmal an den Geschäftsführer.

»Sind auch Russen unter Ihren Gästen?«, fragte er ihn.

»Ja, sogar ziemlich viele«, sagte der Geschäftsführer. »Einen Block weiter südlich in der Seventy-fifth Street unterhält das Konsulat eine Zweigstelle. Sie veranstalten auch Fachmessen und kleine VIP-Partys, und manchmal empfehlen sie ihren Besuchern unser Haus.«

Wir verließen das Hotel und gingen einen Häuserblock weiter zur Seventy-fifth, schauten rechts und links, konnten aber keine russische Fahne entdecken. Wir marschierten

Richtung Osten und sahen uns die Häuser genauer an. Im zweiten Block schließlich stießen wir auf das Konsulat, auf das durch ein goldenes Schild vorne hingewiesen wurde, in russischer und englischer Sprache. Der Eingang war verschlossen. Neben dem Schild befand sich eine Gegensprechanlage.

Von der anderen Straßenseite hatten wir einen besseren Blick auf das Haus. Vier Stockwerke. Vor den Fenstern im Erdgeschoss schwarze filigrane schmiedeeiserne Gitter. Die Fensterscheiben in den Stockwerken darüber getönt, wahrscheinlich aus bruchsicherem Glas. Überwachungskameras auf dem Dach scannten die Straße ab.

Ranger rief Tank an, nannte ihm die Adresse des Konsulats und bat ihn, den Veranstaltungskalender dieser Woche online zu durchforsten. Kurz darauf bekam er eine SMS mit der gewünschten Information.

»In dieser Woche findet eine Fachmesse für russischen Wodka statt«, sagte Ranger. »Das Konsulat lädt zu einer Aufwärmparty um fünf Uhr. Eine günstige Gelegenheit für uns, um ins Gebäude zu kommen.«

Noch hatten wir etwas Zeit bis dahin, folglich kehrten wir wieder an unseren Bartisch im Gatewell Hotel zurück, bestellten Drinks und bekamen gratis eine Schale mit Nüssen dazugestellt. Wir rührten nichts an, beobachteten aber das Geschehen im Raum. Vier Männer saßen an der Theke. Zwei sahen aus wie Karikaturen von russischen Wodka-Händlern: Sie waren fettleibig, hatten rote Knollennasen, lachten zu laut. Und sie sprachen Russisch.

»Mach dich an sie ran«, sagte Ranger. »Es würde die Sache enorm erleichtern, wenn du ihnen einen echten Blickfang bietest. Zum Ausgleich deiner mangelnden Russischkenntnisse.«

»Und wenn sie kein Englisch sprechen?«

»Sie werden schon genug beherrschen, um sich zu verständigen.«

Ich ging zur Toilette und betrachtete mich im Spiegel. Ich trug ein schlichtes schwarzes Business-Kostüm, eine cremefarbene Bluse und Heels. Das Haar hatte ich zu einem Pferdeschwanz zusammengebunden. Alles in allem angemessen sexy für eine Beerdigung, nicht jedoch für russische Wodkahändler.

Ich öffnete einige Knöpfe meiner Bluse, um etwas mehr Ausschnitt zu bieten, aber ob das als Kompensation für meine mangelnden Russischkenntnisse reichte, wer weiß. Ich stopfte daher noch etwas Klopapier in den BH. Der Ausschnitt wurde ansehnlicher, allerdings nichts im Vergleich zu Lula. Ich ging etwas umher, um zu prüfen, ob das Toilettenpapier auch nicht raschelte oder verrutschte, dann stopfte ich noch mehr hinein. Mein BH quoll förmlich über, dehnte den Stoff der Bluse bis zum Zerreißen, und meine Kostümjacke bekam ich schon gar nicht mehr zu.

Ich sprang auf und ab, um nur jeden möglichen Kleider-Gau auszuschließen, dann schüttelte ich mich, doch meine Nippel sprangen nicht aus dem BH, also konnte ich davon ausgehen, dass alles in Butter war. Ich schmierte mir jede Menge Tusche auf die Wimpern, zog mit dem Eyeliner nach und trug blutroten Lippenstift auf. Wieder betrachtete ich mich in dem Ganzköperspiegel der Damentoilette und befürchtete, noch immer nicht zu genügen. Ich zog das Gummiband vom Pferdeschwanz, und *Wusch* – sofort nahm meine Haarpracht an Umfang zu. Ich traktierte sie so lange, bis die natürlichen Locken wieder drin waren. Auf einmal hatte ich sehr viele Haare, und viele waren kraus. Deswegen trage ich sie ja meistens zu einem Pferdeschwanz zusammengebunden. Trotzdem, ich fand es irgendwie sexy, wenn man auf diesen Kraushaar-Look stand. Man braucht nur die Vogue aufzuschlagen, da sieht man sowas andauernd.

Ein letzter Blick in den Spiegel. Du lieber Himmel! Gut dass meine Mutter nicht hier war, ich hätte zur Strafe Hausarrest bekommen. Vielleicht hatte ich es mit dem Klopapier etwas übertrieben.

Ranger rief auf meinem Handy an. »Babe«, sagte er. »Du bist seit einer Ewigkeit auf der Toilette. Ist alles okay?«

»Ja. Alles schick!«

Einmal tief durchatmen, dann verließ ich die Toilette und durchschritt, selbstbewusst und souverän, wie ich hoffte, den Gastraum. Stephanie Plum, raffinierte Sexbombe, auf gefährlicher Mission.

»Was hältst du davon?«, fragte ich Ranger, als ich mich auf meinem Barhocker niederließ.

»Babe«, sagte er. »Das behalte ich lieber für mich.«

In Wahrheit wusste ich ziemlich genau, was er davon hielt, denn ihm fielen förmlich die Augen aus dem Kopf. Nach dem Motto: Vergessen wir die beiden Russen an der Bar und mieten uns ein Zimmer. Und ehrlich gesagt, jetzt, da ich mich so aufgehurt hatte und in meine Rolle schlüpfte, hätte ich die beiden Russen auch gerne vergessen und mich mit Ranger in ein Zimmer zurückgezogen. Nur das Entkleiden wäre heikel geworden.

»Dir ist doch wohl klar, dass ich mir eine halbe Rolle Klopapier in den BH gestopft hab.«

»Das würde ich den beiden Herren an der Bar lieber nicht

verraten«, sagte Ranger. Er gab mir einen winzigen Ohrstöpsel. »Hiermit bleiben wir in Verbindung.«

»Kannst du denn verstehen, was ich sage?«

»Ja.«

Ich steckte mir den Stöpsel ins Ohr und stolzierte zur Bar. Ich ließ mich auf den Hocker neben einem der Russen nieder, schlug die Beine übereinander, ließ den Rock bis knapp vor meine Dingsda hochrutschen und bestellte bei dem Barkeeper einen Champagner-Cocktail.

Das Gespräch an der Theke wurde unterbrochen, beide Männer sahen in meine Richtung. Der Mann unmittelbar neben mir lächelte breit und gab den Blick auf einen vergoldeten Backenzahn frei. Er sagte etwas auf Russisch, ich hob abwehrend die Hand: *Ich spreche Ihre Sprache leider nicht.* Zu der Geste kicherte ich albern und posierte auf meinem Stuhl. Flittchen mit Stroh im Kopf meets ADHS-Zwergspitz, so ungefähr.

»Ich heiße Leo Stolchi«, stellte er sich vor. »Wie ich sehe, sprechen Sie kein Russisch.«

»Ich hab schon mit Englisch genug Probleme, Darling.«

Großes Gewieher, und sein Blick spürte meinen Vorbau auf und wanderte von da eine Etage tiefer zum Schritt, der von einem schwarzen Rockzipfelchen dezent verhüllt war.

»Sie sind sehr hübsch«, sagte er.

»Vielen Dank«, sagte ich. »Sie sind sehr liebenswürdig.«

Mein Getränk kam, und Leo sagte dem Barkeeper, er solle es auf seine Rechnung setzen.

»Und sehr großzügig«, ergänzte ich.

Leo legte die Stirn in Falten. »Großzügig? Was bedeuten?«

»Es heißt so viel wie… reich. Sie müssen reich sein.«

Das Lachen kehrte zurück. »Ja! Sehr, sehr reich.«

»Womit haben Sie das viele Geld verdient?«

»Wodka«, sagte er. »Ich mache besten.«

Ich sah kurz zu Ranger hinüber und lächelte. Bingo!

»Kennen Sie den Mann?«, fragte Leo.

»Ein Freund der Familie«, sagte ich.

»Sieht aus wie böser Mann.«

»Er kann auch anders.«

Aus meinem Ohrstöpsel kam kein Laut, aber ich meinte, ein Schmunzeln zu spüren.

»Wohnen Sie in diesem Hotel?«, fragte ich Leo.

»Ja. Konsulat ist in Nähe. Nachher Treffen. Party fängt bald an.«

»Ich liebe Partys«, sagte ich.

»Wird gut Party. Sie bieten Wodka.« Er sah auf die Uhr. »Ich los muss.«

Mist! Er würde mir davonlaufen. Ich legte eine Hand auf sein Knie. »Das ist jammerschade! Wo wir uns doch gerade so nett unterhalten haben.«

»Es dauert nicht lange«, sagte er. »Zwei Stunden.«

Meine Hand schob sich ein paar Zentimeter weiter nach oben, wo sie eigentlich absolut nicht hinwollte, und ich beugte mich ein Stück weiter vor, damit er noch mal einen guten Blick auf meine beiden Hübschen genießen konnte. »Mein Freund muss gleich gehen, dann wäre ich ganz allein hier.«

»Ich würde ja bleiben, aber Party ist wichtig.«

Mann, eye, war der Kerl beschränkt! »Ich könnte doch mitkommen«, sagte ich. »Und später im Hotel machen wir unsere eigene Privatparty.«

Er fiel aus allen Wolken. »Ja! Perfekter Plan.«

»Letzte Woche hab ich einen Russen kennengelernt, der hieß Vlatko«, sagte ich. »Kennen Sie einen Vlatko?«

»Vlatko in Russland verbreiteter Name.«

»Der Mann hatte ein ungewöhnliches Tattoo am Hals. Und ich glaube, er war auf einem Auge blind.«

»Ich kenne einen Vlatko, der hat seine Initialen auf Stirn«, sagte Leo. »Muss anderer Vlatko sein.«

»Waren Sie schon mal in dem Konsulatsgebäude?«

»Nur kurz, gestern. Zum Anmelden.« Er unterschrieb die Rechnung für sein Zimmer und glitt vom Barhocker. »Was ist mit Freund von Familie?«

»Könnte er uns nicht auf die Party begleiten? Er trinkt wahnsinnig gerne Wodka.«

»Gut, ja. Das möglich sein. Aber bei unsere kleine Privatparty hinterher nicht dabei, oder?«

»Nur, wenn Sie wollen. Er ist schwul.«

»Sieht gar nicht schwul aus.«

»Doch. Eindeutig. Seine Haut ist makellos, und seine Frisur sitzt perfekt. Und dann schauen Sie sich die Hose an. Keine einzige Falte.«

»Wie macht er das?«, fragte Leo. »Bei mir immer Falten.«

Wir gingen zu Ranger und luden ihn zu der Party ein. Er legte etwas Geld auf den Tisch und stand auf.

Leo glotzte auf Rangers Hose und schielte ihn dann anerkennend von der Seite an. Keine Falten.

17

Der Mann am Eingang des Konsulats überprüfte Leos Einladung, und es folgte eine kurze Unterredung zwischen den beiden.

»Kein Problem«, sagte Leo zu mir. »Sie und Ihr Freund kommen rein. Ich wichtiger Wodka-Magnat.«

Die Party fand in dem größten Raum im Erdgeschoss statt. Er war ganz in Rot und Gold gehalten, mit orientalischen Teppichen, auf antik gemachten Möbeln aus dunklem Holz, die Sitzpolster mit Brokatstoffen bezogen. Alles sehr offiziell. Kellner in weißen Hemden und schwarzen Hosen servierten Appetithäppchen. Am anderen Ende des Raums war eine Bar mit zwei Barkeepern aufgebaut.

Die Gäste strömten rein, die Männer in Anzügen, die Frauen in Cocktailkleidern. Durchschnittsalter bei den Männern fünfzig, bei den Frauen schwer zu schätzen. Ich hatte den Eindruck, dass viele gehobene bis Edel-Prostituierte waren. Mich selbst würde ich der gehobenen Kategorie zuordnen.

Leo zog mich zur Bar. »Sie sehen Flasche mit rote Etikett? Ist mein Wodka. Sie müssen trinken.«

Ranger hatte sich schon auf und davon gemacht, die übrigen vier Stockwerke zu erkunden, und mich mit dem Wodka-König alleingelassen.

»Eine schöne Flasche«, sagte ich.

»Made in China. Machen beste Flaschen. Fügen Blei zu, damit funkeln.« Er nahm dem Barkeeper die beiden Wodkagläser ab und gab mir eins. Er trank seins in einem Zug aus, ich nippte nur an meinem. Er brannte mir bis in den Magen, und es fühlte sich an, als stünden meine Stirn und Nasenhöhlen in Flammen.

»Geht runter wie Butter«, sagte ich.

Seine Augen fixierten meinen prallen Busen. »Wie Muttermilch.«

»Ja, daran musste ich auch denken.« Ich sah mich um. »Kennen Sie all die Leute hier?«

Sein Blick ließ nicht ab von meiner Brust. »Ein paar kenne ich. Ist kleine Welt, wo russische Wodka-Hersteller.«

»Wenn Sie mit einigen Leuten hier reden möchten, tun Sie das ruhig, ich komme auch alleine zurecht. Ich bleibe hier und trinke Ihren Wodka.«

»Ja, das sollte ich tun«, sagte er. »Aber nicht weglaufen. Ich habe großes Pläne. Leo ist so einer. Ich bekannt für großes Ding.«

»Gut, dass ich das weiß.«

Er entfernte sich, und ich setzte mich mit Ranger in Verbindung. »Wo bist du?«

»Zweiter Stock. Lese gerade meine E-Mails. Trink nicht zu viel Wodka.«

»Versuche nur, meinen Bleiverbrauch zu erhöhen. Ende.«

Ich bat den Barkeeper, mein Wodkaglas gegen ein Wasserglas zu tauschen, dann ließ ich mich durch den Raum treiben und lauschte den Gesprächen. Niemand schien sonderlich scharf darauf zu sein, ein Gespräch mit mir anzufangen, aber jeder starrte auf meinen Busen. Die Frauen musterten mich kritisch. Sie stellten bestimmt Vergleiche chirurgischer Art an. Die Männer lächelten anerkennend, durchweg. Dabei war mein Busen nicht einmal der dickste im Raum, aber ich glaube der aufmüpfigste. Fast alle Anwesenden sprachen Russisch, insofern fiel meine Sammlung von Informationen dürftig aus. Bei den herumgereichten Appetithäppchen hielt ich mich lieber zurück, wer weiß, vielleicht hegte Vlatko ja irgendeinen Groll gegen Wodka-Händler.

Leo warf mir quer durch den Raum einen Blick zu, und ich winkte ihm mit dem kleinen Finger zu. Ich hatte ein schlechtes Gewissen, ihn so an der Nase herumzuführen, aber was soll's, wahrscheinlich hatte er daheim in Russland Frau und Kinder, er hatte es verdient, dass man ihn belog.

Einfach so, weil ich nichts Besseres zu tun hatte, suchte ich die Damentoilette auf, verteilte das zusammengeknüllte Toilettenpapier in meinem BH neu und trug etwas Lippenstift nach. Mit den Klammern, die ich in meiner Tasche fand, stützte ich meine Frisur, damit mir nicht ständig Haarsträhnen im Gesicht rumhingen.

»Wie läuft's?«, fragte ich Ranger.

»Ich bin im obersten Stock, aber die Überwachungskameras behindern jedes Weiterkommen.«

Als ich den Wasserhahn aufdrehte, um mir die Hände zu waschen, rutschte mir der Stöpsel aus dem Ohr und verschwand im Abfluss.

»Scheiße!«

Sofort schrieb ich Ranger eine SMS. *Schlechte Nachrichten. Mir ist gerade auf der Toilette dein Ohrstöpsel in den Abfluss gefallen.*

War nur eine Frage der Zeit, lautete seine Antwort.

Ich verließ die Damentoilette, und als ich auf den langen Flur trat, der zum Eingangsfoyer führte, erschien plötzlich wie aus dem Nichts ein Mann vor mir, stieß mich gegen die Wand und würgte mich am Hals.

»Ich weiß, wer Sie sind«, sagte er. »Wie nett von Manoso, Sie mir auszuliefern.«

Er hatte einen leicht britischen Akzent, und über dem weißen Hemdkragen war ein Totenkopf-Tattoo mit Blume zu erkennen. Vlatko. Er war jünger, als ich erwartet hatte, nicht viel älter als Ranger, dafür etwas kleiner und schmächtiger. Eher jungenhaft, ja, man hätte ihn für einen College-Studenten halten können, wenn nicht die feinen Linien um die Augen herum gewesen wären. Ein Psychopath, dem man nur allzu leicht Vertrauen entgegenbrachte. Das aschblonde Haar fiel ihm in die Stirn, ein Auge war mit einer Klappe abgedeckt, das andere Auge war hellblau. Über der Klappe zeichnete sich eine gezackte Narbe ab.

Ich wollte etwas Cooles erwidern, um zu demonstrieren, dass ich keinen Schiss vor ihm hatte, doch mein Herz pochte so wild, dass es mein Gehirn regelrecht erschütterte und ich kein Wort hervorbrachte.

»Er ist hier im Haus«, sagte Vlatko. »Ich hab ihn auf dem Videomaterial von draußen gesehen. Er sucht nach mir, hab ich recht?« Er lachte. »Das hier macht mir in vieler Hinsicht mehr Spaß, als andere Leute mit Aerosol zu verseuchen.«

»Warum machen Sie das? Nach all den Jahren.«

»Kommt mir gerade gelegen. Ich hab Manoso die ganze Zeit über nicht aus den Augen gelassen und nur auf die passende Gelegenheit gewartet, um die angefangene Arbeit zu vollenden. Und jetzt ist diese Gelegenheit gekommen. Wie vom Himmel gefallen. Ich hatte in Miami zu tun, wo, wie Sie wissen, viele Verwandte von Manoso leben. Und als meine Arbeit dort erledigt war, sollte ich nach New York fahren. Es war perfekt. Ich konnte meinen Vorgesetzten davon überzeugen, dass ich eine zusätzliche Kartusche brauchen würde, für einen Probelauf, und dann hab ich in Miami jemanden ausfindig gemacht, der das Plutonium für mich im Rangeman-Gebäude deponieren konnte.«

»Das war nur ein Probelauf?«

»Eine Art Trockenübung, um zu sehen, ob das mit dem Plutonium funktioniert, und ganz offensichtlich ging der Plan ja schief. Ich muss gestehen, wir hatten alle unsere Zweifel. Zu viele Unwägbarkeiten. Und ein Amateur für so eine heikle Aufgabe ist viel zu unzuverlässig.«

»Also sind Sie durch mit Ranger.«

Er lachte bellend. »Nein. Das ist erst der Anfang. Ich werde ihn töten. Aber zuerst werde ich ihn ein bisschen quälen. Er soll Ihnen beim Sterben zusehen, und dann vollende ich an ihm, was ich in Korea angefangen habe. Das wird ein Freudenfest, größer als die ursprünglich geplante Strahlenvergiftung. Obwohl Polonium ein sehr elegantes Tötungsmittel ist.«

»Das ist ja krank.«

»In meinem Beruf keineswegs.«

»Dann ist eben Ihr Beruf krank.«

»Sie brauchen etwas zum Vorzeigen«, sagte er. »Eine kleine Vorspeise für Manoso, bevor ihm der Hauptgang serviert wird.«

Er zückte ein Springmesser aus der Tasche, ließ die Klinge nach vorne schleudern und schlitzte mir, mich weiterhin mit der linken Hand an die Wand drückend, die rechte Brust auf. Die Klinge schnitt glatt durch den seidenartigen Stoff meines Shirts und meinen BH, und eine Unmenge Toilettenpapier quoll hervor.

»Wie peinlich!«, sagte ich.

»Unbefriedigend und enttäuschend«, sagte Vlatko, »aber es entspricht dem Geheimdienstbericht, den ich über Sie bekommen habe.«

Eine Frau verließ den Festsaal und wandte sich uns zu. Zwei Männer gingen ebenfalls und strebten auf den Haupteingang zu. Vlatko drehte sich auf dem Absatz um und verschwand ohne ein weiteres Wort durch eine Tür gegenüber.

Ich flüchtete mich wieder auf die Damentoilette, zog mit zitternden Händen das restliche Klopapier aus dem BH und knöpfte mir die Kostümjacke zu. Dann schickte ich Ranger eine SMS, Vlatko sei im Gebäude, und ich würde jetzt gehen. Ob wir uns vorne treffen könnten.

Ich verließ die Damentoilette und schritt zügig am Festsaal vorbei, ohne Leo zuzuwinken. Er würde schon selbst herausfinden, was los war. Ich trat aus dem Haus, und Sekunden später stand Ranger hinter mir.

»Wahrscheinlich beobachtet er uns über die Videokamera für den Außenbereich«, sagte ich.

»Die hab ich ausgeschaltet, aber vielleicht beobachtet er uns von einem Fenster aus.« Er sah die zugeknöpfte Kostümjacke über meiner radikal verkleinerten Brust. »Hast du spontan Gewicht verloren?«

»Ist eine lange Geschichte. Die erzähle ich dir im Auto.«

Ranger gab mir die Schlüssel. »Nimm mein Auto, und fahr nach Hause. Du kannst es benutzen, bis ich es mir abhole.

Ich bleibe hier und überwache das Gebäude. Es gibt keinen Hinterausgang. Vlatko muss durch den Haupteingang kommen.«

»Ich kann bei dir bleiben.«

»Nicht nötig. Ich habe Tank schon gebeten, er soll mir ein paar Männer schicken. Sie sind auf dem Weg.«

»Vlatko will die Arbeit vollenden, die er in Korea angefangen hat«, sagte ich. »Und ich glaube, da läuft noch etwas anderes. Er sagte, die Episode bei Rangeman sei nur eine Trockenübung gewesen.«

Ich lieh mir Geld von Ranger, für Park- und Mautgebühren, und machte mich auf den Weg nach Trenton. Als ich gerade auf der Ausfahrt des Turnpikes war, rief Morelli an.

»Ich bin mit dem Auto unterwegs«, sagte ich. »Man darf beim Fahren nicht telefonieren.«

»Ich hab zum Abendessen Hotdogs gegrillt. Soll ich die restlichen für dich aufheben oder sie an Bob verfüttern?«

»Lass mir einen übrig. Ich bin in einer Stunde da.«

Die Rushhour war bereits vorüber, der Verkehr hatte sich gelegt. Nach nicht mal einer Stunde lief ich in Trenton ein und stellte mich mit Rangers Porsche vor Morellis Haus hinter einen hellblauen RAV4.

Briggs stand mit seiner gepackten Reisetasche startklar im Wohnzimmer.

»Mein Cousin Eddie hat gesagt, er will mich aufnehmen, jetzt, wo mich keiner mehr töten will.«

»Gehört der RAV4 vorne an der Straße dir?«

»Ja. Ich hatte Angst damit zu fahren, als Poletti noch hinter mir her war.«

»Hast du einen Job in Aussicht?«

»Nein, aber das war noch nie ein Thema. Ich spiele einfach die Kleinwüchsigen-Karte aus, dann kriegen die Leute Schiss, ich würde sie verklagen, wenn sie mich nicht einstellen.«

Briggs dampfte ab, und ich ging in die Küche, mir meinen Hotdog abholen. Ich zog die Jacke aus und hörte, wie Morelli erschrocken die Luft einsog. Nicht nur war meine Bluse aufgeschlitzt, sie war auch voller Blutflecken.

»Ich bin mit einem Psychopathen aneinandergeraten«, erklärte ich. »Ist bestimmt nur angeritzt.«

»Heißt das, du weißt es nicht genau?«

»Es ging hoch her«, sagte ich und untersuchte die Stelle. Nichts Ernstes. Ich lud mir noch Senf, Ketchup, Pickles und Kartoffelchips zu meinem Hotdog auf und fing an zu essen. »Hab ich einen Hunger«, sagte ich mit vollem Mund.

»Was ist mit diesem Psychopathen?«, fragte Morelli.

»Eine Spur in der Polonium-Geschichte führte nach New York, deswegen bin ich mit Ranger hingefahren. Dort bin ich mit diesem verrückten Vlatko aneinandergerasselt, der die Strahlenvergiftung geplant hat, und er hat mir ein Messer an die Brust gesetzt.«

»Wo war Ranger, während das passiert ist?«

»Er hat im russischen Konsulat herumspioniert.«

Morellis Blutdruck schien Herzinfarktniveau zu erreichen. »Jetzt sag nicht, du warst mit ihm im Konsulat.«

»Es war eine Party. Offiziell war ich von einem russischen Wodkahersteller eingeladen worden.«

»Woher kennst du russische Wodkahersteller?«

»Den hab ich an einer Bar kennengelernt.«

»Ganz schön viel Action in so kurzer Zeit«, sagte Morelli.

Ich spülte den Hotdog mit Bier hinunter. »Wir konnten Vlatko leider nicht festnehmen, aber Ranger wird ihn im Konsulat schon noch in die Enge treiben.«

»Das FBI hast du nicht zufällig informiert, oder?«

»Es passierte alles wahnsinnig schnell. Vielleicht hat Ranger es getan, nachdem ich weg war.«

Die Chancen dafür tendierten gegen Null. Ranger wollte sicher die Oberhand behalten, und das FBI würde ihn kaltstellen.

»Und wie war dein Tag?«, fragte ich Morelli.

»Meine Oma behauptet, deine Oma würde ihr auflauern.«

»Könnte was dran sein. Grandma hat eine Löffelliste aufgestellt. Das ist eine Liste mit lauter Sachen, die sie vor ihrem Tod noch machen will. Und deine Oma drankriegen steht auch drauf.«

»Hat sie auch gesagt, wie sie das schaffen will?«

»Das steht noch nicht fest.«

»Aber sie würde doch nichts Verrücktes anstellen, oder? Auf sie schießen oder mit dem Baseballschläger auf sie losgehen. Ich will deine Oma nicht in Gewahrsam nehmen müssen.«

»Ich red mal mit ihr.«

18

Grandma schnippelte gerade Suppengemüse, als ich in die Küche kam.

»Kaffee steht drüben. Nimm dir«, sagte sie. »Soll ich dir schnell ein paar Eier kochen? Deine Mutter ist in der Kirche.«

»Ich hab schon gefrühstückt«, sagte ich, »aber Kaffee geht immer.«

»Du bist bestimmt happy, jetzt, wo Jimmy Poletti hinter Gittern ist«, sagte Grandma.

»Ja. Briggs ist aus meinem Leben verschwunden, und ich kann mir wieder ein eigenes Auto leisten. Danke für deine Hilfe bei der Festnahme.«

»War doch ein gelungener Auftakt für meine Löffelliste«, sagte Grandma. »Nicht dass ich vorhätte, so bald abzutreten, aber was du heute kannst besorgen, das verschiebe nicht auf morgen.«

»Es geht das Gerücht, du würdest Joes Grandma Bella nachstellen«, sagte ich.

»Und ob ich ihr nachstelle. Ich jage ihr Angst und Schrecken ein. Sie hat ein paarmal versucht, mich mit dem bösen Blick anzusehen. Aber ich hab den bösen Blick einfach erwidert.«

»Weißt du, wie man das macht?«

»Das hab ich gegoogelt. Und ich bin mir sicher, dass ich den Dreh heraushabe.«

Joes Oma Bella ist die Geißel von Burg. Sie sieht aus wie ein Statist aus *Der Pate*. Grau meliertes Haar, hinten zu einem Knoten zusammengesteckt. Kein Make-up. Extrem schwarze Brauen. Augen wie ein Fischadler. Fünf lange schwarze Kinnbarthaare. Sie ist klein und gebückt und trägt schwarze Hemdblusenkleider und flache schwarze Schuhe. Je länger sie in diesem Land lebt, desto ausgeprägter wird ihr sizilianischer Akzent. Gefürchtet aber ist sie wegen ihres bösen Blicks. Der böse Blick ist irgendein schräger sizilianischer Fluch, nach dem einem die Haare ausfallen sollen, Warzen im Gesicht wachsen, die Zähne im Mund verfaulen und die Genitalien verschrumpeln. Intelligente Menschen wechseln lieber die Straßenseite, als sich an Bella vorbeidrängen zu müssen. Grandma drängt sich gern so dicht wie möglich an Bella vorbei und traut sich auch noch, sie anzuschielen. Bella wiederum nimmt die Herausforderung nur zu gerne an, was manchmal in einen hässlichen kleinen Zickenkrieg zwischen zwei alten Weibern ausartet. Und wehe, die beiden stoßen zufällig im Beerdigungsinstitut am Tisch mit den Erfrischungen aufeinander, und nur noch ein Cookie ist übrig!

»Ich weiß, Bella zu überwältigen, das steht auf deiner berühmten Löffelliste.«

»Das steht sogar ganz oben. Ich will sie fertigmachen, ein für alle Mal. Wie oft ist sie mir blöd gekommen, es reicht! Weißt du noch, einmal hat sie mich ein altes Luder genannt.« Grandma brach eine Möhre entzwei. »Dabei bin ich gar nicht so alt. Im Supermarkt rempelt sie mich mit ihrem Einkaufswagen an, ich sei nicht schnell genug. Und dann versucht sie, sich an der Kassenschlange vorzudrängen.«

Als Grandma mit ihrer Tirade fertig war, kam meine Mutter in die Küche.

»Sie ist doch nur eine dumme alte Frau«, sagte sie. »Sei eine gute Christin, und halt ihr die andere Wange hin.«

»Ich bin eine verdammt gute Christin«, sagte Grandma. »Aber ich weiß aus zuverlässiger Quelle, dass ich Bella für IHN drankriegen soll.«

Meine Mutter bekreuzigte sich und blickte wehmutsvoll zu dem Küchenregal, wo sie ihren Alkohol aufbewahrte. Als gute Hausfrau und noch bessere Christin war ihr klar, dass es für medizinische Hilfe von Jack Daniels noch zu früh am Tag war.

»Ich muss zur Arbeit«, sagte ich zu Grandma. »Lass dich nicht von der Polizei erwischen.«

»Keine Sorge«, sagte Grandma. »Ich werde raffiniert vorgehen.«

»Wow«, begrüßte mich Lula im Büro. »Fährst du mal wieder eins von Rangers Autos?«

»Ja, ist aber nur eine Leihgabe.«

»Für so einen Schlitten als Leihgabe musst du Ranger aber echt was Gutes getan haben.«

»Leider nicht.«

»Ich hab einen neuen NVGler für dich«, sagte Connie. »Gerade reingekommen. Gloria Grimley. Wohnt in Hamilton Township.«

»Was hat sie verbrochen?«, fragte ich.

»Sie ist in die Bäckerei in Nottingham Way eingedrungen. Bewaffneter Raubüberfall.«

»Wie viel hat sie mitgehen lassen?«

»Jedenfalls kein Geld. Sie hat nur die Cannoli-Auslage abgeräumt.«

»Und dafür wurde sie verhaftet?«, wunderte sich Lula. »Gemein. Ganz klar, die Frau brauchte einfach mal Cannoli. Was ist das für ein Land, in dem man schon verhaftet wird, weil man Lust auf Cannoli hat.«

Ich nahm mir die Akte und blätterte darin herum, hielt bei Glorias Polizeifoto inne.

Lula sah mir über die Schulter. »Was ist denn das für eine Schmiere in ihrem Gesicht?«

»Ich glaube, Schokolade«, sagte ich.

»Wenigstens weiß sie sich bei Cannoli-Gelüsten zu helfen«, sagte Lula. »Die Bäckerei im Nottingham Way war eine gute Wahl. Die macht nämlich ausgezeichnete Cannoli. Und sie füllen die Dinger mit lauter leckerem Zeug. Nicht mit dem üblichen Kram.«

Ich ließ Rangers zweisitzigen Porsche vor dem Büro stehen, und wir fuhren mit dem Buick. Gloria wohnte in Hamilton Township. Ich kannte die Gegend. Ein klassischer Vorort. Häuser im Ranchstil, drei Schlafzimmer, zwei Bäder, in den sechziger Jahren erbaut. Garten groß genug für eine Schaukel. Einfahrt, aber keine Garage.

Gloria Grimleys Haus war in einem freundlichen Weißgelb gestrichen, in der Einfahrt stand ein Honda Civic. Lula und ich klingelten.

»In diesem Haus können nur glückliche Menschen leben«, stellte Lula klar. »Das erkennt man sofort. Ich hab ein untrügliches Gespür für so etwas. Wahrscheinlich hatte Gloria einfach nur ihr Portemonnaie zu Hause vergessen und brauchte etwas Gebäck für eine Feier oder so. Ich kenne das Gefühl, ich hab das selbst schon ein paarmal erlebt. Natürlich hab ich deswegen noch nie einen Laden überfallen, aber nur, weil ich nie mein Portemonnaie vergesse.«

Nach nochmaligem Klingeln wurde die Tür geöffnet, und eine Ausgeburt der Hölle sah uns an. Die Frau erinnerte vage an das Foto aus der Akte, aber ihr Haar sah nicht nur vom Schlafen zerzaust aus. Unter den blutunterlaufenen Augen hatte sie dunkle Ringe und in einem Mundwinkel einen gigantischen Herpesknoten. Sie hatte sich in ein rosa Baumwollnachthemd gehüllt, das über und über mit Soße bekleckert war. Ihre Nase lief, und in der Hand hielt sie ein zusammengeknülltes Taschentuch.

»Ja?«, sagte sie.

»Wow«, entfuhr es Lula, und sie schreckte vor ihr zurück.

Ich hielt stand. »Gloria Grimley?«

»Ja.«

»Alles in Ordnung mit Ihnen?«, fragte ich sie.

»Ja«, sagte sie. »Alles bestens.« Sie brach in Tränen aus. »Be… be… bestens.«

»Wo sind die glücklichen Menschen in diesem Haus?«, sagte Lula. »Ich war mir ganz sicher, dass das hier ein glückliches Heim ist.«

»Das Arschloch hat mich verlassen«, sagte Gloria und zog den Rotz hoch. »Einfach so. Von heute auf morgen. Eben noch alles eitel Sonnenschein, und dann erzählt er mir, er hätte eine andere kennengelernt und die soll seine Seelenfreundin sein. Ist das zu fassen?«

»Und dieses hübsche Häuschen, was ist damit?«, fragte Lula.

»Gemietet«, sagte sie. »Jetzt hab ich die Jahresmiete am Hals.«

»Trifft sich gut«, sagte Lula. »Sie sind wegen bewaffneten Raubüberfalls dran. Wenn sie aus dem Knast raus sind, ist Ihr Vertrag sowieso abgelaufen.«

Erneutes heftiges Aufschluchzen.

»Sie haben nicht zufällig noch welche von den Cannolis übrig, oder?«, fragte Lula.

»Aufgegessen«, sagte Gloria. »Alle. Ich war total deprimiert.«

»Ich hab den Bericht gelesen«, sagte Lula. »Es müssen ganz schön viele Cannolis gewesen sein.«

Gloria sah auf ihr Nachthemd. »Sie sagen es! Das hier ist das einzige Kleidungsstück, das mir noch passt.«

»Sie haben Ihren Gerichtstermin versäumt. Wir müssen mit Ihnen in die Stadt, um einen neuen Termin zu vereinbaren. Aber Sie kommen gegen Kaution gleich wieder frei«, setzte ich Gloria auseinander. »Es wäre gut, wenn Sie sich dafür etwas anderes anziehen würden.«

»Haben Sie nicht noch irgendeine alte ausgeleierte Jogginghose?«, fragte Lula.

Gloria schlurfte in ihr Schlafzimmer und kam Minuten später in Jeans und T-Shirt wieder. Der Reißverschluss der Hose stand halb offen.

»Wie vorteilhaft«, sagte Lula. »Dann brauchen Sie bei der Leibesvisitation wenigstens nicht Ihren Gürtel abzugeben.«

»Ich hab noch was vergessen«, sagte Gloria.

Sie drehte sich um, ging zurück ins Schlafzimmer, und *Peng!* Lula und ich erstarrten.

»Oh, Scheiße!«, sagte Lula.

Peng! Peng! Peng!

Wir stürzten ins Schlafzimmer, wo Gloria ein halbes Magazin auf ein Foto ihres Ex-Mannes verschoss.

Sie warf die Waffe auf den Boden, wandte sich ab, kehrte dem Bild ihren Hintern zu und furzte.

Lula und ich wichen instinktiv zurück.

»Entschuldigung«, sagte Gloria. »Wenn ich zu viel Zucker esse, kriege ich Blähungen.«

Wir luden Gloria in den Buick, und unterwegs zur Stadtverwaltung rief ich Connie an, damit sie die Kaution für Gloria klarmachte. Eine Stunde später war alles geregelt und wir wieder im Büro versammelt. Connie saß an ihrem Computer, Lula lümmelte auf dem Sofa und blätterte in der *Star*, und ich sah mir Gebrauchtwageninserate in der Craigslist an.

In dem Moment flog krachend die Tür auf. Briggs torkelte herein, eine Reisetasche hinter sich her ziehend. Seine Haare standen in alle Richtungen ab, die Augen traten hervor, im ganzen Gesicht und an der Kleidung hatte er Rußflecken.

»Mein Auto wurde in die Luft gesprengt«, sagte er. »Zum Glück saß ich nicht drin. Ich hab einen Autoschlüssel mit Fernbedienung, damit kann ich die Klimaanlage einschalten, wenn ich will. Ich kam aus dem Haus meines Cousins und drücke den Anlasser, und *Wumm!* Es hat mich auf den Hintern geschmissen.«

»Kann ja nicht weh getan haben, bei dem Abstand zwischen deinem Hintern und dem Boden«, sagte Lula.

»Es war ein riesiger Feuerball«, sagte Briggs. »Etwas näher dran, und ich wäre verkohlt.«

»Und warum hast du deine Reisetasche mitgebracht?«, fragte Lula.

»Da sind meine Sachen drin. Mein Cousin hat mich rausgeworfen, weil noch immer jemand frei herumläuft, der mich töten will.«

»Oh nein«, sagte ich. »Nein, nein, nein, nein.«

»Ihr müsst mir aus der Klemme helfen«, sagte Briggs. »Es muss nicht unbedingt Poletti gewesen sein. Ich brauche einen sicheren Ort, wo ich unterkommen kann.«

»Wie wäre es mit Florida?«, sagte ich. »Miete dir irgendwo an einer Buslinie eine Wohnung, dann brauchst du kein Auto.«

»Ich will nicht nach Florida. Da ist es mir zu heiß, und es gibt dicke Wanzen und gefährliche Krokodile.«

»Dicke Wanzen gibt es hier auch«, sagte Lula. »Geh mal in die Abstellkammer. Da lebt eine Kakerlake, die das Monster von Tokio noch übertrifft.«

»Ich verstehe das alles nicht«, sagte Briggs. »Ich war mir sicher, dass es Poletti war. Er hat versucht, mich zu überfahren. Ich hab ihn erkannt.«

»Mit wessen Frauen hast du noch geschlafen?«, fragte Lula.

»In letzter Zeit?«

Lula wandte sich mir zu. »Und so einen sollen wir beschützen, damit ihm keiner seine Kanone in den Arsch schiebt?«

Darauf hatte ich auch keine Antwort. Ich ging nach draußen und rief Ranger an.

»Bist du noch in New York?«, fragte ich ihn.

»Auf dem Weg nach Hause. Vlatko hat das Konsulat heute Morgen mit zwei Männern verlassen. Wir haben sie mit dem Auto verfolgt, aber dann im Verkehr verloren. Ich habe Rich und Silvester vor dem Haus postiert, auch wenn ich bezweifle, dass Vlatko sich da noch mal blicken lässt.«

»Kann ich irgendwas für dich tun?«

»Babe.«

»Außer Babe.«

Ich meinte ein Schmunzeln zu hören, bevor er auflegte.

Ich ging zurück ins Büro. Briggs saß auf einem der billigen orangefarbenen Plastikstühle, die Reisetasche zwischen den Beinen. Er wirkte deprimiert.

»Okay«, sagte ich. »Denken wir mal scharf nach. Es gibt jemanden, der sähe dich gerne tot, will sich aber die Hände nicht schmutzig machen. Streicht man Poletti aus der Gleichung, bleiben noch zwei raketenbetriebene Granaten und eine Autobombe. Höchst unpersönliche Angriffe. Tod aus der Ferne sozusagen.«

»Vielleicht ist es jemand, der Explosionen geil findet«, sagte Lula.

Ich sah Briggs an. »Kennst du so jemanden?«

»Die Pokerspieler«, sagte Briggs. »Sie sind oft in die Wälder der Pine Barrens gefahren, um irgendwelches Zeug in die Luft zu jagen. Einmal haben sie einen Kühlschrank gesprengt. Manchmal haben sie ihre Kinder mitgenommen. Wie zu einem Familienausflug. Das ältere Poletti-Kind ist nie mitgefahren, aber der kleine Kiffer hat es geliebt.«

»Bleiben noch drei andere Pokerspieler«, sagte ich. »Ron Siglowski, Buster Poletti und Silvio Pepper. Wer von den dreien wünscht dir am meisten den Tod?«

»Keine Ahnung«, sagte Briggs. »Von ihren Frauen habe ich jedenfalls keine flachgelegt. Ron Siglowski und Buster Poletti sind nicht mal verheiratet. Und Peppers Frau säuft sich schon vormittags regelmäßig ins Koma.«

»Wäre doch genau dein Fall«, sagte Lula.

»Hätte seine Vorteile, das stimmt«, sagte Briggs.

»Was ist mit Scootch und Tommy Ritt?«, fragte Connie. »Sie wurden aus nächster Nähe erschossen. Wie passt das ins Bild?«

»Gar nicht«, sagte ich. »Vielleicht haben wir es mit zwei verschiedenen Killern zu tun.«

»Bis jetzt ist nur einer ein Killer«, sagte Lula. »Der andere hatte bisher kein Glück.«

»Könnt ihr mich nicht für ein paar Tage hier im Büro wohnen lassen, bis ich mir was überlegt habe?«, sagte Briggs. »Ich könnte auf dem Sofa schlafen, und sollte jemand eine Rakete durchs Fenster schießen und mich verletzen, ist das Krankenhaus gleich in der Nähe.«

»Kommt nicht in Frage«, sagte Connie.

»Wie wäre es mit einem Motelzimmer«, sagte ich. »An der Straße nach White Horse gibt es einige billige Motels.«

»Da wäre ich leichte Beute für meinen Mörder.«

»Wenn du nicht so ein Kotzbrocken wärst, würdest du jetzt nicht in der Scheiße stecken. Hast du dir das schon mal klargemacht?«, sagte Lula.

»Wer im Glashaus sitzt, sollte nicht mit Steinen werfen«, sagte Briggs. »Schon mal darüber nachgedacht? Ich hab jedenfalls kein Geld für Sex genommen.«

»Weil dir sowieso keiner dafür Geld geben würde«, konterte Lula.

Mein Handy klingelte, es war Dillan Ruddick.

»Ich hab Ihre Wohnung geräumt und geputzt, und in zehn Minuten kommt der Schadensregulierer«, sagte er. »Wollen Sie nicht mit ihm zusammen durch die Wohnung gehen?«

»Klar«, sagte ich. »Ich bin schon unterwegs.«

»Und ich? Was ist mit mir?«, fragte Briggs. »Komm ich mit? Wer war das überhaupt?«

»Ich treffe mich mit dem Schadensregulierer in meiner Wohnung.«

»Ich könnte dir behilflich sein«, sagte Briggs. »Ich hab ein Händchen für Geld. Ich könnte dein Sekretär sein.«

19

Der Schadensregulierer war bereits da, als ich mit Briggs die Wohnung betrat.

»So schlimm ist es doch gar nicht«, sagte Briggs. »Den Teppich haben sie schon herausgerissen, und der Kram aus dem Wohnzimmer ist weg. Es stinkt auch nicht mehr so übel.«

Ich korrigierte. Die Wohnung stank nicht so übel wie Briggs. Briggs roch nach verbranntem Gummi, und er sah aus, als wäre er von einem Zug überrollt worden.

»Hallo«, wurde er von Dillan begrüßt. »Kennen wir uns nicht? Sind Sie nicht der kleine Kerl, der in der Wohnung gewohnt hat, die von einer Rakete getroffen wurde?«

»Ja. Die Wohnung hat nicht überlebt. Ich schon«, sagte Briggs.

Der Schadensregulierer blickte von seinem Klemmbrett auf. »Meine Güte«, sagte er, »tragen Sie etwa immer noch dieselbe Kleidung?«

»Nein«, sagte Briggs und sah an sich herab. »Das kommt von einer anderen Explosion. Irgendein Idiot hat heute Morgen mein Auto in die Luft gejagt.«

»Ist ja ein Ding!«, sagte der Schadensregulierer. »Zwei Explosionen in einer Woche.«

»Drei«, sagte Briggs. »Drei Explosionen.«

»Willst du schon mal die übrigen Räume inspizieren, während ich mit dem Regulierer die Wohnung abgehe?«, sagte ich zu Briggs.

»Eigentlich ist der Versicherungsfall ziemlich eindeutig«, bemerkte der Schadensregulierer. »Der Hauptschaden beschränkt sich auf eine bestimmte Fläche, Brand- und Wasserschäden im Wesentlichen, und das Loch in der Hauswand. Aber das betrifft eine andere Versicherung.«

»Schäden durch Handraketenwerfer kommen bei Ihnen bestimmt nicht so oft vor.«

»Nicht in diesem Wohnviertel. Solche Fälle haben wir eher in den Sozialsiedlungen und in der Stark Street.«

Der Schadensregulierer ging, Dillan blieb noch.

»Sie wollen den gleichen Teppich und die gleiche Wandfarbe wie beim letzten Mal, richtig?«, fragte er mich.

»Richtig.«

»Umso besser. Das erleichtert die Sache. In einer Woche schätzungsweise hab ich alles wieder für Sie hergerichtet, je nachdem, wie schnell die Teppichverleger, Maurer, Tischler, Trockenbauer und Maler sind.«

Dillan verzog sich, und Briggs schlenderte vom Schlafzimmer in die Küche, schaute in den Kühlschrank und in die Regale.

»Es steht sogar noch Senf im Kühlschrank«, sagte er. »Und deine Teller sind heil geblieben. Du könntest gleich wieder einziehen.«

»Bei Morelli hab ich es bequemer«, sagte ich. »Wahrscheinlich brauche ich eine neue Matratze, und bei dem Farbgeruch kann ich hier nicht wohnen.« Mal abgesehen davon, dass Morelli einen Toaster besaß, dass seine Mutter ihm den Kühlschrank mit Lasagne und Ricotta-Pie vollstellte und dass man mit ihm kuscheln konnte. Kuscheln mit Morelli ist nicht zu unterschätzen.

»Der Farbgeruch würde mir nichts ausmachen«, sagte Briggs. »Ich könnte solange hier wohnen, bis du wieder einziehen willst.«

Das wäre natürlich viel besser, als ihn wieder bei Morelli unterzubringen. Allerdings riskierte ich, ihn irgendwann mit vorgehaltener Waffe rausschmeißen zu müssen, aber daran wollte ich vorerst nicht denken.

»Gut«, sagte ich. »Aber spätestens wenn der Teppich verlegt wird, musst du raus.«

»Ja, ich weiß. Mann, das ist toll. Das ist eine fantastische Wohnung.«

»Wie geht es denn in deiner eigenen Wohnung voran?«

»Es heißt, sie brauchen sechs Monate für Umbauten und neue Verkabelung. Deswegen haben sie mich aus meinem Mietvertrag entlassen. Außerdem wurde mir mitgeteilt, ich sei ein unerwünschter Mieter, wegen der Anschläge auf mich.«

»Ganz ehrlich, ich an deiner Stelle, ich würde es mit Florida versuchen, trotz Wanzen und Alligatoren.«

»Du musst nur herausfinden, wer mich umbringen will, dann kommt mein Leben auch wieder in Ordnung.«

»Eigentlich ist das Aufgabe der Polizei. Ich hab nur Poletti gesucht, weil er nicht zu seinem Gerichtstermin erschienen ist und die Kaution verfiel.«

»Aber du bist gut in deinem Job. Du könntest diesen Irren bestimmt aufspüren.«

»Selbst wenn ich dir helfen wollte, ich wüsste gar nicht, wo anfangen.«

»Sprich doch mal mit Buster. Er ist verwandt mit Poletti. Vielleicht haben sie die Anschläge auf mich gemeinsam ausgeheckt. Buster war auch an dem Geschäft mit Mexiko beteiligt. Vielleicht denkt er, ich wüsste was.«

Ich sah ihn misstrauisch an. »Und? Weißt du irgendwas?«

»Was?«

»Weißt du etwas, das man Buster anlasten könnte?«

»Nicht mehr als das, was alle wissen. Alle wissen, dass er in Mexiko war. Und jetzt, wo das mit den Mädchen herausgekommen ist, könnte man doch annehmen, dass Buster an dem Deal beteiligt war. Vielleicht weiß ich ja mehr über das Geld.«

»Was ist mit dem Geld?«

»Es war ein Haufen Geld.«

»In Mexiko?«

»Ja«, sagte Briggs. »Ich weiß nur nicht genau, wo es liegt. Das heißt, nicht hundertprozentig genau, nur ungefähr.«

»Du liebe Zeit!«

»Wie wär's? Red doch mal mit Buster.«

»Ich kann doch nicht einfach so zu Buster gehen. Was soll ich ihm sagen?«

»Du könntest ihn fragen, ob er mich töten will. Und dass er das sein lassen soll, sonst ...«

Ich verabschiedete mich von Briggs und fuhr allein zurück zum Kautionsbüro.

»Wo ist denn dein kleiner Freund?«, fragte Lula.

»Den hab ich zu Hause in meiner Wohnung gelassen. Man kann es schon wieder ganz gut aushalten da.«

»Hast du keine Angst, dass nochmal jemand eine Rakete durch die Hauswand schießt, solange Briggs sich im Haus aufhält?«

»Doch. Aber ihn dort unterzubringen war die beste Alternative.«

»Das Beste wäre, darauf zu hoffen, dass die Polizei diesen Raketenfreak zu fassen kriegt«, sagte Lula.

Ich schlang mir meine Umhängetasche um die Schulter. »Ich rede mal mit Buster«, sagte ich.

»Ich komme mit«, sagte Lula. »Vielleicht kriege ich ja die Killer-Chihuahuas zu sehen. Und eine Fahrt in Rangers Porsche ist auch nicht zu verachten.«

Normalerweise würde man sein Auto niemals in der Stark Street abstellen, doch Rangers Luxuskarosse war schon allein durch ihre Aura gegen Diebstahl und Vandalismus geschützt. Die Leute würden denken, der Porsche gehörte entweder einem Top-Drogendealer oder einem, der mit Drogengeld Investitionen tätigte. Mit solchen Typen legte man sich nicht an. Die Anwohner wussten, wie man den Markt am Leben hielt. Von der Alarmanlage an Rangers Porsche ganz zu schweigen, die war meilenweit zu hören. Ich fand einen Parkplatz in der Stark Street, Lula und ich marschierten auf Busters Haus zu, und ich drückte die Klingel an der Gegensprechanlage.

»Nun sag schon was!«, brüllte Buster.

»Stephanie Plum hier«, sagte ich. »Ich wollte Ihnen meine Brüste zeigen.«

»Nur hereinspaziert.« Der Türöffner summte.

»Funktioniert ja gut«, sagte Lula. »Besser als die Pizza-Service-Masche. Muss ich mir merken.«

Buster wartete schon am Ende der Treppe auf uns.

»Zwei für den Preis für eine«, sagte er.

»Schlechte Nachrichten«, sagte ich. »Das mit der Busenshow war gelogen.«

»Und was ist mit ihr?« Buster zeigte auf Lula. »Ihre würde ich sowieso lieber sehen.«

»Kein Problem«, sagte Lula.

Sie holte eine Brust unter ihrem Tanktop hervor, und ich hielt mir die Hand vor Augen.

»Mann, sind die dick, Mann!«, sagte Buster. »Scheiße, verdammt!«

»Und weil ich so gut gelaunt bin«, sagte Lula und verstaute ihren Ballon wieder, »verlange ich fürs Gucken auch nichts.«

»Der eigentliche Grund für meinen Besuch ...«, setzte ich an.

»Jimmy haben Sie hinter Gitter gebracht«, sagte Buster. »Was wollen Sie noch?«

»Ich will mit Ihnen über Randy Briggs sprechen. Wollen Sie ihn umbringen?«

»Wie kommen Sie darauf? Wer würde Briggs schon was zuleide tun? So ein lieber Kerl.«

»Eigentlich ist es mir egal, ob Sie ihn töten wollen oder nicht«, sagte ich. »Ich will nur nicht, dass noch mal eine Rakete auf meine Wohnung abgefeuert wird. Und ich will Briggs nicht blutüberströmt auf dem Boden liegen sehen. Wenn Sie ihn also unbedingt töten wollen, wäre ich Ihnen dankbar, Sie suchten sich einen anderen Ort.«

»Ich werde dran denken«, sagte Buster. »Wollen Sie mir wirklich nicht Ihre Titten zeigen?«

»Wirklich nicht.«

»Wollen Sie mal meine sehen?«

»Nein!«

Ich hielt vor einem kleinen Feinkostladen in der Stark Street, und während Lula loslief, sich ein Sandwich zu besorgen, rief Briggs an.

»Ich muss Lebensmittel einkaufen«, sagte er.

»Und?«

»Ich hab kein Auto.«

»Füße auch nicht?«

»Doch, aber hier in der Nähe gibt es keinen Supermarkt, und ich darf auch keine schweren Sachen tragen. Ich schwöre, es ist das letzte Mal, dass ich dich um einen Gefallen bitte, das allerletzte Mal.«

Ich brachte Lula zum Büro und holte danach Briggs ab, der vor dem Hintereingang meines Hauses wartete. Er hatte sich frisch gemacht, so gut er konnte, aber sein Haar war angesengt, und er sah aus, als hätte er einen Sonnenbrand im Gesicht, außerdem roch er noch immer leicht nach verbranntem Gummi.

»Ich brauche nur ein paar Grundnahrungsmittel«, sagte er. »Und ich möchte eine Flasche Wein kaufen.«

»Neben Shop&Bag ist ein Weinladen.«

»Das ist aber ein schickes Auto«, sagte er. »Fährt sich gut da drin. Sogar echte Ledersitze. Treibst du es hier mit Ranger?«

»Ranger ist nicht mein Freund. Ranger und ich haben eine rein berufliche Beziehung.«

»Schon gut. Trotzdem kann man ja ab und zu mal Salamiversenken hier drin spielen.«

Ich schaltete das XM-Radio ein, suchte den Electronic-Dance-Music-Sender und drehte auf volle Lautstärke. Zehn Minuten später schwenkte ich auf den Parkplatz des Einkaufszentrums vor Shop&Bag ein.

»Du arbeitest deine Einkaufsliste ab, ich kaufe den Wein«, sagte ich. »Was willst du haben?«

»Einen Cabernet. Kann ruhig einer aus Kalifornien sein. Und bitte einen russischen River Pinot Noir.«

»Alles klar. Irgendwelche Preisvorstellungen? Karton oder Flasche?«

»Wir tauschen lieber. Du kaufst die Lebensmittel, ich den Wein«, sagte Briggs.

Ich nahm ihm die Einkaufsliste ab und überflog sie. Schien mir nicht allzu kompliziert. Brot, Milch, Cornflakes, Butter, Kaffee, Aufschnitt, Cookies und Käse. Ich tat noch eine Tüte Chips, eine Tiefkühlpizza und ein Glas Erdnussbutter für mich und ein Kauspielzeug für Bob dazu und stellte mich an die Kasse, als plötzlich eine Explosion die Schaufensterscheiben zum Vibrieren brachte. Ich ließ meinen Einkaufswagen stehen und rannte nach draußen. Schwarzer Rauch stieg aus einem Flammenmeer empor, und einige Menschen liefen zu einer am Boden liegenden Person.

»Briggs«, stöhnte ich. »Und Rangers Porsche.«

Ein paar Leute stellten Briggs auf die Beine und brachten ihn fort von dem Feuer, hinüber zum Supermarkt. Ich kam ihnen auf halbem Weg entgegen.

»Was ist passiert?«, fragte ich Briggs.

»Wumm!«, sagte er. Seine Augen waren glasig, sein Haar rauchte. »Wumm! Wumm!«

»Bist du verletzt?«

»Ich weiß nicht«, sagte er. »Irgendwo eine Wunde?«

»Nein. Du siehst gut aus«, sagte ich.

Das war gelogen. Er sah aus wie ein geschmolzener Marshmallow. Ins Lagerfeuer gefallen und rußverschmiert.

»Ja«, sagte er. »Ich fühle mich gut. Hast du die Cookies?«

»Ja.«

»Ich glaube, die Weinflasche ist explodiert.«

»Schon okay«, sagte ich. »Ich kaufe eine neue. Setz dich lieber hin, hier, neben den Markt.«

»Es hat *Boom!* gemacht«, sagte er. »Boom! Boom!«

Ich blieb bei ihm, bis der Krankenwagen kam und die Sanitäter ihn untersucht hatten. Außer oberflächlichen Verbrennungen und ein paar Schürfwunden hatte er nichts abbekommen. Ich ging zurück in den Supermarkt, bezahlte meine Sachen und brachte Briggs die Tüte Cookies nach draußen.

Er suchte sich einen aus. »Ich hatte gerade den Wein ins Auto gestellt und mich auf den Beifahrersitz gesetzt, da dachte ich, ach, geh doch mal nachschauen, ob sie sich zurechtfindet im Supermarkt. Und kaum bin ich aufgestanden, höre ich nur noch *Wusch!* und *Wumm!*, und ich fliege durch die Luft.«

Die traurigen Überreste des Autos waren gelöscht, und die Feuerwehr packte ihre Geräte zusammen. Der Polizei hatte ich einen Vorabbericht gegeben.

Ranger rief an.

»Der Peilsender in meinem Porsche hat den Geist aufgegeben«, sagte er. »Probleme?«

»Sagen wir mal so: mechanische Schwierigkeiten«, brachte ich hervor. »Könntest du jemanden vorbeischicken, der mich abholt? Das wäre lieb.«

Eine Viertelstunde später hatte Briggs die ganze Tüte mit Cookies verputzt, und Ranger fuhr in seinem schwarzen SUV vor. Er stieg aus und betrachtete den schwelenden, zermanschten Porscheklumpen.

»Das war wohl mal mein Auto«, sagte er.

»Ja.«

»Niemand verletzt?«

»Nein. Briggs war ein bisschen durch den Wind, aber sonst okay.«

Er legte einen Arm um meine Schultern. »Und du? Bist du auch durcheinander?«

»Ich bin immer durch den Wind.«

»Weiß man schon, wer dahintersteckt?«

»Nein. Ich war im Supermarkt, und Briggs saß im Auto. Er wollte gerade zu mir kommen, stieg also wieder aus, und in dem Moment machte es *Wusch!*, und Briggs flog durch die Luft. Er hat nichts gesehen, aber für mich deutet alles auf den Raketentyp hin.«

»Das wäre also mittlerweile der vierte Mordanschlag auf ihn.«

»Ja. Drei Brandbomben, wahrscheinlich mit einem Raketenwerfer abgefeuert, und eine Autobombe.«

»Gibt es schon einen Tatverdächtigen?«

»Mehrere.«

»Wir haben zwei Möglichkeiten«, sagte Ranger. »Entweder finden wir den unfähigen Amateur, der diese Scheiße baut, oder ich schieße Briggs eine Kugel in den Kopf, und wir leben einfach weiter.«

Der Vorschlag, Briggs zu erschießen, war natürlich nicht ernst gemeint, andererseits würde es vieles vereinfachen.

Wir sahen zu Briggs hinüber. Er saß auf einer Bank, in eine Decke gehüllt, seine Füße baumelten über dem Boden.

»Deine Entscheidung«, sagte Ranger.

»Mann, das fällt mir aber schwer.«

Ein Lächeln zuckte um seine Mundwinkel, und er küsste

mich auf die Schläfe. »Besser, wir bringen ihn nach Hause. Wo wohnt er?«

»Bei mir.«

»Babe.«

»Er kann dort bleiben, solange die Wohnung renoviert wird.«

»Und du?«

»Ich bin zu Morelli gezogen.«

20

Wir setzten Briggs mit den Einkäufen vor meinem Haus ab, und Ranger fuhr mich zum Büro, wo noch der Buick stand.

»Schon was von Vlatko gehört?«, fragte ich ihn.

»Nein. Er wird erst seinen aktuellen Auftrag abarbeiten, aber mit etwas Glück kriege ich ihn zu fassen, bevor er sich danach ganz auf uns einschießt. Ein Kontaktmann von uns hat alle kürzlich erteilten Visa durchgekämmt, aber der Name Vlatko taucht nicht auf. Man kann also davon ausgehen, dass er einen anderen Namen benutzt.«

»Wir wissen, dass das russische Konsulat in New York ihm als Basis dient«, sagte ich. »Ich könnte noch mal hinfahren und versuchen, seinen Namen zu erfahren.«

»Mit welchem Grund?«

»Ich könnte mit meinem Anwalt kommen, ihnen meine zerschlitzte Bluse zeigen und Vlatko beschuldigen, mich auf dem Fest brutal überfallen zu haben.«

»Du hast einen Anwalt?«

»Briggs. Wenn alle Stricke reißen, spielt er gerne die Behindertenkarte aus. Das kann er gut.«

»Das gefällt mir. Trotzdem, du bewegst dich da auf fremdem Terrain. Wenn etwas schiefgeht, wird es schwierig, dich da herauszuholen.«

»Aber doch nicht unmöglich, oder?«

»Unmöglich nicht, nein«, sagte Ranger. »Wann soll es losgehen?«

»Morgen früh.«

Ranger fuhr los, und ich sah ihm hinterher, bevor ich Briggs anrief.

»Hast du einen Anzug?«, fragte ich ihn.

»Was für einen Zug?«

»Einen Anzug.«

»Entschuldige, ich hab immer noch so ein Klingeln in den Ohren von der Explosion. Ich hatte mal einen Anzug, aber der ist in Flammen aufgegangen, so wie alles andere auch, was ich mal besessen habe.«

»Du musst morgen Anwalt spielen für mich und entsprechend auftreten.«

»Mein Freund Nick hat meine Größe. Vielleicht kann ich mir von ihm Klamotten leihen. Was für ein Anwalt soll ich denn sein?«

»Prozessanwalt.«

»Okay. Ich mach dir deinen Anwalt. Den besten Anwalt aller Zeiten. Wen wollen wir verklagen? Den Scheißtypen mache ich Angst, denen soll der Arsch auf Grundeis gehen. Auf dem College hab ich sogar kurz daran gedacht, Anwalt zu werden.«

»Ich will niemanden verklagen. Es soll nur ein Trick sein.«

»Was soll es sein?«

»Eine Täuschung. Ein Schwindel.«

»Sag das noch mal.«

»Ein Trick!«, brüllte ich ins Handy.

»Ein Trick!? Noch besser!«

»Ruf an, wenn du mich brauchst, um die Sachen zu holen. Ansonsten sehen wir uns morgen um acht Uhr.«

Als ich ins Büro kam, lag Lula auf dem Sofa und las E-Mails auf ihrem Smartphone.

»Meine Cousine schreibt«, sagte sie. »Sie will ihren Freund heiraten, sobald er gegen Auflagen freikommt. In ein paar Wochen ist die Anhörung, und wenn alles gut läuft, soll im Dezember die Hochzeit sein.«

»Schön für sie«, sagte ich. »Weswegen sitzt er denn?«

»Bewaffneter Raubüberfall mit Tötungsabsicht, aber es war nicht seine Schuld. Er stand unter Drogen.«

»Ist er jetzt von den Drogen los?«

»Ja. Drogen im Gefängnis sind teuer, und er hat ja kein regelmäßiges Einkommen.«

»Ich muss noch mal mit Buster reden«, sagte ich. »Willst du mitkommen?«

»Klaro«, sagte Lula. »Solange wir um fünf Uhr wieder zurück sind. Ich hab heute Abend ein wichtiges Date und brauche etwas Zeit, um mich schön zu machen.«

Auf dem Weg in die Stadt fuhr ich bei Rangeman vorbei. Das Polizei-Absperrband war entfernt worden, aber noch immer standen Fahrzeuge diverser Behörden vor dem Haus.

»Die ganze Sache macht mir eine Scheißangst«, sagte Lula. »Ich will nicht, dass in meinem Viertel irgendwelcher radioaktiver Mist ausläuft. Ist doch voll gruselig.«

Ich nahm eine Abkürzung zurück zur State Street, bog in die Stark und parkte gegenüber von Busters Haus. Es war früher Abend, und die Leute standen für Pizza an.

Wir überquerten die Straße, ich drückte wieder die Klingel, und Buster meldete sich in der Gegensprechanlage.

»Ich bin's noch mal«, sagte ich.

»Ist die Braut mit den dicken Titten auch da?«

»Ja.«

»Kommen Sie rauf.«

»Wie süß«, sagte Lula. »Er hat mich nicht vergessen.«

Buster, in roter Küchenschürze und mit einem Holzlöffel in der Hand, stand an der obersten Treppenstufe.

»Was wollen Sie?«, sagte er. »Ich bin gerade mitten in den Vorbereitungen fürs Abendessen.«

»Was kochen Sie denn?«, fragte Lula.

»Tomatensoße. Es gibt Spaghetti. Dazu leckeren Parmesan und frisches Basilikum.«

»Ich muss Sie noch mal sprechen«, sagte ich. »Jemand hat vorhin eine Rakete auf einen sauteuren Porsche abgefeuert, weil Briggs drin gesessen hat. Waren Sie das?«

»Ist nicht wahr«, sagte Buster. »Hat sie Briggs zerfetzt?«

»Nein, nur aus dem Auto befördert.«

»Mist«, sagte Buster.

»Und?«, sagte ich.

»Ich war es nicht. Raketen sind nicht mein Ding.«

»Wer macht sowas?«

Buster zuckte mit den Schultern. »Können alle möglichen Leute gewesen sein.«

»Fragen wir mal andersherum: Wer hätte Interesse an Briggs' Tod?«

»Ungefähr jeder, den ich kenne. Briggs hat immer rumgeschnüffelt, wo er nichts zu suchen hatte. Er hat mit den Frauen anderer Männer rumgemacht. Er hat uns alle genervt. Und er ist ein Verkehrsrisiko. Ständig hat er mit seinem blöden blauen RAV4 meinen Mercedes gerammt. Ich hab sein Auto gehasst.«

»Scheiße«, sagte ich. »Sie sind der Autobomber.«

»Im Augenblick koche ich nur Spaghetti«, sagte Buster. »Wollen die Damen zum Essen bleiben?«

»Ich hab eine Verabredung«, sagte Lula. »Aber vielleicht ein anderes Mal. Ihre Spaghettisoße riecht köstlich.«

Ich brachte Lula zurück zum Büro und fuhr weiter zu Morelli, der aber nicht zu Hause war. Ich führte Bob aus, räumte die Küche auf, fütterte den Hund und grillte mir ein Käse-Sandwich.

Um sieben Uhr schließlich lief Morelli ein. Er packte mich, küsste mich und kraulte Bob hinterm Ohr, dann holte er sich ein Bier aus dem Kühlschrank, trank es in einem Zug aus und rülpste.

»Es war wohl ein langer Tag«, meinte ich.

»Du sagst es. Gibt's was zu Essen im Haus?«

Ich stellte noch mal zwei Käse-Sandwichs zusammen und legte sie in die Pfanne. Ich bin nicht die beste aller Köchinnen, aber gegrillte Käse-Sandwichs sind eine Spezialität von mir.

»Heute ist Ron Siglowski aufgetaucht«, sagte Morelli. »Im wahrsten Sinne des Wortes. Er trieb auf dem Delaware und wurde bei der Aufschüttung an der Brücke ans Ufer geschwemmt. Ein Obdachloser hat ihn dort um vier Uhr gefunden. Die Leiche war schon ziemlich verwest, aber es ist deutlich zu erkennen, dass er eine Kugel in den Kopf bekommen hat.«

»Und schwupps, da waren es nur noch zwei Pokerspieler.«

Morelli sah sich um. »Wo ist Briggs abgeblieben?«

»Er wohnt bei mir, solange die Räume renoviert werden. Besser als wenn er hier wäre.«

»Noch ein Tag mit ihm unter einem Dach, und du kannst

mich zu denen rechnen, die ihn am liebsten beseitigen würden.«

Ich ließ eines der beiden Sandwichs auf einen Teller gleiten und legte Pickles und eine Handvoll Chips dazu. »Eine neue heiße Spur zu unserem Schützen?«

»Nichts Verwertbares. Buster und Pepper stehen nur deswegen unter Verdacht, weil sie als Letzte übriggeblieben sind, aber es könnte genauso gut jemand von außen sein. Diese Typen haben sich alle mit zwielichtigen Gestalten eingelassen. Sie waren in Menschenhandel verwickelt und in wer weiß was noch. Vielleicht nicht so intensiv wie Jimmy Poletti, aber alle haben gewusst, was da läuft.«

»Scheint, als hätte Buster in Mexiko seine Basis gehabt, um vor Ort zu sein. Und Silvio Pepper hat seine LKWs hin und her geschickt.«

»Den Teil der Operation untersucht die Bundespolizei. Keine Ahnung, ob sie Fortschritte macht.«

»Apropos Bundespolizei. Ich bin heute bei Rangeman vorbeigefahren. Das Absperrband ist entfernt, aber es stehen immer noch viele Behördenfahrzeuge davor.«

»Soviel ich weiß war die Ausbreitung des Giftes beschränkt auf diesen einen kleinen Raum, in dem Gardi festgehalten wurde. Wenn sich das Polonium wie geplant über das Belüftungssystem ausgebreitet hätte, wäre erheblich mehr Schaden entstanden, aber auch das ist zweifelhaft. Wie ich gehört habe, hätte das Gift in dem speziellen System, das Ranger installiert hat, an einer viel zentraleren Stelle eingespeist werden müssen, um im Haus zu zirkulieren und seine Wirkung zu entfalten. Heute Abend, spätestens morgen können die Leute das Gebäude wieder betreten.«

»Ranger hatte das Gebäude mit jeder Menge sensibler Technik ausgestattet. Jetzt sitzen vermutlich Agenten vom FBI oder andere Vertreter in seinem Kontrollraum und überwachen zum Spaß ihre Freundinnen.«

Morelli aß sein zweites Käse-Sandwich auf und verließ den kleinen Küchentisch. »Höchst unwahrscheinlich. Ranger hat auf jedem Flur seine Leute in Schutzanzügen postiert, Tag und Nacht. Und es heißt, er sei in der Lage, sein System auch von außen zu navigieren. Er hat eine sehr elitäre Kundschaft, die bereit ist, für seinen exquisiten Service zu zahlen, und trotzdem fragt man sich, ob in dem Gebäude nicht noch was anderes außer Security verkauft wird.«

»Was denn zum Beispiel?«

Morelli zuckte mit den Schultern. »Ich weiß es nicht. Ich weiß nur, dass das Haus ein Hochsicherheitsbunker ist, und die Technik, die er verwendet, ist teuer, kompliziert und nicht so ohne weiteres erhältlich. Früher dachte ich immer, er wäre einfach nur ein Spinner. Jetzt bin ich skeptisch.«

Nicht nötig, Morelli zu sagen, dass ich Ranger immer noch dabei half, Vlatko aufzuspüren. Warum ihm noch mehr Stress bereiten?

Um acht Uhr rief Grandma an.

»Ich bin bei der Totenfeier von Rickert«, sagte sie. »Kannst du mich abholen? Ich will nach Hause. Sind viele Leute hier, und wenn die alle aufbrechen, gibt es ein Verkehrschaos. Deswegen warte ich in der Nebenstraße auf dich, neben der Einfahrt zu den Garagen.«

»Okay«, sagte ich. »Ich bin gleich da.«

Eine Viertelstunde später bog ich in die Nebenstraße und

sah gerade noch, wie Grandma durch eine an die Einfahrt zum Beerdigungsinstitut grenzende Hecke stürmte und mich anhielt. Ich bremste scharf, sie packte den Türgriff, riss die Tür auf und sprang auf den Beifahrersitz.

»Schnell! Fahr los!«, sagte sie.

Ich drückte das Gaspedal durch und musterte Grandma von der Seite. »Was soll das?«

»Ich hatte keine Lust mehr auf Unterhaltung. Die Cookies waren auch nicht gut. Als ich endlich zu dem Tisch mit den Erfrischungen kam, waren nur noch fünf Fig Newtons übrig, und bei denen kommen immer Krümel unter meine Prothese.«

Als wir bei meinen Eltern vorfuhren, stand meine Mutter mit verschränkten Armen auf dem Bürgersteig vorm Haus.

»Oh«, sagte Grandma. »Diese Haltung und diese Miene, so kenne ich deine Mutter gar nicht.«

»Sie sieht wütend aus.«

»Ja. Was hat sie bloß so aufgeregt?«

»Hast du mal wieder versucht, den Sargdeckel zu öffnen?«

»Wie kommst du darauf!«, sagte sie. »Der Deckel stand schon offen.«

»Hast du den Toten mit einer Nadel gestochen, um zu gucken, ob er auch wirklich tot ist?«

»Nein, auch nicht. Und überhaupt, das hab ich nur ein einziges Mal getan, damals bei Mabel Sheindler, weil sie so einen lebendigen Eindruck auf mich machte. Ich hab auch keine Vasen umgeschmissen oder irgendwas in Brand gesetzt.«

Ich parkte ein, und wir stiegen aus.

»Was ist los?«, fragte ich meine Mutter.

»Vierzehn Leute haben bei mir angerufen! Jemand hat

Josephs Grandma Bella eine Schokocremetorte ins Gesicht geworfen, als sie gerade das Beerdigungsinstitut verlassen wollte. Aus irgendeinem Grund soll sie den Seitenausgang genommen haben, und dann ist jemand wie aus dem Nichts aufgetaucht und hat ihr die Torte ins Gesicht gedrückt.«

»Weiß man schon, wer es war?«, fragte Grandma.

»Bella behauptet, du.«

»Sie lügt«, sagte Grandma. »Sie kann unmöglich gesehen haben, wer es war. Bestimmt hat sie jemand durch den Seiteneingang nach draußen gelockt und sich dann von hinten an sie herangeschlichen und ihr die Torte ins Gesicht gedrückt. Diese Schokoladentorten sind eine einzige breiige Masse. Ihre Augen wären verklebt gewesen, als der Täter wegrannte. Sie *glaubt* nur, ich sei es gewesen, weil ich ihr Angst einjage. Aber sicher ist sie sich nicht.«

»Gab es Zeugen?«, fragte ich meine Mutter.

»Ich weiß nicht«, sagte sie. »Von Zeugen war nicht die Rede.«

»Siehst du«, sagte Grandma. »Ihr Wort steht gegen meins.«

Meine Mutter funkelte Grandma an. »Ich weiß genau, dass du es warst.«

»Reg dich nicht künstlich auf«, sagte Grandma. »Es war doch nur eine Torte. Und vielleicht war es ja auch nur ein Versehen. Vielleicht ist jemandem die Torte nur aus der Hand gerutscht, und dann ist sie rein zufällig in Bellas Gesicht gelandet.«

»Willst du bei der Geschichte bleiben?«, fragte meine Mutter.

»Ja. Ist doch nicht schlecht, oder?«, sagte Grandma.

Morelli und Bob saßen vor dem Fernseher, als ich kam.

»Meine Mutter hat angerufen«, sagte Morelli. »Jemand hat Bella mit einer Schokoladencremetorte beworfen. Mitten ins Gesicht.«

Ich quetschte mich zwischen Morelli und Bob. »Wie kann man eine Torte nur so verschwenden!«

»Ich möchte nicht in der Haut der Person stecken, die das getan hat.«

»Glaubst du, Bella wird sie mit einem Fluch strafen?«

»Ich glaube, Bella wird auf sizilianische Art Rache nehmen.«

Er hakte sich mit einem Finger unter den Saum meines T-Shirts, hob es an und spähte darunter.

»Das wird schön heute Abend«, sagte er. »Nur du und ich.«

»Sollen wir wieder das Sekundenwunder benutzen?«

»Nein. Wir machen es auf die altmodische Art. Mit *meinem* Sekundenwunder.«

Oh Mann.

21

Erst nachdem Morelli das Haus verlassen hatte, stand ich auf, duschte und zog mir mein Allzweckkostüm und ein rosa Stretch-Shirt mit Stehkragen an. Die Haare band ich zu einem Pferdeschwanz zusammen. Ich entschied mich für den natürlichen Look, keine Schminke, außer Wimperntusche und etwas Lipgloss. Mehr Natur ist nicht drin. Ich stopfte den aufgeschlitzten BH und die weiße Bluse mit dem Riss in meine Umhängetasche, sagte Bob, er solle brav sein, Morelli käme gegen Mittag nach Hause und werde ihn nach draußen lassen, dann tuckerte ich mit dem Buick los, um Briggs abzuholen.

Briggs stand bereits vor dem Hintereingang zu meinem Haus. Er trug einen beigen Anzug, der ihm nicht richtig passte, ein hellblaues Hemd, eine blaugelb gestreifte Krawatte und die Laufschuhe, die er immer anhatte.

»Entschuldige die Schuhe«, sagte er, als er den Beifahrersitz erklomm. »Andere hab ich im Moment nicht. Aber was sagst du zu dem Anzug? Nicht schlecht, was?«

»Ja, steht dir gut. Danke für deine Hilfe.«

»Was?«

»Danke für deine Hilfe.«

»Nein danke, ich brauche keine Hilfe«, sagte Briggs. »Wohin fahren wir? Zum Gericht? Hast du ein Büro für deine Aktion angemietet?«

»Zuerst geht es zum Kautionsbüro, dort treffen wir Ranger«, brüllte ich. »Danach fahren wir nach New York, zum russischen Konsulat in der Upper West Side.«

»Erzähl keinen Scheiß! Du willst die Russkis reinlegen? Ich bin dabei. Hundert Pro.«

»Darum geht es eigentlich nicht. Ich brauche Informationen über eine Person, die vermutlich mit dem Konsulat in Verbindung steht. Ich hab nur eine Beschreibung von ihm, ich brauche seinen Namen. Wir werden sagen, ich sei vor zwei Tagen auf einer Party dort gewesen, und der Mann habe mich angegriffen. Wenn ich einen der Mitarbeiter dazu bringen kann, sein Dossier zu holen, könnte ich ein Ablenkungsmanöver starten und die Akte klauen.«

Briggs nickte, aber ich war mir nicht sicher, ob er auch nur ein einziges Wort verstanden hatte.

»Was ist mit Ranger?«, fragte Briggs. »Welche Rolle spielt er?«

»Er fährt uns hin und wartet draußen auf uns. Er macht die Security.«

»Die Sekretärin?«

»Security! *SECURITY*!«

»Cool«, sagte Briggs. »Security. Geben wir es dem Russenarsch!«

Vor dem Kautionsbüro parkte bereits ein schwarzer Rangeman-SUV. Ich stellte mich hinter ihn, und Briggs und ich stiegen um.

Ich setzte mich neben Ranger, legte den Sicherheitsgurt an, und schweigend fuhren wir zum Turnpike, durch den

Tunnel, die Tenth Avenue hinauf zur Upper West Side. Ranger stellte sich auf den Parkplatz, den wir auch beim letzten Mal benutzt hatten, und rief den Mann an, den er zur Observierung des Konsulats postiert hatte.

»Alles wie gehabt«, sagte Ranger. »Keine Spur von unserem Freund. Ich halte mich im Hintergrund, aber ich hab euch auf dem Schirm. Tut einfach so, als sei ich nicht da.« Er gab mir wieder einen Ohrstöpsel. »Wenn es Probleme gibt, wirf ihnen Briggs zum Fraß vor und lauf einfach los.«

»Was?«, meldete sich Briggs von hinten. »Was ist mit Briggs?«

»Er hat einen Hörschaden von der letzten Explosion«, erklärte ich Ranger.

»Babe.«

Damit war alles gesagt, und ich steckte mir den Stöpsel ins Ohr und schrie Briggs an, wir könnten jetzt los.

Wir überquerten die Straße zum Konsulat, ich drückte die Klingel, eine Stimme kam aus der Gegensprechanlage, und ich sagte, ich hätte gerne eine zuständige Person gesprochen. Der Türöffner ertönte, Briggs und ich gingen hinein.

Ein Mann in einem Anzug kam auf uns zu und fragte, womit er dienen könne.

»Ich war vorgestern hier auf einer Party«, sagte ich. »Einer der männlichen Gäste hat mich angegriffen. Ich bekam Angst und bin weggelaufen, und heute bin ich mit meinem Anwalt zurückgekommen.«

Der Mann begrüßte Briggs mit einem knappen Nicken. »Mal schauen, ob ich jemanden von den verantwortlichen Herren auftreiben kann.«

Fünf Minuten später führte man uns in ein Büro im ersten

Stock, einem kleinen Raum, beherrscht von einem großen Eichenschreibtisch, hinter dem ein gewichtiger Russe saß.

»Sergeij Jablonowitsch«, stellte er sich vor. »Bitte, nehmen Sie Platz.«

Die beiden dick gepolsterten braunen Ledersessel vor dem Schreibtisch waren offenbar für Riesen gedacht. Ich hockte mich vorne auf die Kante, Briggs blieb unschlüssig vor dem anderen stehen, überlegte wahrscheinlich, wie er hinaufkommen sollte, wichtiger noch, wie er vermeiden konnte, sich lächerlich zu machen. Nach einigem Zögern ließ er alle Würde fahren, kletterte beherzt auf den Sessel und lehnte sich an, die Beine im rechten Winkel von sich gestreckt.

»Bequemer Sessel«, sagte er.

»Mein Mitarbeiter sagt, dass Sie vorgestern hier bei uns im Konsulat ein unerfreuliches Erlebnis hatten«, fing Sergeij an.

»Ich war mit einem der Herren hier, die die Handelsmesse besuchten. Es war ein schönes Fest, aber dann war ich auf der Damentoilette, ein Stück den Gang hinunter, und als ich wieder herauskam, stürzte sich ein mir völlig unbekannter Mann mit einem Messer auf mich. Er fasste mich an die Brust und warnte mich, er würde mich töten, wenn ich nicht mitspielte. Ich hab versucht wegzulaufen, und da hat er sein Messer eingesetzt.«

Ich holte den BH und die Bluse aus meiner Umhängetasche und achtete darauf, dass Sergeij auch ja meine zitternden Hände sah. Ehrlich gesagt, sie zitterten von ganz allein, denn ich war kurz davor zu hyperventilieren: Im Büro von so einem Kerl diese Nummer abzuziehen – also echt!

»Ich hab Ihnen die Kleidungsstücke mitgebracht«, sagte ich. »Zum Glück wurde ich nicht ernsthaft verletzt. Es kamen gerade Leute aus dem Festsaal, als der Mann mit dem Messer auf mich losging, und er ist weggerannt. Ich hatte solche Angst, dass ich umgehend das Gebäude verlassen habe, ich konnte mich nicht mal mehr von meiner Begleitung verabschieden.«

Sergeij schüttelte beim Anblick der aufgeschlitzten Bluse den Kopf. »Das ist ja furchtbar. Sind Sie zur Polizei gegangen?«

»Ja, aber die Polizei hat mir empfohlen, mich deswegen an Sie zu wenden. Ich wollte nicht alleine kommen, deswegen habe ich meinen Freund Randy Briggs mitgebracht. Er ist auch mein Anwalt, und er berät mich in dieser Sache. Ich bin der Meinung, dass man nach diesem Mann fahnden sollte. Und ich möchte die Kosten für meine Bluse ersetzt bekommen.«

Bei der Erwähnung seines Namens reckte Briggs den Hals, um über die Schreibtischkante blicken zu können.

»Gehörte der Mann zur Handelsdelegation, oder war er ein Angehöriger des Konsulats?«, fragte Sergeij.

»Ich glaube nicht, dass er zur Handelsdelegation gehörte, weil ich ihn auf der Party nicht gesehen habe. Er sprach Englisch, mit einem leicht britischen Akzent. Er hatte ein merkwürdiges Tattoo am Hals, und er trug eine Augenklappe. Auf einem Foto würde ich ihn sofort wiedererkennen.«

Sergeij drückte eine Schnellwahltaste auf seinem Tischtelefon, und eine weibliche Stimme antwortete.

»Ich suche einen Mann mit Augenklappe, der entweder mit der russischen Wodkamesse zu tun hat oder zum Konsulat gehört«, sagte Sergeij zu der Frau.

»Viktor Volkov trägt eine Augenklappe«, antwortete sie.

»Er ist ein Vertreter des russischen Ministeriums für Industrie und Handel. Er wurde von unserem Büro in Miami für die Wodka-Handelsmesse in Atlantic City zu uns geschickt.«

»Bringen Sie mir doch bitte seine Akte.«

Er legte auf und wandte sich wieder mir zu.

»Normalerweise hätte ich die Wodkahersteller auf der Party gerne selbst begrüßt«, sagte Sergeij, »aber wir erwarteten einen sehr wichtigen General, und ich musste mich persönlich um seine Unterkunft kümmern. Er hält auf der internationalen Handelsmesse in Atlantic City eine Rede. Er reist mit vielen Referenten und Sicherheitsleuten. Wir mussten eine ganze Etage im Hotel mieten.«

Eine sehr kompetent wirkende Frau mit kurzen braunen Haaren und einem angenehmen, ungeschminkten Gesicht klopfte einmal an die offen stehende Tür und betrat mit der Akte das Büro. Sie übergab sie Sergeij und verließ dann wortlos wieder den Raum.

Sergeij blätterte in der Akte, stieß auf das Foto und zeigte es mir. »Ist das der Mann?«

»Ja!«

Ich hielt mir die Hand vor den Mund und gab mir alle Mühe, erschrocken und verängstigt zu wirken, und zu meiner Ehre darf ich sagen, dass ich sogar feuchte Augen bekam.

»Ich versichere Ihnen, dass wir dem nachgehen werden«, sagte Sergeij.

»Gut, aber was ist mit der Bluse?«, sagte Briggs. »Wer kommt für die Bluse auf?«

»Ich bin nicht befugt, Sie zu entschädigen«, sagte Sergeij, »aber wenn wir die Untersuchung abgeschlossen haben, könnte ich eine Abfindung empfehlen.«

Briggs hielt die hohle Hand hinters Ohr. »Was?« Er sah mich an. »Was hat er gesagt? Hat er von einem Fehler gesprochen?«

»Er hat einen vorübergehenden Hörschaden«, sagte ich zu Sergeij.

»Ja«, sagte Briggs. »Jemand hat mir einen Sprengsatz ins Auto gelegt, und ich stand dicht davor, als er detonierte.«

»Es war ein terroristischer Akt«, sagte ich wieder zu Sergeij. »Bitte haben Sie Verständnis.«

»Was ist nun mit der Bluse?«, insistierte Briggs. »Sie hatte keinen Fehler. Sie war so gut wie neu. Und meine gute Freundin und Mandantin hat eine dicke Narbe auf ihrem Busen, da, wo Viktor zugestochen hat.«

Briggs konnte Sergeij von seiner Warte aus kaum sehen, deswegen stand er auf und stellte sich auf den Polstersessel.

»Es besteht Handlungsbedarf«, sagte Briggs und sprang auf und ab. »Handlungsbedarf! Handlungsbedarf! Handlungsbedarf!«

Beim dritten Mal verlor er das Gleichgewicht, rutschte vom Sessel und plumpste zu Boden.

»Au!«, jammerte er. »Mein Bein. Mein Bein ist gebrochen! Einen Arzt, schnell. Einen Notarzt.«

Er wälzte sich auf dem Boden, hielt sich stöhnend das Bein.

»Mir ist schlecht«, sagte er. »Ich muss mich übergeben. Ich brauche Luft. Luft. Das Büro schnürt mir die Kehle zu.«

Er kroch zur Tür, das gebrochene Bein hinter sich herziehend, und machte röchelnde Geräusche. Sergeij rief wieder seine Assistentin an und sagte ihr, sie möge den Notarzt rufen. Briggs schaffte es bis in den Flur. Sergeij stand auf und beugte sich ratlos über ihn, und sobald ich allein im Raum war, fotografierte ich mit meinem Smartphone die dreiseitige Personalakte von Viktor Volkov.

Dann ging ich ebenfalls in den Flur und sah hinunter auf Briggs. »Bist du sicher, dass das Bein gebrochen ist?«

»Zuerst dachte ich, ja«, sagte Briggs. »Aber jetzt fühlt es sich gar nicht mehr so schlimm an.«

»Er leidet unter Panikattacken«, erklärte ich Sergeij.

»Vielleicht sollten Sie sich lieber einen anderen Anwalt suchen«, sagte Sergeij.

Ich packte Briggs am Arm und zog ihn hoch. »Hoppla!«

Behutsam versuchte er, das angeblich kaputte Bein aufzusetzen. »Ein Wunder!«

»Oje, es ist schon spät«, sagte ich zu Sergeij. »Ich muss zur Arbeit. Vielen Dank, dass Sie sich der Sache annehmen. Ich melde mich kommende Woche bei Ihnen.«

»Wie war noch mal Ihr Name?«, fragte er.

»Joyce Barnhardt.«

Briggs stand bereits am Aufzug und hielt mir die Tür auf. Ich sprang hinein, und Briggs drückte den Knopf für das Erdgeschoss.

Wir liefen durchs Foyer, an der Empfangsdame vorbei, die vor dem Haupteingang auf den Notarztwagen wartete.

»Falscher Alarm«, rief ich ihr zu. »Tut mir leid.«

Ein schwarzer Rangeman-SUV rollte heran, hielt direkt vor uns, und wir erklommen die Rückbank. Ranger saß auf dem Beifahrersitz, einer seiner Männer lenkte den Wagen, dem ein zweiter Rangeman-SUV folgte.

Ich nahm den Stöpsel aus dem Ohr und gab ihn Ranger zurück. »Willst du die Observation des Konsulats abbrechen?«

»Ja. Ich glaube nicht, dass Vlatko zurückkehrt.«

»Wir waren klasse«, sagte Briggs zu mir. »Das verdankst du meiner brillanten Idee, mit der ich den Russki von seinem Schreibtisch weggelockt habe. In der Zeit konntest du die Akte klauen. Mit der Darbietung hätte ich den Oscar verdient. Ich sollte Schauspieler werden. All die Hobbit-Darsteller würden dagegen alt aussehen.«

Ranger drehte sich zu mir um. »Hast du die Akte?«

»Ich hab die Seiten fotografiert.« Ich suchte die Dateien auf meinem Smartphone heraus und schickte sie weiter an Rangers Handy.

»Viktor Volkov«, las er laut vor. »Er hält sich hier als Repräsentant des russischen Ministeriums für Industrie und Handel auf. Eine Liebesbeziehung der Regierung mit der Handelsmission der russischen Spirituosenhersteller.«

»Wodka«, sagte ich.

»Ja, im wesentlichen Wodka, neben vielen anderen Alkoholika. Als Hauptwohnsitz wird eine Moskauer Adresse angegeben und mehrere Kontaktadressen für seine Aufenthalte in Amerika. Alles Hotels. Eins in Miami, das Gatewell, und ein Hotel in Atlantic City.«

»In Atlantic City findet demnächst eine internationale Handelsmesse statt«, sagte ich. »Die russischen Wodkaproduzenten nehmen auch daran teil. Der Konsulatsbeamte, den ich gesprochen habe, sagte, er müsse einem bedeutenden General assistieren, der dort eine Rede halten will.«

»Nach allem, was ich über Vlatko weiß, vermute ich, dass sein Profil in dieser Akte nur als Cover dient und frei erfunden ist. Wahrscheinlich hat er vor Ort einen Führungsoffizier, der im Bilde ist, und die Konsulatsmitarbeiter wissen nur, was hier in der Akte steht, und nehmen es für bare Münze. Russische Bürokraten haben gelernt, keine Fragen zu stellen.«

»Immerhin wissen wir, dass er nach Atlantic City fährt«, sagte ich. »Er ist vielleicht nicht in den angegebenen Hotels abgestiegen, aber er hat sich in Miami und in New York aufgehalten. Anscheinend wurde dieses Cover nur geschaffen, um ihn in Kontakt mit den Wodkaherstellern zu bringen. Vielleicht ist also einer der Wodkahersteller sein Hauptziel.«

»Das scheint mir zu simpel«, sagte Ranger. »Da hat jemand alle Hebel in Bewegung gesetzt, um Vlatko herzuholen. Er ist ein Attentäter im Auftrag der russischen Regierung und ein Spezialist. Er wurde hierherbestellt, um irgendjemanden zu eliminieren, an den schwer heranzukommen ist, oder um Chaos zu stiften. Eins von beiden.«

»In Trenton hat er jedenfalls einen gelungenen Einstand gegeben«, sagte ich.

»Zum Glück hat es nur einen Toten gegeben. McCready wird wohl überleben. Und ich darf wahrscheinlich morgen im Laufe des Tages wieder meine Zentrale beziehen.«

22

Ranger setzte Briggs vor meiner Wohnung ab.

»Danke«, sagte ich zu Briggs. »Du bist über dich hinausgewachsen.«

»Was soll ich? Wachsen?«

»Du warst toll!«, brüllte ich. »Danke!«

»Jederzeit«, sagte Briggs. »Falls du noch mal hier vorbeikommst, kannst du mir Wein mitbringen. Meiner ist bei der Explosion draufgegangen.«

»Mache ich«, sagte ich. »Du sollst deinen Wein bekommen.«

»Ich könnte jemanden beauftragen, ihn abzuholen und in North Carolina auszusetzen«, bot Ranger mir an.

Ich lehnte ab und verabschiedete mich vor dem Kautionsbüro von Ranger.

»Na sieh einer guck«, sagte Lula. »Wieder daheim? Alles klar in Rangerland?«

»So ziemlich. Ich glaube, morgen kann er wieder in seinen alten Bunker einziehen.«

»Ich hab einen neuen Fall für dich«, sagte Connie. »Forest Kottel. Keine sehr hohe Kaution, eilt auch nicht. Als Adresse gibt er einen Pappkarton in der Geneva Street an, Ecke Stark. Gesucht wegen Ladendiebstahls in einem Lebensmittelgeschäft in der Stark Street.«

»Echt traurig«, sagte Lula. »Da hat man so einen schönen Pappkarton zum Wohnen gefunden und stellt ihn ausgerechnet an der Kreuzung auf. Gibt's keine besseren Stellen?«

»Vinnie hat eine Kaution für einen Obdachlosen gestellt?«, fragte ich Connie. »Wie hat der Kerl die Kaution abgesichert?«

»Ein Verwandter aus Cleveland hat das Geld überwiesen.«

Ich nahm die Akte und steckte sie in meine Tasche. »Ich will mich bei meiner Mutter zum Mittagessen einladen«, sagte ich. »Wahrscheinlich schaue ich am späten Nachmittag noch mal vorbei.«

»Ich hab eine bessere Idee«, sagte Lula. »Ich komme mit, und nach dem Mittagessen suchen wir Forest. Sein Pappkarton ist einen Block von dem Pizzaladen in Busters Haus in der Stark Street entfernt. Wenn wir früh nachmittags kommen, ist da bestimmt noch keine Schlange, und wir segeln einfach rein und holen uns eine Pizza.«

»Hört sich gut an.«

Meine Mutter bügelte mal wieder, als Lula und ich wenig später die Küche betraten.

»Hallo, Mrs Plum«, sagte Lula. »Wie geht's?«

»Sie bügelt«, antwortete Grandma. »Das sagt alles. Sie bügelt seit Stunden.«

»Sie brauchen einfach etwas Zeit für Ihre seelische Erholung, nicht?«, wandte sich Lula verständnisvoll an meine Mutter. »Ich kenne das. Und bügeln ist wirklich beruhigend. Sie sollten nur aufpassen, dass Sie das Hemd, das Sie gerade unterm Eisen haben, nicht versengen.«

»Sie ist seit einer Dreiviertelstunde mit diesem Hemd beschäftigt«, sagte Grandma. »Ihr ist die Bügelwäsche ausgegangen.«

»Besser, Sie stellen Sie auf Alkohol um, bevor sie noch anfängt zu rauchen«, sagte Lula.

»Bella ist der Grund«, sagte Grandma. »Obwohl meine Tochter keinen sicheren Beweis dafür hat, dass ich Bella die Torte ins Gesicht geschmissen habe, erzählt sie überall herum, ich sei es gewesen.«

»Und? Waren Sie es?«, wollte Lula von ihr wissen.

»Ich will nichts zugeben, aber ich könnte es gewesen sein.«

»Wo ist dann das Problem?«

»Die Leute haben alle Angst, ich hätte Bellas bösen Blick abbekommen. Deswegen hat man uns von Amy Shutes Hochzeitsparty ausgeladen. Dann hab ich einen Anruf erhalten, die Plätze beim Bingo heute Abend seien schon vergeben. Und als deine Mutter heute Morgen in der Messe war, wollte keiner neben ihr sitzen.«

»Du wirst sehen, morgen ist das alles Schnee von gestern«, sagte ich.

»Wenn Sie schon so unter Beschuss stehen, warum klatschen Sie Bella nicht gleich noch eine zweite Torte ins Gesicht?«, sagte Lula. »Oder verzieren ihr Haus mit Klopapier?«

Meine Mutter hob den Blick und ging wie eine Furie mit dem Bügeleisen auf Lula los. »Aus dir spricht der Teufel!«, rief sie.

Das Stromkabel spannte sich, der Stecker wurde aus der Dose gerissen, und Lula rückte den Küchentisch zwischen sich und meine Mutter.

»Immer mit der Ruhe, Mrs Plum«, sagte Lula. »Sonst schießt Ihr Blutdruck noch in die Höhe, und die Blutgefäße platzen. Das ist meiner Tante Celia passiert, aber damals war sie ja auch noch Nutte.«

»Im Ernst?«, sagte Grandma. »Muss Schwerstarbeit sein, als Nutte.«

»Ihr seid doch alle verrückt«, sagte meine Mutter.

»Bei allem Respekt, aber *Sie* bedrohen uns mit einem Bügeleisen, nicht umgekehrt«, sagte Lula. »Sollen wir Ihnen irgendwelche Pillen besorgen oder so?«

»Ich hab gar nicht gemerkt, dass ich das Bügeleisen noch in der Hand halte«, sagte meine Mutter.

»Passiert mir andauernd«, sagte Lula. »Meistens ist es nur eine Pistole oder ein Donut.«

»Soll ich das Blutdruckmessgerät holen?«, sagte Grandma. »Ich hab oben eins liegen. Ich brauche es immer, wenn ich im Fernsehen *Ausgezogen in die Wildnis* gucke.«

»Nicht nötig«, sagte meine Mutter. »Ich hatte gerade nur so eine Anwandlung.« Sie stellte das Bügeleisen zurück auf das Bügelbrett. »Bügeln bringt mir nichts mehr. Vielleicht sollte ich wieder mit Stricken anfangen.«

»Ich weiß nicht, ob das ratsam ist, mit Stricknadeln rumzufuchteln. Was ist, wenn Sie mal wieder so eine Anwandlung haben?«, gab Lula zu bedenken. »Backen Sie doch lieber Cupcakes. Das ist eine gute Abwechslung.«

»Meine Tochter macht wunderbare Cupcakes«, sagte Grandma. »Seid ihr eigentlich aus einem bestimmten Grund hier?«

»Nein«, sagte ich. »Wir waren gerade in der Gegend und dachten, wir schauen mal vorbei.«

»Ja, nur so, mal vorbeischauen«, sagte Lula.

Grandma brachte uns zur Tür. »Geht es jetzt wieder auf die Jagd nach Verbrechern?«

»Ja«, sagte Lula. »Wir sorgen für mehr Sicherheit in dieser Stadt.«

Ich war mir nicht sicher, ob es eine edle Tat war, einen obdachlosen Mann aus seinem Pappheim zu verscheuchen, aber es war nun mal mein Job, und ich würde es tun … wahrscheinlich.

Wir stiegen wieder in den Buick, und ich wandte mich an Lula. »War wohl kein guter Tag, um uns zum Mittagessen einzuladen.«

»Egal«, sagte Lula. »Mir ist sowieso der Hunger vergangen. Und das kommt so gut wie nie vor.«

Wir röhrten mit unserem achtzylindrigen Benzinschlucker los, schalteten auf Autopilot, einmal quer durch die Stadt bis zur Stark. Buster wohnte in einem noch akzeptablen Abschnitt der Stark, nicht dem besten, aber auch nicht dem schlimmsten. Forest Kottel hauste zwei Blocks weiter, in einem Abschnitt, der auch nicht der schlimmste war, aber auf dem besten Weg dahin. Offenes Terrain für Gangs, Durchgeknallte und zugedröhnte Zombies. Geneva Street stellte für Lula und mich die Demarkationslinie dar. Niemals jenseits der Geneva mit dem Auto anhalten, wenn es sich eben vermeiden lässt. Das war kein Kautionsflüchtling wert.

Wir kamen an dem Pizzaladen vorbei, fuhren noch zwei Straßen weiter, aber von Pappkartons keine Spur, jedenfalls nicht an der Kreuzung zur Geneva Street. Erst als ich in die Geneva Street einbog, sahen wir sie, eine ganze Stadt aus Pappkartons, Plastikbahnen, Verschlägen, Hütten und Baracken, wild zusammengewürfelt in der Gasse, die den Block der Länge nach durchschnitt.

»Früher sah man solche Unterkünfte nur vom Flugzeug aus, irgendwo in der dritten Welt«, sagte Lula. »Immerhin besser als die Zeltstadt unter dem Brückenpfeiler.«

Ich stellte den Buick an der nächsten Straßenecke ab, steckte eine Dose Pfefferspray in die eine, einen Elektroschocker in die andere Hosentasche, klemmte ein Paar Handschellen in den Hosenbund und schlang mir die Umhängetasche quer über die Schulter. Obdachlose sind nach meiner Erfahrung nicht gewalttätig, aber viele sind echt verrückt, ich meine krankhaft, und ihr Verhalten unvorhersehbar, vor allem die, die so weit oben in der Stark Street ihr Quartier haben.

»Hast du deine Pistole dabei?«, fragte ich Lula.

»Klaro.«

»Kommst du im Notfall schnell an sie ran?«

Lula kramte in ihrer riesigen Handtasche, fand die Pistole und steckte sie vorne in den Bund ihres schwarzen Elasthan-Rocks.

Forest Kottels Foto war an die zweite Seite der Akte geheftet. Wettergegerbtes Gesicht, zerzaustes Haar, schielende Augen. Laut Beschreibung war er einen Meter siebenundsiebzig groß und wog siebenundsiebzig Kilogramm. Weiße Hautfarbe. Die Augenfarbe hatte Connie mit rot angegeben.

Wir kamen zu dem ersten Pappkarton und waren ratlos, wie wir vorgehen sollten. Keine Türklingel. Kein Namensschild. Und in der Gasse standen noch sehr viel mehr Pappkartons. Woher sollte man wissen, ob noch Leben in der Bude war?

»Jemand zu Hause?«, sagte ich.

Keine Antwort.

»Ich fasse das nicht an«, sagte Lula. »Da holt man sich die Krätze. Das sehe ich auf den ersten Blick.«

Ich stieß mit der Fußspitze gegen den Pappkarton.

»Hau ab«, kam eine Stimme aus dem Karton.

»Ich suche Forest Kottel.«

»Hier findest du ihn nicht.«

»Danke«, sagte ich. »Entschuldigen Sie die Störung. Schönen Tag noch.«

»Der Mann wohnt in einem Pappkarton«, sagte Lula. »Wie kannst du ihm da einen schönen Tag wünschen?«

Auf Zehenspitzen tapsten wir an mehreren schmuddeligen Zelten vorbei bis zum nächsten Pappkarton.

»Hallo?«, sagte ich. »Ist da jemand?«

Ich ging um den Karton herum und sah durch eine aus der Pappe herausgeschnittene Öffnung hinein. Leer.

»He, schau dir mal das hübsche Pappheim neben den Müllcontainern an«, sagte Lula. »Bestimmt die Verpackung von einem Doppelkühlschrank. Auf so einen Palast kann man stolz sein.«

Sie machte ein paar Schritte auf den Karton zu, und ein kleines braunes Ungeheuer mit großen Ohren kroch hinter dem Müllcontainer hervor. Erst eins, dann zwei, dann drei, alle bleckten die Zähne und knurrten leise.

»Chihuahuas!«, sagte Lula. »Tollwütige Chihuahuas. Rette sich, wer kann!«

Kreischend und mit den Armen rudernd rannte Lula in ihren Zehn-Zentimeter-Heels los, ich hinterher. Sie erreichte den Buick, riss die Tür auf und sprang hinein.

»Hast du die gesehen?«, fragte sie mich, als ich hinterm Steuer Platz nahm. »Hast du ihre glühenden Augen gesehen?«

»Nein. Glühende Augen hab ich nicht gesehen.«

»Die kommen direkt aus der Hölle.«

»Glaube ich nicht«, sagte ich. »Die gehören einem der Pappkartonbewohner.«

»Vielleicht, aber sie sahen furchterregend aus.«

»Die Tierchen wiegen gerade mal ein, zwei Kilo.«

»So viel wie dicke Ratten.«

»Sie sahen aber nicht wie Ratten aus. Ich fand sie eher süß mit ihren großen Ohren.«

»Ihre Ohren fand ich auch süß«, sagte Lula. »Aber das Kriechen und Knurren, ich weiß nicht.«

Zugegeben, wie sie da so angekrochen kamen und knurrten, das war mir auch unheimlich gewesen.

»Wenn ich so drüber nachdenke: Die Hunde brauchen bestimmt einfach nur ein bisschen Schinkenspeck«, sagte Lula. »Schinkenspeck hat noch jeden glücklich gemacht.«

»Und du glaubst, wenn wir sie mit Schinkenspeck füttern, verhalten sie sich friedlich?«

»Weißt du noch, als wir an dem Krokodil vorbeimussten, in der Wohnung von dem, na, wie hieß er doch gleich? Egal. Wir haben es ununterbrochen mit Hähnchenflügeln gefüttert. Blöd nur, dass wir nicht genügend Hähnchenflügel dabeihatten.«

Ich fuhr die Stark wieder hinunter, bog in die State Street und hielt beim Autoschalter des nächsten Fastfood-Restaurants. Auf der Speisekarte stand Schinkenspeck nicht extra aufgelistet, also tat ich das Nächstbeste und bestellte eine Tüte mit Bacon-Cheeseburgern.

»Die riechen ja superlecker, die Burger«, sagte Lula. »Da müsste ich wohl erst mal ein paar von probieren. Ich glaube ja sowieso, dass Chihuahuas viel lieber Fritten essen würden.«

»Ein Burger muss reichen. Die anderen sind für die Hunde.«

Kottels Kaution war nicht hoch, er würde mir nicht viel

einbringen, aber zusammen mit der Fangprämie für Poletti würde ich eine Zeitlang zurechtkommen. Allerdings konnte ich mich nur schwer auf Forest Kottel konzentrieren, während Ranger gleichzeitig einem psychopathischen Mörder auf der Spur war, auf dessen Todesliste ich stand. Ich wollte Kottel so schnell wie möglich festnehmen, damit ich freie Hand hatte, Ranger zu helfen, oder, falls nötig, unterzutauchen.

Ich kehrte zu der Gasse quer zur Geneva zurück, stellte den Wagen ab und trabte mit meinen Cheeseburgern los. Wir näherten uns dem mannshohen Pappheim neben den Müllcontainern, und zwei Kampf-Chihuahuas umrundeten den Karton und knurrten uns an. Ich warf ihnen einen Burger zu, und umgehend erschienen acht weitere Hunde. Alle zehn fielen über den Burger her, verschlangen ihn, setzten sich dann auf ihre Hinterpfötchen und sahen mich erwartungsvoll an.

»Jetzt hast du sie in deinen Bann gezogen«, sagte Lula. »Du kannst nur hoffen, dass sie nicht noch die anderen Burger in der Tüte erschnuppern, sonst springen dir die Viecher an die Kehle.«

Ein Glatzkopf tauchte aus einer Klappe oben auf dem Karton hervor, gefolgt von einem schlaksigen, in einen schmutzigen schwarzen Bademantel gehüllten Körper. Forest Kottel.

»Wer da?«, fragte er. »Wer nähert sich meiner Höhle und stört meine Minions?«

»Ein Irrer«, sagte Lula. »Wir hätten das Fangnetz mitbringen sollen.«

»Stephanie Plum«, sagte ich. »Ich vertrete Ihre Kautionsagentur. Sie haben Ihren Gerichtstermin verpasst und müssen einen neuen vereinbaren.«

»Sie erinnern mich an jemanden«, sagte Lula.

Forest drückte den Rücken durch. »Vielleicht von damals, als ich den Mond gestohlen habe. Oder als ich die Welt vor El Macho gerettet habe.«

»Das kommt mir bekannt vor«, sagte Lula. »Als hätte ich es irgendwo schon mal gelesen oder in den Nachrichten gesehen.«

»Es ist ein Zeichentrickfilm«, sagte ich. »Und er ist Gru aus *Ich – einfach unverbesserlich*.«

»Lüge!«, sagte Forest. »Alles Lügen! El Macho hat meine Minions in Chihuahuas verwandelt, mit einer Geheimformel, und die heißt Chihuahua-Macher Nummer zweiundvierzig. Sie sehen vielleicht aus wie Chihuahuas, aber in ihrer Seele sind sie Minions, eindeutig.«

»Das erklärt alles«, sagte Lula. »Möchten Sie einen Burger? Wir haben Ihnen und Ihren Minions Cheeseburger mitgebracht.«

Forest tauchte in seinen Karton ab, ein Türchen auf der anderen Seite öffnete sich knarrend, und er kam heraus. Er breitete ein rotweißkariertes Plastiktischtuch auf dem Boden aus und ließ sich im Schneidersitz darauf nieder. Die Hunde trotteten herbei und lagerten sich neben ihn.

»Darf ich die Damen zum Abendessen einladen?«

»Eigentlich«, setzte ich an, »dachte ich, Sie füttern zuerst Ihre Minions, und Ihren Burger essen Sie, während ich Sie zur Polizeiwache kutschiere.«

»Ich kann Daisy nicht allein lassen«, sagte Forest. »Daisy bekommt Angst, wenn ich gehe. Und Ronald und Scooter rennen los und knabbern an den Kartons meiner Nachbarn. Und dann wären da noch Mitzy und Bronie und Puddles und Boomer, die …«

»Sie haben aber viele Minions«, unterbrach Lula.

»Angefangen hab ich mit zwei.«

»Schon mal von Empfängnisverhütung für Minions gehört?«, fragte ich Forest. »Wovon ernähren Sie sich?«

»Die Kirchenleute kommen mit einem Truck vorbei und verteilen Sandwichs. Wenn ich mich zweimal anstelle, reicht es für uns alle. Die Minions fressen nicht viel.«

»Und wenn ich mich nach einem Heim für die Minions umschaue«, sagte ich. »Würden Sie das annehmen?«

»Ich schon, aber die Minions haben ihren eigenen Kopf, und sie hängen an mir.«

»Minions sind treue Wesen, das schon«, sagte Lula. »Aber wenn es hart auf hart kommt, laufen sie doch lieber dem Mann mit der Cheeseburgertüte hinterher.«

Ich gab Forest die Tüte mit den Burgern. »Ich komme später noch mal vorbei«, sagte ich. »Ich will mich mal nach Unterbringungsmöglichkeiten für die Minions umsehen. Sie sind doch stubenrein, oder?«

»Absolut. Sie haben kein einziges Mal in meinen Karton gepieselt.«

Lula und ich stiegen in den Buick und fuhren zurück ins Büro.

»Wie willst du bei der Suche nach einem Heim für die Minions vorgehen?«, sagte Lula. »Kennst du Leute, die einen Minion aufnehmen würden?«

»Ich brauche etwas Zeit zum Überlegen.«

»Du musst dich einfach nur umhören«, sagte Lula. »Morellis Hund Bob zum Beispiel, der könnte einen Minion als Spielkamerad gebrauchen. Und deine Granny. Die könnte ich mir gut mit einem Minion vorstellen.«

»Und du?«

»Man lädt eine große Verantwortung auf sich«, sagte Lula. »Ich glaube nicht, dass ich die schultern könnte. Ich müsste ihn füttern und ihn ausführen, und ich müsste den Minion-Kot aufheben. Minions machen sicher nur sehr kleine Haufen. Ohne Lesebrille sieht man die wahrscheinlich gar nicht. Und Lesebrillen stören meine Vorstellung von Perfektion.«

Connie hatte das Büro für heute bereits geschlossen, deswegen stieg Lula in ihren Firebird um und fuhr nach Hause, und ich bekam einen Anruf von Morelli.

»Ich brauche Eiskrem«, sagte er. »Viel. Sehr viel.«

»Welche Sorte?«

»Alle.«

»Meine Fresse. Du musst ja einen schlimmen Tag hinter dir haben.«

»Irgendein Idiot hat einen Richter aufgetrieben, der Jimmy Poletti gegen Kaution freigelassen hat, und irgendein anderer Idiot hat Jimmy erschossen. Du kannst dir den Papierkram vorstellen, den das nach sich zieht.«

»Weißt du, wer die Kaution gezahlt hat?«

»Vinnie, höchstwahrscheinlich, aber so weit sind wir mit den Ermittlungen noch nicht. Der Fall hat einen Medienansturm sondergleichen ausgelöst. Ich musste zur Pressekonferenz. Ich musste den Bürgermeister briefen. Ich musste mir diverse Magenmittel und Excedrin besorgen. Poletti wurde eine Stunde nach seiner Entlassung aus dem Gefängnis erschossen. Eine Stunde!«

»Weißt du, von wem?«

»Wenn ich das wüsste, bräuchte ich Magenmittel, Excedrin und Eiskrem nicht.«

»Hast du Feierabend? Bist du zu Hause?«

»Ich bin zu Hause, hab aber noch nicht Feierabend. Ich will nur schnell Bob ausführen und einen Happen essen, dann fahre ich wieder auf die Wache.«

»Und du brauchst Eiskrem.«

»Als vorübergehenden Alkoholersatz.«

»Bin schon unterwegs.«

Ich legte einen Zwischenstopp in dem Feinkostladen neben der Bäckerei ein und deckte mich mit Schokoladeneis, Butter Pecan, Kaffee und Knusperschokolade ein, und für die Minions kaufte ich einen großen Beutel Hundefutter.

Morelli saß in der Küche und kaute an einem Schinken-Käse-Sandwich, als ich kam. Er schaute in die Tüte mit dem Eis, packte mich und küsste mich und grapschte nach meiner Brust.

»Ist dieser Ausbruch von Zärtlichkeit nur der Dank für das Eis, oder freust du dich wirklich?«, fragte ich ihn.

»Ich freue mich wirklich, aber das Eis steigert das Gefühl noch.«

Er aß das Sandwich auf und haute einen Löffel in den Schokoeisbecher.

»Wo befand sich Poletti, als er erschossen wurde?«, fragte ich ihn.

»In Busters Wohnung.«

»Nein! Ist nicht wahr!«

»Doch. Ich schwöre. Er war in Busters Wohnung. Buster hat uns telefonisch benachrichtigt.«

»Und wo war Buster zu dem Zeitpunkt?«

»Beim Augenarzt, zur Kontrolle. Solides Alibi. Die Pupillen wurden erweitert für die Untersuchung, deswegen hat ein Freund ihn begleitet und wieder nach Hause gebracht. Als sie Busters Wohnung betraten, lag da Poletti ausgestreckt auf dem Wohnzimmerteppich. Eine Kugel im Kopf, zwei in der Brust. Den Teppich kannst du in die Tonne treten.«

»Buster muss das Schloss auswechseln.«

»Ja. Und sich eine Bleibe in Panama besorgen, wo ihn der Schütze nicht finden kann, weil nur noch zwei Pokerspieler übrig sind.«

»Hast du schon mit Silvio Pepper gesprochen?«

»Steht auf meiner Liste.«

Morelli schob mir einen Löffel Schokoeis in den Mund, küsste mich ein zweites Mal und überprüfte dann die Nachrichten auf seinem Handy.

»Ich muss gehen«, sagte er. »Dauert hoffentlich nicht lang. Lass mir was von der Butter Pecan übrig.«

»Alles klar.«

Um halb acht rief Grandma Mazur an.

»Ich bin im Beerdigungsinstitut«, sagte sie. »Marie Zajak hat mich hingebracht, aber sie musste eher gehen, weil ihre Darmschleuder sich zwischendurch gemeldet hat. Kannst du mich nach Hause bringen?«

»Wann soll ich dich abholen?«

»Die Totenfeier ist in einer halben Stunde zu Ende. Wäre gut, wenn du wieder in der Seitenstraße auf mich warten könntest, wie beim letzten Mal. Ich hab Bella bisher nicht gesehen, aber es würde nicht schaden, durch den Seiteneingang davonzuschleichen, nur für den Fall. Es geht das Gerücht, dass sie mich am Haupteingang mit einem Kuchen empfangen will.«

Ich fand mich schon ein paar Minuten eher in der Seitenstraße ein, stellte den Motor des Buicks aus und sah mich um, immer in höchster Alarmbereitschaft wegen Vlatko. Die Sonne ging unter, und der Platz neben dem Institut lag in tiefem Schatten. Einige Leute gingen zu ihren Autos, die sie auf dem kleinen Parkplatz vor dem Haus oder vorne an der Hamilton Avenue abgestellt hatten.

Plötzlich ein markerschütternder Schrei, dass es mich beinahe aus dem Autositz hob. Dem Schrei folgte lautes Gezeter und Schimpfen, dann kam wütend Grandma Mazur angestapft. Sie war klatschnass, von Kopf bis Fuß, und Wasser tropfte ihr von der Nasenspitze. Sie riss die Beifahrertür auf, stieg ein und knallte die Tür zu.

»Bring mich nach Hause«, sagte sie.

»Was ist passiert?«

»Das Teufelsweib hat mich mit einem Schlauch nassgespritzt.«

Ich ließ den Motor an und legte den Gang ein. »Weißt du genau, dass es Bella war?«

»Kein Wort mehr darüber.«

»Dann stimmte das Gerücht mit dem Kuchen am Haupteingang wohl doch nicht.«

»Sie hat mich reingelegt. Ich sag dir, die Frau ist durch und durch böse.«

Ich sorgte dafür, dass Grandma heile nach Hause kam, ohne dass noch mehr schiefging, dann begab ich mich wieder in Morellis Haus.

Eine halbe Stunde später kam Morelli nach Hause.

»Gibt es was Neues?«, fragte ich ihn.

»Aus dem vorläufigen ballistischen Bericht geht hervor, dass bei Scootch, Ritt und Poletti dieselbe Waffe benutzt wurde.«

»Jetzt brauchst du sie also nur noch zu finden.«

»Genau, mehr nicht.«

Ich folgte ihm in die Küche. »Könnten es Auftragskiller gewesen sein?«

»Du meinst, Buster hat jemanden beauftragt, Scootch und Poletti zu töten, wenn er sich nicht in seiner Wohnung aufhält?«

»Er könnte Scootch und Poletti in seine Wohnung bestellt haben, dann selbst verschwinden, die beiden kommen brav, wie verabredet, und der Killer erwartet sie bereits.«

»Motiv?«

»Alle aus dem Weg schaffen, die ihm in der Sache mit dem Sklavenhandel was anhängen können.«

»Pepper wäre demnach als Nächster dran.«

»Es sei denn, die beiden arbeiten zusammen.«

Morelli holte den Butter-Pecan-Eisbecher aus dem Tiefkühlfach und nahm sich einen Löffel aus der Besteckschublade. »Was ist mit Briggs?«

»Soviel ich weiß war er bei allen verhasst. Poletti hat versucht, ihn zu überfahren, und Buster wollte ihn mit einer Autobombe beseitigen.«

»Und die Raketenangriffe?«

»Joker.«

»Taugt genauso viel oder so wenig wie meine Theorie.«

Ich nahm mir auch einen Löffel und machte mich über

den Schoko-Chips-Becher her. »Mein Abend war ganz interessant. Ich hab Grandma vom Beerdigungsinstitut abgeholt, nachdem deine Oma sie vollgespritzt hat.«

»Echt?«

»Es braucht Tage, ehe die Sitze im Buick wieder trocken sind. Grandma war klatschnass.«

»Wenigstens schießen sie nicht aufeinander, wie die Hatfields und die McCoys.«

»Noch nicht.«

23

Es war Sonntag, Morelli und Bob frühstückten in Ruhe und zogen dann ab, um Morellis Bruder Anthony zu helfen, eine Schaukel für seine Kinder aufzustellen. Ich winkte ihnen zum Abschied, goss mir eine zweite Tasse Kaffee ein und rief Lula an.

»Ich will Forest noch mal einen Besuch abstatten«, sagte ich. »Hast du Lust mitzukommen?«

»Klar doch«, sagte sie. »Hier gibt es sowieso nichts für mich zu tun.«

Ich lud die große Hundefuttertüte ins Auto und fuhr zu Lula. Von Ranger hatte ich nichts mehr gehört, wusste also auch nicht, was nun mit Vlatko war. Aber egal, allein der Gedanke, welche Wendungen diese Geschichte möglicherweise nehmen könnte, verursachte mir Magengrummeln. Ständig sah ich in den Rückspiegel, um mich zu vergewissern, dass ich nicht einen Kerl mit Augenklappe und gewetztem Messer an der Stoßstange kleben hatte.

Ich holte Lula vor ihrer Wohnung ab, fuhr zur Stark Street und verlangsamte vor Busters Haus das Tempo etwas. Der Wagen der Spurensicherung stand noch immer vorne an der Straße, und die Haustür sicherte ein einzelnes Stück gelbes Absperrband.

»Hast du das mit Jimmy Poletti gehört?«, fragte ich Lula.

»War nicht zu vermeiden, kam auf allen Nachrichtensendern. Sogar seine Frau wurde interviewt. Sie schien mir nicht gerade am Boden zerstört. Vielleicht ist sie es ja, die all die Männer erschossen hat. Sie hatte einen Scheißtag und lässt es knallen. Kann doch sein. Spezialisiert sich auf Pokerspieler, wer weiß. Vielleicht hatte sie als Kind ein traumatisches Erlebnis mit einem Pokerspieler.«

Wenn ich mir überlegte, was für einen straffen Zeitplan Trudy Poletti haben musste bei den vielen Pilates-Kursen und ihrem Rumhuren mit jedem Dahergelaufenen, konnte ich mir kaum vorstellen, dass dazwischen mal ein Minütchen für den Mord an einem Pokerspieler abfiel.

An der Kreuzung zur Geneva bog ich ab und suchte mir einen Parkplatz. Ich ließ Lula allein im Buick zurück, packte mir die Tüte Hundefutter und stapfte zu Forests Pappkarton. Es war ein herrlicher, sonniger Vormittag, und Forest saß draußen, gegen den Müllcontainer gelehnt, zu seinen Füßen döste das Chihuahuarudel. Alle hoben den Kopf, als ich mich ihnen näherte.

»Ich habe Futter für die Minions gekauft«, sagte ich zu Forest.

»Habt ihr das gehört, meine kleinen Minions? Die liebe Tante hat uns Fresschen mitgebracht.«

Einige Minions fingen an zu bibbern.

»Warum bibbern sie so?«, fragte ich Forest.

»Das ist normal bei Minions. Sie sind leicht erregbar.«

Ich stellte die Tüte auf den Boden und hielt Abstand, die Minions sollten sich nicht durch ein großes menschliches Wesen bedroht fühlen.

»Wären Sie jetzt, wo die Viecher ihr Fressen haben, bereit, mit mir zu gehen, wegen eines neuen Prozesstermins?«

»Ich kann meine Minions nicht unbeaufsichtigt lassen. Starman würde sie auf den Grill schmeißen.«

Mist. Es blieben mir zwei Möglichkeiten. Die erste: Ich könnte Forest mit dem Elektroschocker lahmlegen und ihn zum Auto schleppen. Aber ich entschied mich für die zweite.

»Ich kümmere mich um die Minions«, sagte ich. »Ich melde Sie in der Polizeiwache an, und ich hüte solange die Minions, bis Sie die Sicherung für eine neue Kaution beigebracht haben.«

Forest wandte sich an seine Schoßhündchen. »Was meint ihr? Möchtet ihr gerne für kurze Zeit bei der lieben Tante bleiben, damit Forest ins Kittchen gehen kann?«

»Lula wartet an der Kreuzung«, sagte ich. »Haben Sie einen Korb oder etwas Ähnliches, wo wir die Minions hineintun können?«

»Die Minions laufen frei herum.«

Na toll. Auch noch frei laufende Minions.

Ich brachte Forest zu Lulas Firebird, und die Minions trippelten um uns herum.

»Was soll der Scheiß?«, fragte Lula.

»Wir fahren mit Forest zur Polizeiwache, danach bringe ich die Minions zu mir nach Hause. Ich verstecke sie in meiner Wohnung, bis Forest freikommt. Der Teppich ist noch nicht verlegt, und Briggs kann sich um die Kleinen kümmern.«

Forest verfrachtete die Chihuahuas ins Auto. »Seid schön brav, Minions«, redete er ihnen zu. »Kein Pipi und kein Kacka in die Hütte der lieben Tante machen.«

Ich legte Forest Handschellen an, zurrte ihn mit dem Sicherheitsgurt auf dem Rücksitz fest und fuhr zur Polizeiwache. Ich bat Lula, bei den Hunden zu bleiben, ging mit Forest ins Gebäude, holte mir die Empfangsbestätigung für Forest ab und kehrte zu Lula zurück.

»Denk dran«, sagte Lula, »ich bin heute Abend mit Stanley Kulicky verabredet. Wir gucken uns den Film an, in dem das Ende der Welt naht, und dann, gerade noch rechtzeitig, wird sie von so einem Transformer gerettet.«

»Wann ist es zu Ende?«

»Wir gehen in die Acht-Uhr-Vorstellung, also gegen zehn. Ich rufe dich an, wenn wir aus dem Kino kommen.«

Ich setzte Lula vor ihrer Wohnung ab, und kaum hatte ich mich wieder hinters Steuer geklemmt, fingen die Hunde an zu kläffen. Während der Fahrt durch die Stadt kläfften sie noch lauter, krochen über die Sitze und sprangen gegen das Armaturenbrett. Sie waren auf meinem Schoß, hinter meiner Rückenlehne, knabberten an meinem Pferdeschwanz. Sie knurrten sich gegenseitig an, blafften, wenn Autos vorbeifuhren, und glotzten blöd rum.

Ich knallte in den Autoschalter von Cluck-in-a-Bucket, kaufte eine Tüte Bacon-Cheeseburger und verstaute sie im Handschuhfach. Jetzt hieß es nur noch Augen zu und durch. Ich klammerte mich ans Steuer und raste nach Hause.

Mit der Tüte lockte ich die Hunde aus dem Auto ins Haus. Wir nahmen die Treppe, rannten den Flur entlang zu meiner Wohnungstür, mit der einen Hand schob ich den Schlüssel ins Loch, mit der anderen hielt ich die Tüte über meinen Kopf. Obwohl sie nur so klein waren, konnten die Hunde verdammt hoch springen, wenn sie Fleisch rochen.

Mit dem Fuß hielt ich die Tür auf, warf einen Burger in die

Küche, und die Hunde rasten los und fielen über die Delikatesse her.

Briggs kam sofort aus dem Schlafzimmer gerannt. »Was ist denn hier los?«

»Deine neuen Mitbewohner«, sagte ich. »Ich muss sie hier bei dir lassen.«

»Die sehen bösartig aus.«

Ich hielt ihm die Tüte mit Bacon-Cheeseburgern hin. »Gib ihnen einfach nur ab und zu etwas zu fressen, und du hast deinen Frieden.«

»Das sind doch Hunde, oder?«

»Ja.«

»Ich will keine Hunde in meiner Wohnung.«

»Das ist *meine* Wohnung, nicht deine«, stellte ich klar.

»Irgendwie ist es doch meine Wohnung.«

»Nein. Nein. Nein. Kein bisschen!«

»Schon gut, aber ich habe Rechte. Ich wohne hier.«

»*Null* Rechte hast du. Und wenn du weiter hier wohnen bleiben willst, dann wirst du dich *liebevoll* um diese Hunde kümmern. Klar? Ist ja nur für kurze Zeit.«

Nur zu verständlich, warum alle diesen Kerl umbringen wollten.

Ich fuhr zu Walmart, begab mich schnurstracks zur Abteilung für Haustierbedarf, kaufte zehn leichte Hundeleinen, zehn Chihuahua-Hundegeschirre, eine Box Hundekottüten, zehn kleine Kauspielzeuge und eine Riesenpackung Hundefutter.

Ich beförderte alles nach Hause, und kaum hatte ich die Wohnungstür aufgeschlossen, kamen alle zehn Köter kläffend auf mich zu. Ich riss die Hundefuttertüte auf und warf der

Meute ein paar Nuggets zu, die sie in der Luft aufschnappten.

»Meine Fresse«, stöhnte Briggs. »Ich dachte schon, du kommst nie zurück. Die Hunde machen mich noch wahnsinnig. Immer bibbern sie und gucken dich mit Glupschaugen an.«

»So sind Chihuahuas eben. Leicht erregbar.«

»Ja, ja, ich auch. Umso schöner, dass du sie wieder mitnimmst.«

»Leider müssen sie noch hierbleiben. Ich kann ihren Besitzer erst Montag gegen Kaution freibekommen.« Vielleicht auch gar nicht.

»Willst du mich verarschen? Was soll ich mit den Tieren machen?«

Ich stellte den Hundekram auf die Küchenablage. »Zuallererst müssen wir sie mal ausführen. Hilf mir, sie an die Leinen zu nehmen.«

So viel zum Thema freilaufende Minions.

Wir verließen die Wohnung, doch schon als wir aus dem Aufzug stiegen, hatten sich die Leinen hoffnungslos verheddert. Ich hielt drei, Briggs zwei Leinen in jeder Hand.

»Das sind die saudümmsten Köter, die ich je erlebt habe«, sagte Briggs. »Als wären sie noch nie angeleint gewesen.«

»Vielleicht besser, wenn du in Zukunft jeweils immer nur zwei Hunde ausführst«, schlug ich ihm vor.

»Dann hab ich ja den ganzen Tag zu tun. Und ich wäre leichte Beute.«

»Ich komme dir auch bei der Miete entgegen.«

»Ich zahle keine Miete.«

»Sag ich ja.«

Wir gingen einmal um den Block, alle Hunde ließen Wasser, und zwei von zehn machten ihren Haufen.

»Wie oft soll ich sie ausführen?«, fragte Briggs.

»Viermal am Tag. Es müssen nicht lange Spaziergänge sein. Die Hunde müssen nur die Möglichkeit haben zu pinkeln.«

Wir zerrten sie wieder die Treppe hinauf, ich verteilte Näpfe mit Wasser zum Trinken für sie und breitete eine Steppdecke auf dem Boden aus, wo sie nächtigen sollten.

»Ich brauche ein Fernsehgerät«, sagte Briggs. »Was soll ich hier sonst tun?«

»Du könntest dir einen Job suchen.«

»Ich hab kein Auto. Wie soll ich mich fortbewegen?«

»Taxi. Skateboard. Drohne. Lass dir was einfallen.«

24

Aufgewühlt fuhr ich los. Es war ätzend, dass sie Forest eingesperrt hatten. Ich ließ Briggs nur ungern mit den Hunden allein in der Wohnung. Außerdem hatte ich Angst, Ranger könnte etwas Furchtbares zustoßen. Und dann war da noch dieses flaue Gefühl, Vlatko würde mir schon bald die Gedärme aus dem Leib reißen.

Den ganzen Vormittag über hatte ich gegen das Verlangen angekämpft, Ranger anzurufen. Ich brauchte einfach eine Bestätigung, dass alles in Ordnung war. Andererseits wollte ich die Grenzen unserer Beziehung nicht überschreiten. Ranger war nicht der Typ zum Plauschen, und wir riefen uns nicht an, um zu quatschen. Würde ich jedes Mal anrufen, wenn ich Angst um ihn hatte, ich könnte mein halbes Leben an der Strippe verbringen. Diesmal jedoch war alles anders. Diesmal war alles eine Nummer größer, verrückter und gruseliger.

Morellis grüner SUV stand nicht vor seinem Haus, als ich in die Straße bog und mir einen Parkplatz suchte. Offenbar war Morelli immer noch bei seinem Bruder Anthony. Ich schloss die Tür auf und spürte sofort, dass Bob fehlte, denn der Hund begrüßte mich meistens als Erster. Auf der Suche nach etwas zu essen taperte ich in die Küche. Ich wusste, dass im Kühlschrank feine Sachen auf mich warteten.

Morelli galt früher als der böse Junge in seinem Viertel, Schwarm aller Mädchen, Albtraum der Mütter. Eine Zeitlang hatte er in der Navy gedient, dann bei der Polizei von Trenton angefangen, sich in Kneipenschlägereien und One-Night-Stands ausgetobt und war aus den Jahren der Selbstzerstörung schließlich wie durch ein Wunder heil und gesund und als gereifter, verantwortungsbewusster erwachsener Mensch hervorgegangen. Kaum zu glauben.

Mein Übergang von der Kindheit zum Erwachsenenalter war nicht ganz so stürmisch verlaufen, der Prozess jedoch irgendwann in den Zwanzigern gefühlsmäßig ins Stocken geraten. Seitdem lasse ich mich treiben, trete auf der Stelle, ohne Ambitionen, im Leben vorwärtszukommen. Vielleicht gefällt es mir ja auch ganz gut, so, wie es ist, und ich will gar keine Veränderung. Trotzdem, es wäre schon ganz hilfreich, wenn ich mich dazu aufraffen könnte, mir wenigstens mal einen Toaster zuzulegen.

Ich nahm einen Teller mit einer angebrochenen Lasagne aus dem Kühlschrank, schnitt mir ein großes Stück ab und aß sie kalt. Dann rief ich Morelli an und erkundigte mich nach dem Stand der Arbeiten an der Kinderschaukel. Was an mein Ohr drang, hörte sich eher nach einem Biergelage an, nicht nach Hämmern und Schrauben. Ich ging nach oben, putzte mir die Zähne und betupfte den Lasagne-Fleck auf meinem T-Shirt. Ich gab auf, wechselte das T-Shirt und ging wieder nach unten. Weil ich nichts Besseres zu tun hatte, entschied ich, wieder in meine Wohnung zu fahren und Briggs mit den Hunden zu helfen. Ich ging in die Küche, um meine Umhängetasche zu holen. Mitten im Raum blieb ich stehen. Wie angewurzelt. Ich hielt die Luft an. Meine Gedanken fuhren Achterbahn.

Meine Umhängetasche lag auf der Arbeitsplatte in der Küche, daneben, in einem Blutgeschmier, ein menschliches Herz, jedenfalls sah es so aus. Auf einem kleinen Notizzettel stand: *Deins hole ich mir als Nächstes.*

Ich sah mich um. Kein eingeschlagenes Fenster. Der Hintereingang war abgeschlossen. Mit zitternden Händen holte ich den Schlüssel aus der Kaffeedose im Regal über der Arbeitsplatte, schloss damit die Schublade neben der Spüle auf und holte Morellis Hauswaffe heraus, eine Glock 9.

Ich stellte mich mit dem Rücken zur Küchenwand und rief Ranger an.

»Ich bin allein in Morellis Haus. Jemand hat mir gerade ein blutiges Herz in die Küche gelegt«, sagte ich. »Ich hab eine Pistole, ich stehe in der Küche, und ich rühre mich nicht von der Stelle, bis du hier bist.«

»Ich brauche von hier aus eine Viertelstunde bis zu Morelli, aber ich schicke einen meiner Männer, der ist eher da.«

Ich legte auf und rief meine Eltern an.

»Wollte nur mal reinhören«, sagte ich, als Grandma Mazur abhob. »Wie sieht es bei euch so aus?«

»Wir haben gerade zu Mittag gegessen, und jetzt ist dein Vater vor dem Fernseher eingeschlafen.«

Ich rief meine Schwester an. Ich rief Briggs an. Ich rief Connie und Lula an. Niemand vermisste ein Herz. Ich schaute aus dem Fenster, zwei Männer von Rangeman hatten in Morellis Garten Posten bezogen.

Ich überlegte, ob ich Morelli anrufen sollte. Es war sein Haus, und theoretisch müsste er informiert werden. Das Problem war nur: Es würde einen unerwünschten Übereifer auslösen. Wenn ich die ganze Geschichte erzählte, würde man sie mit dem Polonium in Verbindung bringen, und die Bundespolizei würde die Ermittlungen übernehmen. Spurensicherung, Absperrbänder, stundenlange Vernehmungen, das ganze Programm. Wenn ich nicht die ganze Geschichte ausplauderte, würde ich in einer Ermittlungssache der Bundespolizei Informationen vorenthalten. Mein größter Vorbehalt aber war, dass die Bundespolizei bei der Lösung des Falls nicht so effektiv wäre wie Ranger, ja, die Sache möglicherweise nur noch komplizierter machen würde. Zu Ranger hatte ich Vertrauen, er würde Vlatko aufspüren und ihn eliminieren. Mein Vertrauen in die Bundespolizei war begrenzt.

Mein Handy klingelte. Ranger sagte, er stünde vor der Tür und beträte jetzt das Haus. Ich hörte, wie die Tür geöffnet wurde, und Sekunden später kam Ranger in die Küche. Er sah erst mich an, dann das Herz auf der Arbeitsplatte.

»Hast du das Haus durchsucht?«, fragte er.

»Nein.«

»Bleib hier stehen, ich gehe mal durch die Räume.«

Kurz darauf stand er wieder in der Küche.

»Türen und Fenster waren alle verriegelt«, sagte ich. »Ich bin nach oben gegangen, um mir die Zähne zu putzen und das T-Shirt zu wechseln, und als ich wieder nach unten kam, lag das Herz da.«

»Bist du dir ganz sicher, dass du nach dem Betreten die Haustür abgeschlossen hast?«

»Absolut.«

»Jetzt gerade war sie unverschlossen. Morelli könnte sich ein besseres Schloss einbauen lassen, allerdings glaube ich, dass Vlatko jede Tür aufbekommt, wenn er will.«

Ranger trat vor die Küchenplatte und sah sich das Herz

an. Er tippte eine Nummer ins Handy, gab Morellis Adresse durch und sagte der Person am anderen Ende der Leitung, sie möge den Hintereingang benutzen.

»Ich bin kein Experte«, sagte Ranger, »aber für mich sieht das nach einem menschlichen Herzen aus.«

»Hast du schon viele Herzen gesehen?«

»Wie viele muss man denn gesehen haben?«

»Eins.«

»Ja, ich habe viele Herzen gesehen. Hast du Morelli schon angerufen?«

»Noch nicht.«

»Wenn das wirklich ein menschliches Herz ist, müssen wir ihn verständigen«, sagte Ranger. »Sollte es etwas anderes sein, würde ich ihm lieber nicht Bescheid geben. Es würde die Suche nach Vlatko nur verkomplizieren.«

»Kommst du voran?«

»Ich habe Nachforschungen über Viktor Volkov angestellt. Volkov ist ein weit verbreiteter russischer Familienname. In New York und New Jersey gibt es mehrere Viktor Volkovs. Einer lebt in Atlantic City.«

»Was für ein glücklicher Zufall.«

»Der in Atlantic City ansässige Mann lebt seit Jahren in den USA und arbeitet für eine Firma, die Heizungen und Klimaanlagen herstellt. Zweiundfünfzig. Alleinstehend. Lebt zur Miete, sozial schwaches Wohnviertel. Zwei gesunde Augen. Also nicht unser Vlatko. Und er geht auch nicht ans Telefon.«

»Willst du ihn in Atlantic City aufsuchen?«

»Ja. Ich wäre schon heute gefahren, aber wir sind mit Rangeman wieder in unser altes Quartier gezogen, da musste ich dabei sein.«

Ein schmalgesichtiger, pockennarbiger Mann in schwarzer Rangeman-Uniform klopfte an die Gartentür. Ranger ließ ihn herein und deutete mit einem Kopfnicken zu dem blutenden Herzen.

»Was ist das?«, sagte Ranger.

»Ein Herz«, sagte der Mann.

»Was für eins?«

»Ein menschliches. Das erkennt man an der Form. Nach der Größe zu urteilen das Herz eines Erwachsenen. Sieht aus, als wäre es tiefgefroren gewesen und erst kürzlich aufgetaut. Die Flüssigkeit auf der Arbeitsplatte rührt von dem Auftauprozess her. Die Zellen lösen sich auf.«

»Sonst noch was?«, fragte Ranger.

»Offenbar war es gesund, aber ohne es aufzuschneiden, lässt sich nichts Genaueres sagen.«

»Danke«, sagte Ranger.

Der Mann gesellte sich zu seinen beiden Kollegen, die noch immer in Morellis Garten standen.

»Wer war das denn?«, fragte ich Ranger.

»Rodriguez. Ein Spezialist.«

»Kann ich mir denken.«

»Ruf Morelli an«, sagte Ranger.

»Es wäre vielleicht besser, wenn du das Zimmer verlässt.«

Ranger schüttelte den Kopf. »Ich bleibe hier.«

Ich seufzte und rief Morelli an.

»Hi«, sagte ich. »Wie geht's?«

»Wir haben versehentlich einen Haken auf der Rutsche getroffen, aber ich glaube, jetzt haben wir den Dreh raus.«

»Ich bin bei dir zu Hause, und es gibt da ein kleines Problem.«

»Was für ein Problem?«

»Eine Art Hausfriedensbruch. Mir ist nichts passiert, und Ranger ist hier, aber wir dachten, du willst es dir vielleicht lieber selber ansehen … das Problem.«

»Oh Mann, hat jemand eine Rakete auf mein Wohnzimmer abgefeuert?«

»Nein, keine Rakete. Dein Wohnzimmer ist genau so, wie du es verlassen hast. Nur die Küche hat was abbekommen.«

»Also gut, ich hole Bob ab und komme nach Hause.«

»Könnte sein, dass es böse endet«, sagte ich zu Ranger.

Bob raste durch den Flur in die Küche, sprang an mir hoch und schnüffelte an Rangers Beinen. Morelli grüßte Ranger mit einem Kopfnicken, dann wandte er sich gespannt mir zu. Sein Blick wanderte meinen Arm entlang abwärts, und im selben Moment merkte ich, dass ich noch immer die Glock in der Hand hielt.

»Auf der Arbeitsplatte«, sagte ich nur.

Morelli drehte den Kopf zur Seite. »Das ist ein Herz«, sagte er.

»Wir glauben, dass es von einem Menschen stammt«, sagte ich. »Als ich oben war, ist jemand eingebrochen und hat es hier abgelegt, mit einer Nachricht.«

Morelli ging zur Küchenablage und las den Zettel. *Deins hole ich mir als Nächstes.*

Er sah mich an, und an seinen zusammengebissenen Kiefern erkannte ich die unterdrückte Wut. »Weißt du, was das bedeutet?«

»Sehr wahrscheinlich«, sagte ich. »Wir glauben, dass es mit dem Polonium zu tun hat.«

»Ich höre.«

»Als ich noch bei den Special Forces war«, fing Ranger an, »bin ich mit einem Agenten des russischen Geheimdienstes aneinandergeraten. Vlatko ist Vernehmungsoffizier und Berufskiller, und er hält sich in irgendeiner geheimen Mission hier bei uns auf. Er hat Rangeman für einen Testlauf benutzt. Ich habe ihn bis ins russische Konsulat in New York verfolgen können und gehe auch anderen Spuren nach, aber er ist immer noch auf freiem Fuß.«

»Was hat das alles mit mir zu tun?«, wollte Morelli wissen. »Warum liegt dieses Herz in meiner Küche?«

»Es hat nichts mit dir zu tun«, sagte Ranger. »Das Herz ist für Stephanie gedacht. Vlatko hat sie auf dem Schirm, weil sie für mich arbeitet. Eigentlich hat er es auf mich abgesehen. Aber vorerst treibt er seine Spielchen mit den Leuten in meinem Umfeld.«

»Weiß die Bundespolizei von der Verbindung zu Vlatko?«

»Von mir nicht«, sagte Ranger. »Aber sie ist den selben Anfangsspuren gefolgt wie ich. Da sie ihr Wissen nicht an mich weitergibt, weiß ich nichts über den Stand ihrer Ermittlungen.«

»Wenn es das Herz eines Menschen ist, muss irgendwo die dazugehörige Leiche sein«, sagte Morelli. »Es sollte untersucht und als Verbrechen registriert werden, das wäre das Mindeste.«

Wir sahen wieder zur Arbeitsplatte. Das Herz war weg! Nur noch verwässertes Blutgeschmier und auf dem Boden eine Spur von Blutstropfen. Wir folgten der Spur durchs ganze Esszimmer bis ins Wohnzimmer, wo Bob an den letzten Resten des roten Klumpens kaute.

»Bob! Bob!« Morelli drohte ihm mit dem Finger. »Das ist kein Bob-Fressen.«

Bob war offensichtlich anderer Meinung. Er schnappte sich den geschundenen Fleischklumpen und lief nach oben, Morelli lief hinterher, lautes Geschrei, drohendes Knurren, und Morelli kam mit leeren Händen wieder nach unten.

»Er hat es aufgefressen«, sagte er.

Ich war entsetzt, angewidert und kurz davor, mich zu übergeben. Ranger senkte verlegen den Blick, weil er sich ein Lachen verkneifen musste. Und Morelli stand da, die Fäuste in die Seiten gestemmt, und starrte auf den Blutflecken in seinem Teppich, der allmählich in das Teppichmuster überging und sich mit den diversen anderen Klecksen vereinte.

Wir alle trugen eine Waffe, und niemand wollte ein falsches Wort sagen und den dritten Weltkrieg auslösen, also blieben wir stumm.

»Das hier hat nicht stattgefunden«, sagte Morelli schließlich.

»Ich habe nichts gesehen«, sagte Ranger.

»Ich auch nicht«, pflichtete ich bei.

Morelli wandte sich an Ranger. »Wenn ihr auch nur das Geringste zustößt, mache ich dich dafür verantwortlich.«

»Verstanden«, sagte Ranger.

»Wie bitte?«, sagte ich. »Ich bin ein erwachsener Mensch. Ich kann selbst für mich sorgen. Ich allein bin für meine Gesundheit verantwortlich. Und sonst niemand. Ist das klar?«

»Nein«, sagten beide Männer unisono.

»Ich muss wieder zurück, bevor Anthony sich noch den Daumen abschraubt«, sagte Morelli. »Ein Mann mit zwei linken Händen.«

Bob schlich die Treppe hinunter und blickte schmachtend zu Morelli auf. Er schämte sich dafür, dass er das Beweisstück gefressen hatte.

»Das war böse von dir«, schimpfte Morelli. »Du weißt genau, dass du nichts von der Küchenplatte essen sollst.«

Eine Schnur aus Sabber hing ihm aus dem Mundwinkel, seine Augen wurden glasig, er setzte alle Pfoten auf, und, *Würg*, kullerte das Herz aus seinem Maul.

»Vielleicht lässt sich ja noch die DNA ermitteln«, sagte ich zu Morelli.

Ranger grinste. »Das Ding kannst du nur noch mit einer Schneeschippe aufheben.«

Morelli und ich kuschelten auf dem Sofa vor dem Fernseher, da rief Lula an.

»Wir sind gerade aus dem Kino gekommen«, sagte sie. »Stanley holt sich für die Rückfahrt noch einen letzten Eimer Popcorn, dann watscheln wir zu seinem Auto.«

»Er hat ein Auto?«

»Es gehört seinem Vater. Ich möchte ihn nicht in meinem Firebird mitnehmen, das würde mir die Federung versauen. Ich hab mir gedacht, ich überrede ihn, mich nach Hause zu bringen. Ich verspreche ihm ein bisschen Sex, damit bringe ich ihn dazu auszusteigen. Wenn das nicht klappt, lade ich ihn zu Schmorbraten und Soße bei mir ein. Jedenfalls schlägst du zu, sobald er aus dem Auto ausgestiegen ist, und legst ihm Handschellen an.«

»Der Plan hört sich gut an«, sagte ich und legte auf.

»Was für ein Plan?« fragte Morelli neugierig.

»Stanley Kulicky ist unser NVGler, und Lula hatte heute

Abend ein Date mit ihm. Sie will ihn solange hinhalten, bis ich da bin.«

»Hast du ihn in letzter Zeit mal gesehen? Der Mann muss an die hundertfünfzig Kilo wiegen.«

»Ja, ja, ein Pummelchen.«

»Nimm die extralangen Plastikhandschellen mit.«

»Alles klar.«

Lula wohnt in einem sozial ziemlich schwachen Viertel, in dem es sich allerdings nicht so gefährlich lebt wie in der Stark Street. Es gibt ein bisschen Gang- und Drogen-Kriminalität und jede Menge vierzehnjährige Schwangere, aber Lula ist zufrieden mit der Miete, und die Pendelei zum Büro ist machbar. Sie wohnt im ersten Stock eines kleinen lavendelblauen Hauses mit einer dekorativen Zierleiste, die erst kürzlich rosa gestrichen wurde. Meistens sind die Wände frei von Graffiti.

Ich parkte den Buick ein Haus weiter und wartete bei laufendem Motor, die Fenster hochgekurbelt, Morellis Glock auf dem Schoß. Das Viertel machte mir keine Angst, nur der Gedanke an Vlatko verknotete mir die Gedärme. Seit ich Morellis Haus verlassen hatte, klebten mir zwei Rangeman-Verfolger an der Stoßstange. Einer stand jetzt unmittelbar hinter mir, der andere zog an mir vorbei, wendete und stellte sich auf die gegenüberliegende Straßenseite.

Ein fetter SUV rollte vorbei und hielt vor Lulas Haus. Ich nahm die Handschellen, schaltete den Motor aus und verließ das Auto, steckte mir die Glock in den Hosenbund und duckte mich hinter dem Wagen vor mir. Stanley stieg aus dem SUV aus, ging um das Auto herum und hielt Lula die Tür auf. Jetzt stieg auch Lula aus und kramte in ihrer Handtasche.

»Oh«, sagte sie, »hoffentlich hab ich meine Hausschlüssel nicht vergessen.«

Ich rannte zu Stanley, legte ihm die Handschellen an und fragte Lula, wie der Film gewesen sei.

»Ausgezeichnet«, sagte Lula. »RoboGod hat die Welt gerettet, aber vorher musste erst noch ziemlich viel unglaublicher Scheiß passieren.«

»Das ist echt mies«, sagte Stanley zu Lula. »Du hast mich ausgenutzt. Ich will mein Geld für die Kinokarte zurück.«

»Ich hab damit nichts zu tun«, sagte Lula. »Ich schwöre bei RoboGod, sie muss von allein daraufgekommen sein. Außerdem hab ich die beiden ersten Popcorneimer bezahlt, und du durftest mein Knie tätscheln.«

»Ich gehe nicht ins Gefängnis«, sagte Stanley. »Da muss man sich nackt ausziehen, und dann gucken sie einem ins Poloch.«

»Mann, ey«, sagte Lula. »Du hast splitterfasernackt auf deiner Garage gesessen. Jedes Mal wenn du dich umgedreht oder vornübergebeugt hast, konnte dir die ganze Welt ins Poloch gucken. Das Argument zieht nicht.«

»Mir egal«, sagte Stanley und pflanzte sich mit seinem Hintern auf den Bürgersteig. »Ich komme nicht mit.«

»Wir brauchen einen Gabelstapler«, sagte Lula.

Ich hatte eine bessere Idee: Rangers Männer. Ich gab den Insassen meiner Verfolger-SUVs ein Zeichen, dass ich Hilfe brauchte, worauf den beiden schwarzglänzenden Rangeman-Fahrzeugen je zwei große Kerle entstiegen.

»Ich muss Mr Kulicky auf der Polizeiwache abliefern«, sagte ich.

Zwei Männer hoben Stanley hoch und trugen ihn zu dem

SUV hinter meinem Auto. Sie schnallten ihn an, schlossen die Tür und machten sich startklar.

Lula und ich bestiegen den Buick und führten den Konvoi an.

»Eigentlich wollte ich ja nicht mitkommen«, sagte Lula, »aber die Männer von Rangeman sind echt heiße Typen. Nicht so heiß wie Ranger, aber absolut betttauglich.«

»Und Stanley?«

»Stanley ist ein Kuscheltier. Zwischen Kuscheltier und heißer Typ ist ein himmelweiter Unterschied. Heiß schlägt kuschelig.«

Heiß schlägt kuschelig? Hm. Da war ich mir nicht so sicher. Ich mochte es gerne kuschelig. Zum Glück war Morelli beides, heiß und kuschelig. Bei Ranger wusste ich es nicht so genau. Kuschelzeit mit Ranger gab es eher selten.

Wir übergaben Stanley dem Beamten, der die Prozessliste führte, ich bekam meine Empfangsbestätigung für die Festnahme, und Stanley verabredete sich wieder mit Lula zum Kino.

Wir fuhren zurück zu Lula, Lula stieg in Mr Kulickys SUV um, und der Konvoi überführte den SUV nach Hause. Es war fast elf Uhr, aber noch brannte Licht bei den Kulickys. Ich klingelte an der Haustür und erklärte Mr Kulicky, Stanley gehe es gut und wir würden ihn Montagmorgen gleich als Erstes gegen Kaution freikaufen. Ich gab ihm den Schlüssel zu dem SUV, brachte Lula nach Hause und kehrte mit meiner Rangeman-Escorte zurück zu Morelli.

»Wie ist es gelaufen?«, fragte er, als ich mich neben ihm auf das Sofa fallen ließ.

»Glatt wie Schmierseife.«

»Ist dir klar, dass du einen Verfolger hast?«

»Alles nur deine Schuld.«

»Er hätte es sowieso gemacht.«

Stimmte auch wieder.

»Ich hoffe, du hast dich bei der Festnahme nicht verausgabt«, sagte Morelli. »Ich hab nämlich Pläne für den restlichen Abend und vielleicht sogar noch für Morgen früh.«

»Gehört ein Gang zum Bäcker Morgen früh auch zu deinen Plänen?«

»Wie pervers«, sagte Morelli. »Aber ich könnte mich überreden lassen.«

25

Morelli, Bob und ich saßen an dem kleinen Küchentisch, tranken Kaffee und aßen frische Donuts aus der Bäckerei. Unsere beiden Aufpasser im Garten tranken ebenfalls Kaffee und aßen Kuchen. Und auch die Rangeman-Männer in den SUVs draußen vor Morellis Haus tranken Kaffee und aßen Donuts.

»Die sollen sich mal nicht von Ranger erwischen lassen«, sagte ich zu Morelli. »Äpfel sind das höchste der Gefühle, was Essen während der Arbeit betrifft, aber keine Donuts.«

»Man will ja nicht undankbar sein, aber vier bewaffnete Wachen, die auf meinem Grund und Boden patrouillieren, scheint mir ein bisschen übertrieben.«

»Willkommen in meiner Welt. Irgendwie schaffen es die Peilsender von Rangeman immer, sich in meine Tasche fallen zu lassen oder an mein Auto zu heften.« Ich stand auf, spülte meine Kaffeetasse aus und stellte sie in die Spülmaschine.

»Heute hat mein Onkel Lou Geburtstag«, sagte Morelli. »Die ganze Familie trifft sich zum Abendessen im Haus meiner Cousine Maddie. Du bist eingeladen.«

»Ohne mich. Deine Grandma Bella wird auch da sein. Die Frau macht mir Angst. Und ganz bestimmt hat sie wegen der Kuchenattacke noch irgendeine Vendetta mit meiner Oma.

Sie sieht mich heimlich mit ihrem bösen Blick an, und ich hab dann vier Wochen am Stück meine Periode. Außerdem hab ich eigene Pläne. Ich muss Lebensmittel für Briggs besorgen, und ich will ihm helfen, die Hunde auszuführen.«

»Welche Hunde?«

»Die zehn Chihuahuas, die sich mit Forest Kottel den Pappkarton teilen.«

Ich griff mir meine Umhängetasche, winkte den Männern im Garten zum Abschied zu, gab Morelli einen flüchtigen Kuss und rannte nach draußen.

Ich machte Station beim Supermarkt, und während ich den gesamten Wocheneinkauf für Briggs besorgte, dazu Eiskrem und Chips und einen Krimi, bewachten zwei Männer von Rangeman draußen meinen Buick, und die beiden anderen folgten mir durch die Gänge.

Einer der Männer trug die Tüten hinauf in meine Wohnung, dicht gefolgt von dem anderen, die Hand am Pistolenhalfter, allzeit bereit.

Ich klopfte einmal, schloss die Tür auf, und Briggs, umtänzelt von den Hündchen, kam mir entgegen.

»Lebensmittel«, sagte ich.

»Und die bewaffneten Bodyguards? Hast du im Lotto gewonnen?«

»Ranger meint, ich brauche Personenschutz.«

Briggs stellte sich in der Küche auf einen Schemel und packte die Tüten aus.

»Ein Buch?«, sagte er erstaunt.

»Ja. Weißt du nicht mehr? Vor dem Zeitalter des Fernsehers und Computers gab es das, was man Lesen genannt hat.«

Die Hunde wuselten um Briggs herum, beobachteten ihn.

»Wie läuft es mit den Minions?«, fragte ich.

»Die meisten kommen jetzt klar mit der Leine. Grace ist ein hoffnungsloser Fall. Sie will immer gleich losrennen. Sie braucht ein Hundeauslaufgebiet. Bernie ist eigentlich ein Zirkustalent. Er kann stundenlang auf den Hinterbeinen laufen. Das abgemagerte Tierchen mit der weißen Schwanzspitze ist sehr wählerisch in seiner Kost, aber wenn ich ein Stück Käse unters Fressen mische, verschlingt er es. Gib mir noch ein paar Tage, und ich habe es aufgepäppelt.«

»Du hast sie liebgewonnen!«

»Außer Blinky. Er hat mir in die Wade gebissen. Ich glaube, er hat ein Problem mit Vertrauen.«

»Ich wollte dir beim Ausführen helfen.«

»Toll! Vielleicht kannst du ein bisschen mit Gracie um die Wette laufen. Ich kann da nicht mithalten.«

Wir leinten Gracie und noch drei andere Hunde an und führten sie nach draußen. Ich, Briggs, vier winzige Hunde und zwei schwerbewaffnete Männer. Ein neuer schwarzer Porsche 911 Turbo parkte neben den zwei Rangeman-SUVs, Ranger stand daneben und unterhielt sich mit seinen Leuten.

»Was gibt's?«, fragte ich ihn.

»Schöner Tag. Ich hab mir gedacht, mal einen Ausflug nach Atlantic City zu machen.«

»Du wolltest dich doch nicht etwa ohne mich davonschleichen.«

»Eigentlich doch.«

»Kann ich dich mal unter vier Augen sprechen?«

Ich überließ die Hunde einem der Männer von Rangeman, und Ranger und ich entfernten uns ein paar Schritte.

»Ein Psychopath ist in Morellis Haus eingebrochen und

hat eine schauerliche Nachricht in der Küche hinterlassen«, sagte ich. »Das passt mir gar nicht. Mir passt nicht, dass er mich töten will. Mir passt nicht, dass er dich töten will. Und mir passt nicht, dass Morelli jetzt in die Sache mit hineingezogen ist. Ich will, dass wir diesen Fiesling finden und dass wir ihn ausschalten. Ich bin dabei. Ich weiß, wie er aussieht und wie er sich anhört und wie er riecht.«

»Wonach riecht er denn?«, fragte Ranger.

»Nach Schwefelsäure.«

»Ich kann deine Betroffenheit verstehen, aber du wärst heute nicht von Nutzen. Du wärst eine Belastung.«

»Sehr schmeichelhaft. Verstehe ich dich richtig? Ich darf nur mit, wenn ich von Nutzen bin, als wäre ich irgendein dummes Thekenhäschen in einer Bar?«

»Genau.«

»Wichser.«

»Babe.«

Dieses *Babe* konnte nur bedeuten, dass ich ihm was zu knacken gegeben hatte.

Er packte mich am Arm und stieß mich in sein Auto. »Sie kommt mit«, sagte er zu seinen Männern. »Jose und Rodriguez fahren hinter mir her. Haltet ein paar hundert Meter Abstand. Kommunikation über Kanal eins. Roger und Mario, ihr helft Briggs mit den Hunden und kehrt dann zu Rangeman zurück.«

»Ich brauche meine Umhängetasche«, sagte ich zu Ranger.

»Warum?«

»Da ist alles drin. Ausweis, Lippenstift, Handy und Morellis Pistole, sogar geladen.«

»Hol sie.«

Von Trenton nach Atlantic City braucht man mit dem Auto ungefähr anderthalb Stunden. Meistens hat man freie Fahrt auf dem Highway, das heißt, mit Rangers Porsche, bei eingeschaltetem Radarwarner und Laser Scrambler, kann man es auch in gut einer Stunde schaffen.

Schweigend segelten wir im Tiefflug dahin, Ranger ganz in seinem Kokon. Der Porsche hatte Schaltwippen, doch Ranger benutzte sie selten. Nicht mal er konnte so effizient schalten wie der Bord-Computer.

Ich ging davon aus, dass wir nach Viktor Volkov suchen würden, dass Ranger über die Handelsmesse voll und ganz im Bild war und dass er mir schon sehr bald die nötigen Informationen geben würde. Vorerst jedenfalls wollte ich ihn in seinem Zen-Zustand nicht mit meinen Fragen behelligen.

Er bog von der Route 30 auf den Dr Martin Luther King Boulevard, dann links in die Fairview, in ein Viertel, das nach Ghetto-Maßstäben als vornehm gelten konnte.

Viktor Volkov wohnte in einem kleinen Bungalow aus Betonziegeln, zwischen zwei anderen kleinen Bungalows aus Betonziegeln, gegenüber einem zweistöckigen Stundenhotel – aus Betonziegeln. Viktors Haus war türkisgrün gestrichen und hatte vor den Fenstern fest vermauerte Gitter. Eine verrostete Schrottmühle von undefinierbarer Farbe stand verwaist zur einen Hälfte auf der Straße, zur anderen im Vorgarten, beziehungsweise wäre es in jedem besseren Stadtviertel der Vorgarten gewesen, hier war es nur trockener, festgetrampelter Sandboden.

Ranger parkte an der nächsten Straßenkreuzung, und eine halbe Stunde lang obervierten wir Volkovs Haus und die Umgebung. Ein Auto bog in die Motel-Einfahrt ein, das war alles an Verkehr. Auch ansonsten rührte sich nichts. Totenstille. Keine Katzen. Keine Hunde. Keine Kinder. Keine Pistolenschüsse.

»Nach meiner Information hat Volkov einen Transporter, den er beruflich nutzt«, sagte Ranger. »Ich sehe ihn hier nirgends, also ist Volkov vermutlich nicht zu Hause.«

Wir stiegen aus und gingen zu Volkovs Bungalow. Vorder- und Hintereingang waren abgeschlossen. Keine Reaktion auf unser Klopfen. Ans Telefon ging er auch nicht. Mit einem Zahnstocher hatte Ranger das Türschloss in dreißig Sekunden geknackt.

Innen war es dunkel. Wohnzimmer, Küche, Essecke, zwei Schlafzimmer, ein Bad. Ausgediente Möbel, wie man sie von einer Mietwohnung dieser Kategorie erwartet. In einem der Schlafzimmer ein schwarzer Leichensack. Vermutlich mit Leiche.

»Im Auto ist eine Box mit Einweghandschuhen«, sagte Ranger. »Bleib hier, ich bin gleich wieder da.«

»Auf keinen Fall. Du bleibst hier. Ich hole die Handschuhe.«

Ich kehrte mit den Handschuhen zurück und hielt Abstand, während Ranger den Reißverschluss an dem Sack öffnete. Die Leiche war dick mit Kalk bestreut, doch selbst diese Schicht konnte den grässlichen Geruch nicht übertünchen. Ich zog mich schrittweise zurück, Schlafzimmer, Wohnzimmer, bis zur Haustür. Irgendjemand musste schließlich Schmiere stehen.

Nach wenigen Minuten kam Ranger aus dem Zimmer, streifte sich die Handschuhe ab und sackte sie ein.

»Männlich. Teilweise verwest. Aber es gibt genügend Hinweise, die den Schluss nahelegen, dass es sich um Volkov handelt«, sagte er. »Die Leiche hat kein Herz, womit ein Rätsel zumindest gelöst wäre.«

Er zog sich ein neues Paar Handschuhe an und durchkämmte Zimmer für Zimmer, öffnete Schränke, zog Schubladen auf. Als er fertig war, warf er die Handschuhe zu den anderen in die Tüte, und wir verließen das Haus und machten die Tür hinter uns zu.

»Abschließen können wir leider nicht«, sagte er. »Ich hab keine Schlüssel gefunden. Weder Haus- noch Autoschlüssel.«

»Vlatko brauchte den Transporter.«

»Und die Identität. Wenn man keinen Strohmann hat, der einem die giftige Substanz ins Haus bringt, kann man sich auch als Heizungstechniker Zugang verschaffen. Vlatko hat aus der Erfahrung bei Rangeman gelernt. Beim nächsten Versuch mit Polonium geht er klüger vor.«

»Willst du das hier der Polizei melden?«

»Ich sag einem meiner Leute, er soll mit einer Telefonkarte anonym anrufen. Ich will nicht hineingezogen werden.«

Wir gingen zu Rangers Porsche, Ranger wendete, fuhr zurück zum Dr Martin Luther King Boulevard und von da aus zum Strand.

»Die Handelsmesse ist im Roland Atlantic Hotel«, sagte Ranger. »Da finden die kleinen Fachausstellungen und Konferenzen statt. Dieses Jahr haben sich siebenhundert Gäste angemeldet, die Hälfte aus dem Ausland. Eine große Delegation kommt aus Osteuropa. Ich bin die Liste der registrierten Teilnehmer durchgegangen und habe etliche gefunden, die Vlatko im Visier haben könnte. Vielleicht will er hier auch nur jemanden unschädlich machen, der harmlos aussieht, aber in Wirklichkeit ein Staatsfeind ist.«

»Die Augenklappe ist natürlich ein Nachteil«, sagte ich. »Es gibt nicht viele Männer, die aussehen wie siebzehn und nur ein Auge haben. Ohne die Augenklappe hätte sich die Frau im Konsulat wohl nicht an ihn erinnert. Vielleicht arbeitest du bei der Suche nach ihm doch lieber mit der Polizei zusammen.«

»Wenn die Polizei ihn erst mal festgenommen hat, ist er unerreichbar für mich«, sagte Ranger. »Außerdem vertraue ich der Justiz nicht, dass sie ihn dauerhaft einsperrt. Es wird schwierig, ihn mit dem Überfall auf Rangeman in Verbindung zu bringen, weil der einzige Zeuge tot ist. Falls sie Vlatko schnappen und das Polonium bei ihm finden, können sie ihn wegen Terrorismus belangen, besonders, wenn ich gegen ihn aussage. Aus naheliegenden Gründen würde ich das lieber vermeiden. Meine verdeckten Operationen sollen nicht öffentlich werden. Wenn sie ihn verdächtigen, Volkov ermordet zu haben, es aber nicht beweisen können, wird ihm sein Visum entzogen, und er reist unter falscher Identität wieder ein, um mich zu töten und alle, die mit mir in Verbindung stehen.«

»Mit anderen Worten, wir sind auf uns allein gestellt.«

»So ziemlich. Ich kenne jemanden beim FBI, dem ich vertraue. Er arbeitet mit mir zusammen. Und ich habe Rangeman.«

26

Das Roland Atlantic Hotel lag fast am Ende der schier endlosen Strandpromenade, ein älteres Haus, das einen Anbau erhalten hatte und mit einem frischen, schlecht aufgetragenen Gipsputz versehen war, der farblich an eine Geburtstagstorte erinnerte. Auch die Innenausstattung hatte was von einer Geburtstagstorte, mit einem Schuss Osternest.

Ranger stellte das Auto in dem zehnstöckigen Parkhaus ab, das mit dem Hotel über eine Fußgängerbrücke im zweiten Stock verbunden war, ein überdachter Gang im Erdgeschoss führte direkt zum Kasino. Er rief Jose und Rodriguez an, die kurz darauf mit ihrem schweren SUV in die Parkbucht neben uns glitten. Sie blieben dort stehen, während Ranger und ich den Aufzug nahmen und das Hotel durch das Kasino betraten. Es war Montag, fast Mittag, und der für Spiele reservierte Bereich dicht bevölkert, hauptsächlich von Rentnern, mehr Frauen als Männern, die Jüngeren würden sich erst abends blicken lassen.

Der Lärm der Spielautomaten war ohrenbetäubend, das Flackern der Blinklichter infarktauslösend und die Masse der überquellenden Fettärsche auf den an den Geräten fest montierten Sitzflächen erschreckend. Es herrschte Rauchverbot, folglich war jetzt der auf dem dunkelpink, senfgelben und grellgrünen Teppich verschüttete Whiskey die vorherrschende Duftnote.

»Den Leichensack zu öffnen hat mir nichts ausgemacht«, sagte Ranger, »aber dieses Kasino ist der reinste Horror.«

»Wonach suchen wir eigentlich?«

»Nach nichts Besonderem. Ich wollte mir nur mal den Ort ansehen.«

Von den Automaten rückten wir zu den Spieltischen vor, registrierten im Geist die nächstgelegenen Ausgänge und prägten uns ein, wo sich die Bars und Speiseräume befanden. Mit dem Aufzug in den ersten Stock. Hotellobby. Anmeldung. Empfang. Noch mehr Automaten. Eine Bar. Ein Restaurant, das mit ganztägigem Frühstücksbuffet und Bingo warb. Der Festsaal, die Konferenz- und Tagungsräume sowie eine Fußgängerbrücke zum Kongresszentrum befanden sich im Zwischengeschoss. Der Festsaal war menschenleer, aber voller runder Tische und Stühle, hergerichtet für eine Hochzeitsfeier. Weiße Tischtücher mit pinkfarbenen Schleifen, rosaweiße Plastikblumengestecke, ein Podest mit einer langen geschmückten Festtafel für die Angehörigen des Brautpaars und neben dem Podest ein kleinerer Tisch mit einer riesigen Hochzeitstorte, die von einem Standventilator gekühlt wurde.

»Ach, ist das romantisch«, sagte ich zu Ranger. »Kommst du dabei nicht auf dumme Gedanken?«

Er legte einen Arm um mich, zog mich an sich und küsste mich auf die Stirn. »Doch, schon, aber die haben nichts mit Hochzeit zu tun. Ich hab viel mehr Lust, diese geballte Hässlichkeit abzufackeln.«

»So schlimm ist es doch gar nicht. Ich finde es eher rührend.«

Noch was anderes rührte sich, mein Magen. Ich hatte nichts zu Mittag gegessen, und ich war kurz davor, mir einen Batzen aus der Hochzeitstorte zu hauen.

»Ich möchte mir gern die Konferenzräume und das Kongresszentrum ansehen«, sagte Ranger. »Und dann sollten wir uns noch die Technikräume vornehmen.«

»Ich finde, wir sollten erst mal das Frühstücksbuffet austesten.«

Ranger sah auf die Uhr. »Du hast eine halbe Stunde.«

Ich zielte zunächst auf die guten Sachen. Waffeln, Bacon, Bratkartoffeln, Rührei, Schinkenaufschnitt und ein klebriges Brötchen. Ranger bediente sich bei dem frischen Obst, den Vollkorn-Bagels und beim Räucherlachs.

Ich aß meinen Teller leer und stand vom Tisch auf.

»Du hast noch zehn Minuten«, sagte Ranger.

»Ich bin pappsatt. Ich kann nichts mehr essen.«

»Dann los. Ich hab noch viel vor.«

Ich trottete hinter Ranger her, den Aufzug hoch ins Zwischengeschoss. Er schaute in jeden Konferenzraum und überquerte die Brücke zum Kongresszentrum.

»Warum müssen wir uns das alles angucken?«, fragte ich ihn.

»Die Handelsmesse eröffnet morgen um acht Uhr und endet Donnerstag um fünf. Wir vermuten, dass Vlatko versuchen wird, jemanden auf der Messe zu töten. Die Chancen, ihn abzugreifen, stehen am besten, wenn er sich hier im Haus aufhält und mit seinem Auftrag beschäftigt ist. Ich hab einen Bauplan von dem ganzen Gebäude, aber von den öffentlich zugänglichen Bereichen möchte ich mir selbst ein Bild verschaffen.«

»Das Haus ist riesig. Wie willst du Vlatko finden, wenn er gerade in irgendeinem Lüftungsschacht steckt?«

»Attentäter, die durch Lüftungsschächte kriechen, gibt es nur im Film. Er würde einen Heidenlärm verursachen, außerdem würde er nicht hineinpassen. Und nachdem er das Polonium freigesetzt hätte, wäre das Risiko der Selbstkontaminierung extrem hoch, falls er nicht schnell genug entkommt. Er wird seine Tarnung nutzen, um in irgendeinen der Räume hineinzugelangen und sich Zugang zur Lüftungsanlage für diesen Raum zu verschaffen. Gesetzt den Fall, dass er es erneut mit Polonium versucht.«

»Ich habe bei Rangeman die Wirkung von Polonium erlebt. Da wollte er alle, die für dich arbeiten, mit dem Zeug kontaminieren. Aber was will er hier damit bezwecken? Warum schießt er nicht einfach auf die Zielperson?«

»Polonium bietet eine Reihe von Vorteilen. Es tötet sehr langsam, das heißt, das Attentat wird keine sofortigen Ermittlungen nach sich ziehen. Der Tod des Opfers wird vielleicht nicht mal als Folge eines Mordanschlags erkannt. Und sollte Polonium doch als mutmaßliche Todesursache gelten, ist das natürlich ein verheerendes Signal an alle, die irgendwie mit dem Fall zu tun haben.«

Wir schoben ab durch die Flügeltür, die zum Kongresszentrum führte, und gelangten zu einer Fressmeile mit Spielautomaten. Die Läden der Buden waren heruntergelassen, aber die Automaten in Betrieb. Mit dem Aufzug fuhren wir in das höhlenartige, weitläufige Erdgeschoss, wo Hotelangestellte in nummerierten Buchten Trennwände und Klapptische aufstellten, Kisten mit alkoholischen Getränken mit Sackkarren heranschafften und an den improvisierten Ständen verteilten.

»Schwer zu glauben, dass dieser Raum mit einbezogen würde«, sagte ich. »Dazu ist er viel zu groß. Vlatko bräuchte tonnenweise Polonium, um das Volumen zu erreichen. Ich kann nicht erkennen, wie er da auch nur einen einzigen Stand treffen will.«

»Man hat mir gesagt, Gardi habe ausreichend Polonium dabeigehabt, um damit das ganze Rangeman-Gebäude und alle darin befindlichen Personen zu infizieren, wenn das Zeug richtig ausgestreut worden wäre. Dieses Raumvolumen hier plus die Fressmeile im ersten Stock ergeben zusammengenommen mehr als das gesamte Volumen von Rangeman, aber Vlatko könnte wahrscheinlich genügend Schadstoff ausbringen, dass vielen Menschen schlecht wird.«

»Glaubst du, das ist seine Absicht? Dass vielen Menschen schlecht wird?«

»Nein. Ich glaube, er hat vor, jemanden zu eliminieren.«

Beim Verlassen des Kongresszentrums erkannte ich einen von Rangers Männern, der sich am Gebäude herumtrieb. Er trug beige Shorts und ein blaues Poloshirt und sah aus wie ein Rhinozeros, das sich zum Golfspiel verabredet hatte.

»Clevere Tarnung«, sagte ich zu Ranger.

»Warte ab, es wird noch besser. Ich hab an jedem Ausgang jemanden postiert. Ich glaube, Ramon trägt sogar ein Hotdog-Kostüm und verteilt Gutscheine für Good Dogs.«

Wir folgten dem überdachten Gang zum Kasino, schlenderten wieder an Spielautomaten vorbei, und Ranger steuerte auf eine Front von Aufzügen zu, die zu den Gästezimmern des Hotels führten.

»Man hat mir gesagt, ich habe ein Zimmer im sechsten Stock.«

»Woher weißt du das alles?«

Er zeigte auf den Stöpsel in seinem Ohr. »Ich habe nur Empfang, kann aber nicht senden. Tank ist bei Rangeman und koordiniert den Einsatz mit meinem FBI-Kontaktmann. Hal ist in diesem Raum und hat die Koordination im Hotel übernommen.«

»Ist dein FBI-Kontaktmann auch hier vor Ort?«

»Nein, aber seine Leute. Sie durchkämmen das gesamte Hotel, Stockwerk für Stockwerk, und überprüfen alle Lüftungsanlagen.«

»Das ist ja eine groß angelegte Operation.«

»Größer, als mir lieb ist, aber hier geht es um die öffentliche Sicherheit.«

»Nur so, aus reiner Neugier: Was passiert, wenn das FBI Vlatko festnimmt?«

»Sie reden mit ihm und übergeben ihn dann aus Versehen mir, damit ich ihn in Gewahrsam nehmen kann.«

»Und dann entkommt er dir und ward nicht mehr gesehen.«

»Das würde meinem Karma nicht guttun«, sagte Ranger.

Wir fuhren in den sechsten Stock, gingen zu dem Zimmer am Ende des Flurs, und Ranger klopfte zweimal an die Tür. Hal öffnete, und wir betraten ein Zweizimmerapartment mit der gleichen Geburtstagstortendeko wie die übrigen Zimmer. Rosa und grüne Tapete, weiße und goldene Möbel. An den Wänden Bilder von großen rosa Blumen. Auf dem Bett eine rosa Satin-Tagesdecke, die selbst bei den potentesten Männern jede Erektion verhindern würde.

Vor dem Bartresen mit Spülbecken stand ein Esstisch für sechs Personen, auf dem Tisch lagen Stapel von Akten, ein

MacBook Air, ein kleiner Computerdrucker und zusammengerollte Baupläne.

Ein schmächtiger Hispanier in Jeans und T-Shirt saß vor dem Laptop.

»Ryan hat sich in das Computersystem des Hotels gehackt«, sagte er und gab Ranger ein Blatt Papier. »Ich habe die Zimmernummern, nach denen du gefragt hast.«

Ranger nahm den Zettel, zog eine Akte aus dem Stapel und ging zum Sofa. »Hat sich Viktor Volkov schon angemeldet?«

»Nein, aber er hat ein Zimmer reserviert.«

»Mit Hilfe des FBI haben wir sieben Männer als potentielle Angriffsziele identifiziert«, erklärte mir Ranger. »Alle außer General Semov haben eingecheckt.«

»Ist das der Mann, dem das Konsulat VIP-Status zugebilligt hat?«

»Ja. Er hat die gesamte neunte Etage belegt. Hochsicherheit.«

»Was macht ihn denn so besonders?«

»Er war mit dem russischen Präsidenten in einem Fußballtrainingslager. Er ist reich. Er ist skrupellos. Eines Tages könnte er zu mächtig oder zu ehrgeizig werden.«

»Wer hätte Interesse an seinem Tod?«

»Die Liste ist lang, und sein bester Freund, der Präsident, gehört auch dazu. Man munkelt, der Präsident fürchtet um seinen Job.«

»Auf unserer Liste steht also Semov ganz oben.«

»Ganz oben, weil es ein Motiv gibt, ganz unten, weil es ziemlich unrealistisch ist. Er ist ständig umgeben von militärischen Beratern. Die neunte Etage, das ist wie Fort Knox.«

»Was ist mit dem Belüftungssystem?«

»Auf jeder Etage gibt es einen Technikraum für die Lüftungsanlage. Das Polonium müsste in die Lüftungsanlage für diese spezielle Etage eingebracht werden. An sich ist das nicht kompliziert. Dazu braucht man nur einen Schraubenzieher. Normalerweise also kein Problem, aber die neunte Etage ist seit Tagen praktisch versiegelt. Ein Klimatechniker, der dort zu tun hätte, würde gründlich sicherheitsüberprüft und nicht ohne begleitenden Wachmann in den Raum gelassen. Vlatkos Cover würde so einer Kontrolle nicht standhalten.«

»Warum ist Semov hier?«

»Er soll morgen beim Lunch die Grundsatzrede halten. Ihm gehört eine Schnapsbrennerei in Moskau.«

»Wenn nicht Semov, wer ist dann die Nummer Eins der in Frage kommenden Anschlagsopfer?«

»Ich habe keine Nummer Eins.«

»In den Kasinos hängen massenhaft Überwachungskameras. Hast du jemanden abgestellt, der an den Bildschirmen sitzt und nach einem Mann mit Augenklappe sucht?«

»Das Material wird bei Rangeman gesichtet.«

»Und? Nichts gefunden?«

»Nein. Nichts.«

»Wir könnten nach unten gehen und einen Rundgang machen«, sagte ich zu Ranger. »Uns unter die Leute mischen. Die Augen offen halten.« Ein Gelato kaufen.

Ranger stand auf und reckte sich, sein schwarzes T-Shirt rutschte nach oben, und mein Blick fiel auf einen fünf Zentimeter breiten Streifen brauner Haut und feste Bauchmuskeln. Beinahe hätte ich einen Orgasmus gekriegt.

»Babe«, sagte er. »Alles okay?«

»Ja. Warum fragst du?«

»Du hast gerade gestöhnt.«

»Blähungen.«

»Verständlich.«

Wir fuhren mit dem Aufzug ins Foyer und schauten an der Bar vorbei, die von russischsprechenden Männern bevölkert war.

»Volltreffer«, sagte Ranger. »Zieh deine Flittchen-Nummer ab.«

Ich machte mich an die Männer heran, ohne Reaktionen ihrerseits. Ich versuchte es am anderen Ende: ebenfalls nichts.

»Keiner will mit mir reden«, sagte ich, als ich wieder bei Ranger war.

»Vielleicht, weil auf deinem T-Shirt eine Bierwerbung ist. Die Männer sind alle Wodka-Produzenten.«

Ich sah mir mein T- Shirt an. »Eigentlich wollte ich mir heute frei nehmen, und ich war nicht auf Eroberungen aus. Deswegen das Outfit.«

Ranger legte mir einen Arm um die Schulter. »Mal sehen, was die Einkaufspassage des Hotels zu bieten hat.«

Drei Läden. Einer für Zeitschriften und Süßigkeiten. Einer für Strandkleidung. Und der dritte für Flittchen-Klamotten. Genau das, was wir suchten.

»Wir brauchen nur das T-Shirt zu wechseln«, sagte Ranger. »Die Jeans stehen dir gut.«

»Vor dem Lunch passen sie immer besser.«

Ranger zog ein weißes T-Shirt vom Ständer. »Sieh mal.«

Es war ein enges Stretch-Shirt mit tiefem U-Ausschnitt und Flügelärmeln, und direkt über der Brust stand in strassbesetzter Schrift *Heiße Braut*.

Ich probierte es an, es passte wie angegossen. Mit meinem Dekolleté war ich einverstanden, nur hatte ich Zweifel, dass ich das Versprechen auf dem Shirt einhalten konnte.

Ich schaute aus der Umkleidekabine zu Ranger. »Was hältst du davon?«

»Ich würde dir meine Autoschlüssel geben.«

»Die gibst du mir doch sowieso immer.«

»Die Hoffnung stirbt zuletzt.«

Ich marschierte zurück an die Bar und fing ein Gespräch mit einem der Männer an.

»Schönes T-Shirt«, sagte er. »Stimmt das, was draufsteht?«

»Ja«, sagte ich. »Ich brenne schon. Gehören Sie zu den Wodka-Leuten hier?«

»Ja. Ich bin einer der ganz Großen im Wodkageschäft.«

»Ich hab einen Freund bei der Handelsmesse. Er trägt eine Augenklappe.« Ich hielt mir ein Auge mit der flachen Hand zu. »Ungefähr so«, sagte ich. »Kennen Sie ihn?«

»Ich kenne keinen mit Augenklappe.«

Ich rutschte ein paar Hocker weiter zum nächsten Russen.

»Hallöchen«, sagte ich. »Sprechen Sie Englisch?«

»Ja. Sogar sehr gut«, sagte er. »Am besten mit heißen Bräuten.«

Eine Viertelstunde später verabschiedete ich mich von dem letzten Russen an der Bar und kehrte zu Ranger zurück.

»Das ging aber schnell«, sagte er.

»Mit *Heiße Braut* auf dem T-Shirt kommt man schnell zur Sache. Vlatko hat trotzdem keiner gesehen.«

27

Das Hotelfoyer war ziemlich leer. Niemand wollte ein- oder auschecken. Zwei ältere Frauen unterhielten sich mit dem Portier. Er drückte ihnen eine Karte in die Hand, und sie verzogen sich. Die Türen des Personalaufzugs neben der Portiersloge öffneten sich, und sechs Männer in Militäruniformen, gefolgt von einem Mann in Paradeuniform, stiegen aus.

»General Semov«, sagte Ranger.

Semov sah fit aus. Ranger hatte mich bereits über ihn instruiert: dreiundfünfzig, seit dreiundzwanzig Jahren verheiratet. Enge Vertraute wussten, dass er untreu war, in einem Maße, wie man es sonst nur von Rockstars und Sportlern kennt. FBI-Agenten hatten erfahren, dass allzu geschwätzige Freundinnen schon mal tödliche Unfälle erlitten. Leute aus seinem Umfeld vermuteten, dass er sich regelmäßig Botox-Spritzen setzen und gelegentlich ein Peeling über sich ergehen ließ. Sein Gesicht war angeblich so glatt wie ein Kinderpopo. Auf mich wirkte er von ferne irgendwie bedrohlich.

Die sieben Männer durchquerten das Foyer zu den regulären Gäste-Aufzügen, eine Tür wurde aufgehalten, die Männer stiegen ein, die Türen schlossen sich, und Semov schwebte hinauf in die neunte Etage.

»So viel zum Semov-Erlebnis«, sagte ich zu Ranger. »Hatte das FBI Gelegenheit, die Lüftungsanlage auf der neunten Etage zu überprüfen?«

»Ja.«

Wir wechselten von der einen Ebene in die nächste, vom Hotelfoyer zum Kasino, und schlenderten über die Fläche. Ich rechnete nicht damit, Vlatko hier zu finden, aber wir schauten uns dennoch um.

Um fünf Uhr rief Morelli an.

»Das ist die reinste Hölle hier«, sagte er. »Es hat angefangen zu regnen. Wir haben uns ins Wohnzimmer geflüchtet, und die Kinder laufen schreiend durchs Haus und spielen Transformer-Zombies. Bella lästert über deine Oma ab, und ich weiß nicht, ob sie unterdosiert oder überdosiert ist. Wo steckst du? Was sind das für Gongs und Klingeln im Hintergrund?«

»Ich bin mit Ranger in einem Kasino in Atlantic City.«

»Ist heute internationaler Tag der Folter?«

»Wir sind rein beruflich hier. Wir suchen Vlatko.«

»Und das soll mich beruhigen?« Ich hörte seltsame knisternde Geräusche durch den Hörer, dann Morelli schreien: »Anthony Junior, hör auf, ihn mit Süßigkeiten zu füttern!«

»Füttert er Bob mit Süßigkeiten?«, fragte ich ihn.

»Nein. Er füttert Onkel Manny. Du erinnerst dich doch an Onkel Manny, oder?«

»Hundert Jahre alt, keine Zähne, sabbert und riecht nach Erbsenkonserven?«

»Ja, genau der.«

»Wir haben einen Mann ohne Herz gefunden.«

»Nur einen?«

»Bis jetzt.«

»Gib mir mal Ranger.«

»Nein. Du schreist ihn ja doch nur an.«

»Ich schreie ihn nicht an. Ich drohe ihm mit Polizeigewalt und Verstümmelung auf italienische Art.«

»Das ist schlimmer als anschreien.«

Wieder Knistern in der Leitung. *»Gib das her, Bob!«*, rief Morelli.

»Was ist jetzt schon wieder?«

»Er hat Tante Momos Gebiss. Sie nimmt es zum Essen heraus. Ich muss auflegen. Er ist mit dem Gebiss nach oben gerannt.«

Ich legte auf und steckte das Handy wieder in die Tasche.

»Alles okay in Trenton?«, fragte Ranger.

»Ja. Alles beim Alten.«

Ranger hielt sich einen Finger ans Ohr. »Tank hat eine Aufnahme von Vlatko. Zwischengeschoss. Kongresszentrum.«

Wir standen nahe am Haupteingang. Ranger drehte sich um und lief aus dem Kasino, die Promenade entlang ins Kongresszentrum, durch das Foyer, die Rolltreppe hoch, zwei Stufen auf einmal, während ich mich abrackerte, mit ihm Schritt zu halten. Oben angekommen hielt er inne, ich schloss keuchend zu ihm auf.

»Tank hat ihn aus den Augen verloren«, sagte Ranger und ging auf einen der Getränkestände zu. »Er hat den Raum durch die Tür neben der Joghurteis-Bar verlassen.«

Ranger zog seine Pistole aus dem Halfter, und wir öffneten die Tür und blickten in einen Betriebsraum mit zwei Aufzügen und einem Treppenhaus. Keine Kameras. Das war eine echte Sicherheitslücke, aber nicht weiter ungewöhnlich. Das Hotel hatte Kameras nur in den für Gäste zugänglichen Bereichen installiert. Wir gingen die Treppe hinunter ins Erdgeschoss und dann noch eine Etage tiefer. Wir öffneten auch diese Tür und standen einem Labyrinth von Gängen, Technik- und Lagerräumen gegenüber, die mit dem Hauptbau des Hotels verbunden waren.

»Hier unten kann er sich unerkannt bewegen«, sagte Ranger zu Tank. »Ruf Mac an, und sag ihm, du hättest Sichtkontakt mit Vlatko gehabt, er soll mit einem Mann die Betriebsräume im Keller durchkämmen.«

»Ist Mac der FBI-Mann?«, fragte ich.

»Er ist nicht mein wichtigster Kontakt. Gehört eher zu den Bodentruppen.« Ranger steckte seine Pistole wieder in das Halfter, wir verließen den Servicebereich und gingen zurück ins Kasino. »Ich will zurück aufs Zimmer, um mir die Baupläne des Hotels anzusehen.«

Hal hielt sich noch im Zimmer auf, der Computerexperte war nicht mehr da. Ranger rollte die Pläne aus, fand den Grundriss für das Kellergeschoss und beschwerte den Bogen mit zwei Flaschen.

»Glaubst du, dass er jetzt in der Falle sitzt?«, fragte ich Ranger.

»Davon gehe ich nicht aus. Er ist geistesgestört, aber nicht dumm. Es gibt bestimmt Auswege aus dem unterirdischen Gewirr.« Er markierte die Pläne mit einem roten Filzstift. »Das sind die Ausgänge. Zwei befinden sich auf der Rückseite des Gebäudes. Eine Laderampe und eine einzelne Tür. An beiden habe ich je einen Mann postiert. Die Hoteldirektion hat dort ebenfalls Security stehen, weil Semov und sein Gefolge den Hintereingang benutzen. Das Personal betritt das

Haus durch einen Seiteneingang und verteilt sich dann auf die jeweiligen Umkleideräume. Die wiederum führen zu den unterirdischen Betriebskorridoren.«

»Hast du jemanden an den Personaleingang gestellt?«

»Ja.«

»Was ist mit den Aufzügen und den Treppenhäusern?«

»Sie halten an allen Etagen, und auf jeder Etage münden sie in die Wirtschaftsräume, wo Bettzeug und Toilettenartikel aufbewahrt werden. Die Leute vom Zimmerservice kommen da durch. Direkt neben dem Wirtschaftsraum ist der Technikraum, wo sich unter anderem die Lüftungsanlage befindet.«

»Sind der Wirtschafts- und der Technikraum miteinander verbunden?«

»Nein. Sie liegen nur nebeneinander. Man kommt ausschließlich über die Tür zum Flur hinein und wieder heraus. Und im Flur hängt eine Überwachungskamera.«

»Jetzt heißt es also abwarten und Tee trinken.«

»Genau.«

»Oder Eis essen.«

Ranger sah mich an, als würden mir Würmer aus den Ohren kriechen.

»Ich meine ja nur. Die haben tausend Sorten in dem Kiosk neben dem Frühstücksbuffet«, sagte ich. »Eine kleine Erfrischung wäre doch ganz nett.«

Ranger schmunzelte. »Manchmal überlege ich mir ernsthaft, ob ich dich nicht heiraten soll. Aber es würde mich nur zurückwerfen auf meinem Weg zu Erleuchtung und Vergebung, und dann streiche ich Ehe wieder von meiner Löffelliste.«

»Wirklich? Du überlegst, mich zu heiraten?«

»Dich zu heiraten wäre vielleicht ein bisschen zu viel gesagt, aber manchmal denke ich daran, meinen Kleiderschrank mit jemandem zu teilen.«

»Dein Kleiderschrank ist echt groß.«

Es war ein begehbarer Schrank mit wunderschönen Kirschregalen und Teppich-Auslegware. Rangers Haushälterin Ella sorgte dafür, dass seine Kleidung immer makellos gebügelt und ordentlich eingeräumt war. Sie faltete seine Unterwäsche und legte die passenden Strümpfe zusammen. Sie hing seine Anzughemden auf Bügel, alle in eine Richtung. Dass Ranger nur Schwarz trug, erleichterte die Sache natürlich enorm.

»Was ist nun mit dem Eis?«, fragte ich.

»Alles klar.«

»Nicht dass ihr denkt, ich hätte euch belauscht oder so«, sagte Hal, »aber wenn ihr Eis holt, also, ich stehe total auf Banana Sunrise.«

Dieser Hundertzwanzig-Kilo-Brocken, der wie Hulk aussähe, wenn Hulk nicht so grün wäre, stand auf Banana Sunrise. Süß.

Wir traten hinaus auf den Flur, und im selben Moment rief Hal, er habe wieder Sichtkontakt. Vlatko war im achten Stock, wechselte vom Wirtschaftsraum in den Technikraum. Und er trug keine Augenklappe, sondern eine Sonnenbrille.

Ranger lief zum Wirtschaftsraum, dann die beiden Treppen von unserer Etage hinauf in die achte. Ich lief hinter ihm her und gelangte zu dem Wirtschaftsraum, als er schon zur Tür hinaus war. Auf dem Flur im achten Stock angekommen, hatte er bereits seine Pistole gezogen und die Tür zum Technikraum geknackt.

Er warnte mich zurückzubleiben, stieß die Tür auf und

ging hinein. Ich rückte vor bis zur Türöffnung und wartete ab, bis Ranger den Raum durchsucht hatte.

»Keiner da«, sagte er. »Du kannst reinkommen.«

Ich trat ein, und die Tür fiel hinter mir ins Schloss. »Hat Tank gesehen, ob er den Raum verlassen hat?«

»Nein. Es muss einen Ausgang geben, der nicht auf dem Plan eingezeichnet ist.«

»Das Fenster«, sagte ich.

Die Fensterscheibe war mattiert, das Fenster geschlossen, aber nicht verriegelt. Ranger öffnete es und sah hinaus. Eine schmiedeeiserne Leiter verlief seitlich am Haus von der ersten Etage bis zum Dach. Eine Feuerleiter. Ich weiß nicht, ob ich mich im Falle eines Brandes dazu überwinden könnte, sie zu benutzen.

Ranger schloss das Fenster, verriegelte es, ging zu der Lüftungsanlage und entfernte mit seinem Taschenmesser die Seitenverkleidung.

»Sollte Vlatko wieder das Polonium verwenden, wird er es wohl hier einbringen«, sagte Ranger. »Jedenfalls hofft er das. Hier, auf die Spulen, könnte er die Kartusche platzieren, dann den Timer stellen, und der Ventilator der Lüftungsanlage würde das Gift in die Hotelzimmer blasen.«

»Glaubst du, er hat seinen Plan geändert? Er muss doch wissen, dass wir nach ihm suchen.«

»Wenn er mit einem bestimmten Auftrag hierhergeschickt wurde, noch dazu mit einer spezifischen Waffe, zum Beispiel Polonium, dann bleiben ihm nicht viele Handlungsmöglichkeiten. Und sofern er keine raffinierte Abhörtechnik besitzt, was ich bezweifle, kann er gar nicht wissen, wie viele Personen nach ihm suchen.«

»Muss er nach seiner Poloniumattacke gegen Rangeman nicht davon ausgehen, dass du mit dem FBI kooperierst? Das war immerhin nuklearer Terrorismus.«

»Ich weiß ziemlich genau, wie er tickt. Er würde eher davon ausgehen, dass ich Einzelkämpfer bin. Vlatko arbeitet allein, und er betrachtet mich als sein westliches Pendant.«

Ranger schraubte die Verkleidung wieder an. »Ganz bestimmt gibt es einen Zugang zum Dach. Oben stehen Kühlwasserbehälter für die Klimaanlagen, und diese Systeme müssen gewartet werden. Also muss es auf der neunten Etage irgendwo eine Treppe nach oben geben, die nur für den internen Betriebsablauf bestimmt ist.«

»Vlatko umgeht die Überwachungskameras, indem er die Feuerleiter bis hinauf zum Dach benutzt und von oben über diese interne Treppe ins Haus einsteigt.«

»So sieht es aus. Außerdem ist er ohne Augenklappe schwieriger zu erkennen.«

Wir verließen den Raum auf der achten Etage und fuhren mit dem Aufzug hinunter ins Foyer. Da rief Morelli an.

»Kommst du heute nach Hause oder nicht?«, fragte er.

»Ist noch unklar. Wir wissen, dass Vlatko im Haus ist. Er wurde von mehreren Überwachungskameras gesichtet, aber wir kommen nicht schnell genug an ihn ran.«

»Ich würde gerne aushelfen, aber ich vermute mal, dass dir schon eine kleine Armee zur Seite steht.«

»Kleine Armee? Ich weiß nicht. Ich bin nicht eingeweiht in die Operation. Und das willst du bestimmt auch nicht. Offenbar hast du das Familienfest überlebt.«

»Na ja, Bob hat einen Zahn von Momos Gebiss abgebrochen. Das kostet mich ein Vermögen. Was machst du so?«

»Ranger und ich sind im Hotelfoyer. Wir wollen uns ein Eis gönnen.«

Schweigen am anderen Ende.

»Aber davor haben wir die Lüftungsanlage in der achten Etage untersucht«, sagte ich.

»Du schläfst doch nicht etwa mit ihm, oder?«

»Wo denkst du hin!«

»Dann ist ja alles gut«, sagte Morelli.

»Vertraust du mir?«

»Ja. Aber ihm vertraue ich nicht.«

»Du bist ganz schön clever für einen Bullen aus Trenton.«

»Ich hab heute sogar das Kreuzworträtsel gelöst.«

»Ich bin beeindruckt.«

Ich wünschte ihm gute Nacht und überflog die Liste der Eissorten.

»Es gibt so viele«, sagte ich zu Ranger. »Ich kann mich gar nicht entscheiden.«

»Soll ich für dich entscheiden?«

»Nein!«

Er sah auf die Uhr. »Du hast dreißig Sekunden.«

»Ich möchte Tiramisu. Nein, Moment, lieber Erdbeere. Oder Caramel Swirl.«

»Noch zehn Sekunden.«

»Mango, Kaffee. Schoko Marshmallow…«

»Sie will Tiramisu«, sagte Ranger zu dem Mädchen hinter der Theke. »Und einen großen Banana Sunrise.« Er sah mich an. »Immer dem ersten Impuls folgen.«

»Willst du keins?«

»Mein erster Impuls ist zu verzichten.«

28

Ich aß mein Eis und nahm das Schlafzimmer in Beschlag, während Ranger und Hal am Esstisch arbeiteten. Ich guckte fern, bestellte etwas beim Zimmerservice und schloss genervt die Tür, um mich gegen den unablässigen Strom von Männern zu wappnen, die Ranger Bericht erstatteten.

Ich rief Connie an und teilte ihr mit, dass ich gerade mit Ranger an einem Fall arbeitete und sehr wahrscheinlich morgen nicht ins Büro käme. Ich rief Lula an und bat sie, bei Briggs und den Hunden vorbeizuschauen. Dann rief Grandma Mazur an und fragte, ob ich sie vom Bingo abholen könne.

»Tut mir leid«, sagte ich. »Ich bin mit Ranger in Atlantic City.«

»Da wäre ich jetzt auch gerne«, sagte Grandma. »Zum Flatrate-Essen in einem der Restaurants. Oder um mich in den Kasinos herumzutreiben und an den Automaten zu spielen. Das habe ich seit Jahrzehnten nicht mehr gemacht.«

»Kann ich mir alles abschminken. Ich bin beruflich hier.«

»Hast du schon ein Joghurteis gegessen?«

»Nein, nur ein normales Eis.«

»Dann war es ja wenigstens nicht ganz umsonst.«

Aus der relativen Ruhe im Nebenzimmer konnte ich

schließen, dass Vlatko wohl kein weiteres Mal gesichtet worden war. Ich zog mir wieder mein schlabbriges T-Shirt mit der Bier-Werbung an, schlüpfte unter die Bettdecke und machte das Licht aus. Bei Tagesanbruch wachte ich auf, neben mir Ranger. Nackt. Was mich nicht überraschte.

Ranger schlief immer nackt.

»Ich sollte wohl froh sein, dass nicht die halbe Rangeman-Mannschaft und das FBI in meinem Bett liegt«, sagte ich.

»Die Männer haben das Nachbarzimmer, und Hal hat sich auf dem Sofa eingerichtet. Wenn du Wert darauf legst, könnte ich Hal Bescheid sagen, er soll sich verziehen.«

»So dringend ist es nun auch wieder nicht. Ich frage mich nur gerade, warum ich bei dieser Aktion unbedingt mitmischen wollte. Schließlich kann ich überhaupt nichts dazu beitragen.«

»Noch ist nicht aller Tage Abend. Außerdem war bisher keiner von uns besonders erfolgreich, außer Tank, der Vlatko zweimal auf dem Videomaterial gesehen hat.«

Ranger wälzte sich aus dem Bett und ging ins Bad. Schade, dass es dunkel war im Zimmer und ich ihn nicht besser sehen konnte. Ich hörte das Wasser rauschen und schlief wieder ein. Eine Stunde später schlug ich die Augen erneut auf und schleppte mich unter die Dusche. Als ich aus dem Bad kam, stand eine große Tüte aus dem Bimbo-Lädchen unten in der Ladenzeile auf dem Bett. Darin lagen ein rotes Shirt, auf dem in strassbesetzter Schrift *Atlantic City* stand, und Dessous aus schwarzer Spitze.

»Danke«, sagte ich, als ich aus dem Schlafzimmer trat. »Schön, mal wieder saubere Klamotten zu tragen. Erstaunlich, dass der Laden so früh schon geöffnet hat.«

»Nur für dich«, sagte Ranger. »Rafael hat den Einkauf erledigt.«

Rafael war anscheinend der schlanke Typ am Computer. Er sah auf und grinste breit. »Ich weiß, was den Damen gefällt«, sagte er.

An dem anderen Computer saß Hal, der ebenfalls grinste und dabei den Kopf schüttelte.

Ranger trug die schwarze Rangeman Tarn-Uniform, bereit für den nächsten Einsatz. Er lehnte, mit einer Kaffeetasse in der Hand, am Schrank. Und er war bewaffnet.

»Du siehst aus, als würdest du damit rechnen, dass heute etwas passiert«, sagte ich.

»Intel hat ein Gespräch abgefangen. Es könnte zu einem Vorfall im Zusammenhang mit Semov kommen. Mac hat noch zwei Männer zusätzlich angesetzt. Einen auf Semov, den anderen auf sein Umfeld. Die Terminplanung sieht vor, dass Semov bis Viertel vor zwölf in seinem Hotelzimmer bleibt und sich dann mit seinem Gefolge in den Festsaal begibt, wo er seine Grundsatzrede halten soll. Wenn er sich bewegt, ist er angreifbar. Er könnte von der Menge mitgerissen werden, und für einen Kontakt mit ihm würden Vlatko wenige Sekunden genügen, um das Polonium freizusetzen. Mir persönlich ist es egal, ob Semov stirbt oder nicht, aber ich will die Gelegenheit, Vlatko festzunehmen, nicht verpassen. Ich muss dich heute Morgen im Zwischengeschoss postieren. Es wird ein einziges Geschiebe und Gedränge, wenn die Massen das Kongresszentrum verlassen und zum Lunch in den Festsaal strömen. Such dir einen Platz an der Wand, von dem aus du die Leute beim Betreten des Festsaals sehen kannst. Möglicherweise hat Vlatko sein Äußeres verändert, das Haar gefärbt, die Augenklappe weggelassen, sich einen Bart angeklebt, wie auch immer. Jedenfalls musst du auf andere Dinge achten, auffälliges Verhalten oder sein Tattoo. Du hast den Vorteil, dass du ihn schon mal aus unmittelbarer Nähe gesehen hast.«

»Ab wann soll ich mich da einfinden?«

»Ab zehn.«

Auf dem Esstisch war ein Frühstücksbuffet aufgebaut. Croissants, Bagels, Räucherlachs, Frischkäse, Marmeladennäpfchen, Kaffee, ein großer Teller mit viel Obst. Ein Karton Orangensaft. Keine sirupgetränkten Waffeln. Keine Donuts. Keine Eier Benedict.

Ich goss mir Kaffee ein und suchte mir ein Croissant aus.

»Wurde Vlatko noch mal gesichtet?«, fragte ich Ranger.

»Nein«, sagte er. »Ich habe jemanden zur Beobachtung der Feuerleiter abkommandiert, aber bisher hat Vlatko sie nicht benutzt.«

»Vielleicht hat er sein Opfer längst infiziert und ist auf dem Weg zurück nach Russland.«

»Durchaus möglich«, sagte Ranger. »Deswegen ist ja Polonium für solche Angriffe so gut geeignet. Man kann einen Menschen eliminieren, ohne dass jemand es merkt, tagelang, manchmal wochen- oder monatelang.«

Connie rief an. »Ich finde keinen, der bereit wäre, die Sicherheit für die Kaution für Forest aufzubringen«, sagte sie. »Er ist obdachlos, und er hat Futter für seine Hundemeute geklaut. Eine hohe Strafe wird er nicht aufgebrummt bekommen. Fünf bis zehn Tagesätze in einer sozialen Einrichtung, mehr nicht. Aber er erscheint einfach nie zum Gerichtstermin. Könntest du dich bis dahin um seine Hunde kümmern?«

»Briggs hütet die Hunde, und er kommt anscheinend gut klar. Ich habe Lula gebeten, mal bei ihm vorbeizuschauen.«

»Lula hab ich heute noch nicht gesehen. Vielleicht ist sie erst noch zu deiner Wohnung gefahren, bevor sie herkommt. Wie geht es dir? Wo bist du überhaupt?«

»In Atlantic City.«

»Der Härteeinsatz.«

»Ja. Ich bin mit Ranger hier. Wir trinken Kaffee und essen Croissants.«

»Ich hasse dich. Hast du mit ihm geschlafen?«

»Komplizierte Frage.«

»Also doch!«

»Nein!«

»Okay. Ich frag nicht weiter nach, aber ich erwarte Details, wenn du wieder da bist.«

Ich legte auf und rief Lula an.

»Wo steckst du?«, fragte ich sie. »Hast du mal bei Briggs vorbeigeschaut?«

»Ja. Ich stehe auf deinem Parkplatz. Briggs hat sich zu einem Hundenarr entwickelt. Ich muss sagen, ich kann es ihm nicht verdenken. Die Viecher sind voll süß. Überhaupt keine Dämonen. Ich meine, ihre Köpfe rotieren nicht und so, und ihre Augen glühen auch nicht. Einer hat versucht, mich zu zwicken, aber Briggs sagt, der hätte Probleme mit Vertrauen, also hab ich es nicht persönlich genommen. Die anderen springen um einen herum, total happy. Ich kann mich sogar an ihr Bibbern gewöhnen. Ich meine, ich liebe ja sowieso alles, was vibriert. Du weißt schon.«

Alles klar.

»Ich sitze in Atlantic City fest«, sagte ich. »Ich hoffe, dass ich heute noch von hier wegkomme, spätestens morgen bin ich wieder zu Hause. Kannst du dafür sorgen, dass Briggs genug zu essen hat? Er besitzt kein Auto.«

»Er sagt, er hat heute ein Bewerbungsgespräch. Ich weiß nicht, wie er dahin kommt. Vielleicht mit einem Taxi. Mich hat er jedenfalls nicht um Hilfe gebeten.«

Ich legte auf und rief meine Mutter an.

»Hallo. Ich wollte nur mal reinhören«, sagte ich. »Ich bin gerade nicht in der Stadt, sondern beruflich mit Ranger unterwegs. Alles in Ordnung bei euch?«

»Dein Vater macht seinen Taxidienst. Und deine Oma ist auf einem Seniorentagesausflug, deswegen ist es gerade wunderbar still im Haus.«

»Wo ist Oma denn hingefahren?«

»Nach Atlantic City. Sie sagt, das könnte heute ihr Glückstag werden.«

Mist! Verdammter Mist!

»Wann ist Grandma losgefahren?«

»Vor einer halben Stunde ungefähr. Dein Vater hat sie zum Seniorenheim gebracht. Die haben ein gutes Angebot, die Busfahrkarte, eine Rolle Wertmarken für Spielautomaten und ein Bon für das Flatrate-Buffet, alles inklusive.«

»Weißt du, in welches Kasino sie gehen will?«

»Nein. Es gibt verschiedene Angebote für Senioren. Sie gehen nicht immer in dasselbe Kasino.«

Ich legte auf und rief Grandma an, aber sie ging nicht ran.

Na gut. Wie groß war die Wahrscheinlichkeit, dass es sich um unser Kasino handelte? Gering. Es war ein schäbiges Kasino. Und heute würden hier nur Wodkaproduzenten verkehren. Es gab einen Haufen anderer Kasinos in Atlantic City. Ich brauchte mir also wirklich keine Sorgen zu machen.

Um kurz vor zehn Uhr gab Ranger mir einen Ohrstöpsel. »Für die Kommunikation mit mir und Tank. Tank sichtet das Material aus der Videoüberwachung.«

Ich fuhr mit dem Aufzug zum Zwischengeschoss und suchte mir einen Platz im Flur, von dem aus ich die Türen zum Festsaal und auch die Tür zum Technikraum am anderen Ende im Visier hatte. Die Türen zum Festsaal waren noch geschlossen, und der Flur war leer. Neben der Brücke, die zum Kongresszentrum führte, stand ein Mitarbeiter von Rangeman.

Ich hatte mich gerade auf meinem Beobachtungsposten eingerichtet, als Grandma anrief.

»Wo bist du?«, fragte sie.

»Immer noch in Atlantic City. Und du?«

»Ich stecke in einem Stau auf dem Weg nach Atlantic City. Lula ist bei mir.«

»Mom sagte, du seist mit einem Seniorenbus unterwegs.«

»Der hat schlappgemacht, bevor wir überhaupt eingestiegen waren. Ich hab Lula angerufen und sie gefragt, ob sie nicht auch ihr Glück probieren wolle, und jetzt sitzen wir im Auto. Wir müssen uns noch für ein Kasino entscheiden. Mir gefällt das neue, das mit der Dschungel-Deko, aber Lula steht eher auf Caesars Palace. In welchem Kasino bist du? Wir könnten dich besuchen.«

»Bitte keine Besuche! Ich muss arbeiten. Ich bin sowieso in keinem der großen Kasinos. Geht ins Caesars, und wir treffen uns später.«

Nach einer Stunde Warten überfiel mich Langeweile. Ich ging den Flur auf und ab. Ich zählte die Deckenlampen. Ich probierte die Tür am Festsaal. Immer noch geschlossen. Wahrscheinlich hatte die Hoteldirektion Angst, ein volltrunkener Wodkahändler könnte das Besteck klauen oder sich auf einen der freien Plätze setzen.

»Ganz schön langweilig«, sagte ich.

»Langweilig ist gut, dann passiert nichts«, raunte Ranger mir ins Ohr.

Gegen halb zwölf endlich trudelten die Leute aus dem Kongresszentrum ein, hier ein paar, da ein paar, und formierten sich zu Grüppchen. Sie führten Verkaufsgespräche über ihre Smartphones, sie sahen auf die Uhr, dann zu den verschlossenen Türen des Festsaals, und sie hatten Hunger.

Ich beobachtete einen Mann, der die Rolltreppe hinaufschwebte. Er winkte nicht, er nickte nicht, kommunizierte nur stumm mit dem Mann von Rangeman. Er trug ein blaues Business-Shirt, beige Hose, abgewetzte braune Schuhe. FBI, war mein erster Gedanke. Angenehmes Äußeres. Unter dem Sportsakko seitlich eine kleine Ausbeulung, und ein Ohrstöpsel, der über ein Wendelkabel mit einem Empfängerakku verbunden war. FBI, eindeutig. Er wäre neidisch auf meinen Ohrstöpsel.

»Hallo«, sagte ich. »Jemand da?«

»Babe?«, sagte Ranger.

»Wo bist du?«

»Ich stehe am Personalaufzug und warte auf Semov.«

»Auf meiner Etage?«

»Ja. Aber dann hänge ich mich an Semov.«

»Okay. Ende der Durchsage.«

Der Mann mit dem blauen Hemd schlenderte an mir vorbei. Er ging bis ans Ende des Flurs und öffnete mit einem Schlüssel die Tür zum Technikraum.

»Ein Mann in einem blauen Hemd ist gerade in den Technikraum gegangen«, sagte ich.

»Ich habe ihn auf dem Schirm«, sagte Tank. »FBI. Er überprüft die Lüftungsanlage.«

»Ich sag ja nur.«

»Bleib dran«, sagte Tank.

Jetzt strömten die Leute aus dem Kongresszentrum in den Flur, es wurde eng, der Geräuschpegel stieg. Einige Männer drückten gegen die Türen zum Festsaal, probierten den Türknauf. Alle wirkten entspannt und zufrieden, es wurde viel gelacht. Vermutlich hatten sie heute Morgen im Kongresszentrum an einer Wodkaverkostung teilgenommen. Oder auf dem Frühstücksbuffet hatte ein Wodkabrunnen gestanden.

Die Tür zum Wirtschaftsraum öffnete sich, und Semovs sechs Berater kamen heraus, gefolgt von Semov, hinter ihm Ranger, dahinter zwei Männer mit altertümlichen Ohrstöpseln, also FBI. Sie bahnten sich einen Weg durch die Menge, am anderen Ende des Festsaals flog eine Tür auf, und die Männer verschwanden wieder.

Kurz darauf öffneten sich die übrigen Türen zum Festsaal, und die Kongressteilnehmer stürmten hinein. Ich sah den Gang hinunter zum Technikraum.

»Ist der FBI-Typ aus dem Technikraum wieder aufgetaucht?«, fragte ich Tank.

»Hab ihn nicht rauskommen sehen. Vielleicht hat man ihm befohlen drinzubleiben, bis das Bankett vorbei ist. Ich kann nicht mit ihm sprechen, ist nicht auf meiner Frequenz.«

Ich ging den Gang hinunter und klopfte an die Tür zum Technikraum. »Hallo?«, sagte ich. »Alles in Ordnung bei Ihnen?«

Die Tür flog auf, eine Hand schoss hervor, packte mich und zerrte mich in den Raum.

»Oh Scheiße!«, hörte ich Tank in meinem Ohrstöpsel sagen.

29

Ich erblickte flüchtig einen Mann mit Baseballmütze, dann traf mich ein Schlag ins Gesicht, der mich umhaute. Es war Vlatko. Er sah auf mich herab. Die Haare unter der Basecap waren dunkelbraun, und er hatte sich seine Sonnenbrille ins Haar gesteckt. Sein kaputtes Auge sah grauenvoll aus. Die Wunde war stümperhaft vernäht. Eine wulstige Narbe verlief von der Stirn quer über die Augenbraue bis hinunter zur Wange. Er trug einen dünnen grauen Kapuzenpulli und Jeans. Am Hals das bekannte, ungewöhnliche Tattoo.

Ich hatte den Geschmack von Blut auf der Zunge, wusste aber nicht, ob das Blut aus meiner Nase oder meinem Mund kam. Ich richtete mich auf, kroch auf allen vieren, noch ganz benommen von dem Schlag.

»Was ist?«, sagte ich.

Der Ohrstöpsel lag auf dem Boden. Vlatko hob ihn auf und lachte. »Hörst du?«, sprach er in das winzige Mikro. »Deine Freundin ist bei mir. Sie ist mein Freifahrtschein nach draußen. Wenn mir jemand zu nahe kommt, schlachte ich sie ab. Du weißt, dass ich dazu fähig bin. Bluten tut sie schon. Es fehlt nicht mehr viel, um sie ganz zu erledigen.«

Vlatko ließ den Stöpsel fallen und zertrat ihn mit der Fußspitze, dass es knirschte. Dann packte er mich und riss mich hoch. Ich sah an ihm vorbei und entdeckte den FBI-Mann in einer Blutlache auf dem Boden liegen. Ihm war die Kehle durchgeschnitten worden, so tief, dass der Kopf fast vollständig vom Rumpf getrennt war.

»Das könnte dir auch passieren«, sagte Vlatko.

»Sie haben ihn getötet.«

»Er kam zum falschen Zeitpunkt. Ich wollte gerade das Polonium freisetzen.«

Ich sah zur Lüftungsanlage. »Wollen Sie wirklich alle Gäste im Festsaal vergiften?«

»Clever, nicht? Ein terroristischer Akt. Ein politisches Statement statt eines geplanten Attentats auf eine einzelne politische Figur. Ich gestehe, es ist nicht so glatt gelaufen wie geplant, aber der Job ist erledigt. Und jetzt habe ich dich. Du wirst mich heil hier herausbringen. Danach ziehe ich dir bei lebendigem Leib die Haut ab und überlasse dich so deinem Freund. Wie heißt er doch gleich. Ranger, richtig?«

Der tote FBI-Agent, die Blutlache, Häuten bei lebendigem Leib – ich war wie gelähmt vor Angst. Ich befahl mir, mich zu konzentrieren, aufmerksam zu bleiben, mich nicht von dem Grauen und dem Horror vereinnahmen zu lassen. Wenn sich die Gelegenheit zur Flucht bot, musste ich bereit sein zu rennen. Leichter gesagt als getan. Ich war total wacklig auf den Beinen, und mein Herz raste so irre, dass mir ganz schummrig wurde. Wegrennen war im Moment nicht angesagt.

»Sie haben keine Chance«, sagte ich. »Die wissen, dass wir hier drin sind. Jeden Moment wird jemand hereinkommen und Sie aufhalten.«

»Zu spät. Das Polonium ist längst ins Lüftungssystem eingespeist. In fünfzehn Minuten wird es den Festsaal erreichen.«

»Die vielen Leute …«

»Tot«, sagte Vlatko.

Instinktiv wich ich taumelnd zurück, warf den Arm nach hinten und zog den Hebel am Feuermelder, der an der Wand hing. Vlatko riss mich zur Seite, aber der Alarm heulte bereits los, und die rote Warnlampe an der Decke im Technikraum blinkte. Er setzte mir das Messer an die Kehle und stieß mich in den Vorratsschrank in der Ecke, wo mir klar wurde, wie er unbemerkt in den Raum gelangt war: In die Wand zwischen Technikraum und Wirtschaftsraum war ein Loch gehauen worden.

Ich kroch durch das Loch in den Raum nebenan und versuchte zu entkommen, doch Vlatko war schneller. Halb zerrte, halb stieß er mich ins Treppenhaus. Unter uns hörten wir Schritte, Männer liefen die Treppe hinauf.

»Nach oben!«, sagte er und hielt mir das Messer wieder an die Kehle.

Strauchelnd trat ich auf die erste Stufe und spürte, wie sich die Klinge an meinen Hals drückte. Irgendwie schaffte ich es bis zum Treppenabsatz in der vierten Etage. Ich drehte mich zu Vlatko um, aber ich sah keine Panik in seiner Miene. Kein Angstschweiß, keine Unsicherheit. Eiskalt überlegte er sich den nächsten Schritt. Er rückte vor bis zum Wirtschaftsraum in der dritten Etage und öffnete das Fenster.

»Raus«, sagte er.

»Wie, raus?«

»Auf den Sims.«

»Sind Sie verrückt? Bin ich Spiderman? Ich steige doch nicht auf den Sims. Der ist gerade mal einen Fuß breit.«

»Du steigst aus dem Fenster, oder du krepierst hier.«

»Wo soll ich denn von da aus hin?«

»Du schiebst dich ganz langsam vor bis zu der überdachten Fußgängerbrücke zum Parkhaus.«

»Und dann?«

»Springst du auf die Brücke.«

»Kommt nicht in Frage.«

»So weit ist es gar nicht. Los, geh!«

Ich stieg aus dem Fenster und drückte mich mit dem Rücken an die Hauswand. Ich habe Probleme mit großen Höhen, und ich war wie gelähmt vor Angst.

Vlatko stieg nach mir aus dem Fenster und legte seine Pranke um mein Handgelenk. »Los geht's«, sagte er mit seinem komischen britischen Akzent.

»Meine Füße gehorchen mir nicht.«

»Ich zähle bis drei, dann stoße ich dich vom Sims. Du bist mir im Weg.«

Ich bewegte mich zaghaft seitlich vorwärts.

»Schneller«, sagte Vlatko.

Der Fußgängerübergang zum Parkhaus war tatsächlich nicht weit. Nur wenige Schritte. Nicht nach unten gucken, sagte ich mir. Konzentrier dich auf die Brücke. Es war kein tiefer Sprung, und das Dach war breit und nicht abschüssig. Ich könnte es schaffen.

»Geh weiter, bis zur Mitte der Brücke«, sagte Vlatko. »Ich sage dir, wann du springen sollst. Wir springen zusammen.«

»Haben Sie keine Angst vor Scharfschützen?«, fragte ich ihn. »Das FBI hat Sie bestimmt im Visier.«

»Du bist meine Versicherungskarte. Wenn sie mich jetzt erschießen, gehst du mit mir in den Tod.«

»Sie glauben doch nicht, dass Sie damit durchkommen.«

»Noch ist nicht alles verloren. Ich hab mich schon in aussichtsloseren Situationen befunden. Und wenn ich verhaftet werde, wird man mich nach Russland ausliefern. Dort zahlt man mir eine Prämie! Ich bin mit einem Diplomatenpass hier, und ich habe Freunde ganz oben.«

Ich erreichte die Mitte der Brücke und erlaubte mir schließlich doch einen Blick nach unten. Das Dach war einen guten Meter unter mir. Wenn ich aus irgendeinem Grund beim Aufkommen ausrutschte, würde ich drei Stockwerke tief stürzen. Kein schöner Gedanke.

»Spring!«, sagte er, machte einen Schritt nach vorn und riss mich mit sich.

Ich landete hart, meine Beine knickten ein, aber Vlatko riss mich hoch und zerrte mich hinter sich her.

Das Parkhaus war ein zehngeschossiger Stahlbetonbau, dessen Außenwand auf jeder Ebene nur etwa anderthalb Meter hoch war, so dass der etwa gleich hohe Raum bis zur balkengestützten Decke offen blieb. Theoretisch hätte beständig die wunderbare Meeresbrise durch das ganze Haus wehen müssen, praktisch jedoch blockierte der Hotelbau den Wind von der See, und es roch nach den Küchenausdünstungen, die aus dem Lüftungssystem strömten.

Die Fußgängerbrücke führte sehr elegant auf das Parkdeck im zweiten Stock. Vom Dach der Brücke aus gestaltete sich der Zugang allerdings schwieriger, weil es an der anderthalb Meter hohen, soliden Betonwand von Parkdeck Nummer drei endete. Selbst mit Messer an der Kehle und vom Adrenalin gesteuert hätte ich dieses Hindernis nicht überwinden können. Höchstens mit einem langen Anlauf, aber wo sollte ich den hernehmen?

»Pass auf«, sagte Vlatko. »Ich hieve dich hoch, und ehe du auf der anderen Seite landest, bin ich schon da: Lass dir ja nicht einfallen wegzurennen. Schon beim Versuch würde ich dich töten.«

Er stemmte mich hoch, so dass ich erst bäuchlings auf der Kante hing und dann kopfüber auf die andere Seite plumpste. Ich landete auf dem Rücken – und erblickte Ranger, der sich an die Wand drückte. Jetzt warf sich Vlatko über die Mauer. Ranger fing ihn im Flug auf. Vlatkos Messer blitzte auf, und im nächsten Moment packte Ranger seinen Angreifer und warf ihn von der dritten Etage des Parkhauses hinunter.

Ich lag noch immer auf dem Boden. Ranger kniete sich neben mich.

»Hast du dir was gebrochen?«, fragte er.

»Verdammte Scheiße«, sagte ich. Eine Träne stahl sich aus meinem Auge.

Ranger wischte sie weg und half mir auf die Beine. Wir traten an die Wand und blickten über die Brüstung hinunter auf Vlatko, der, alle viere von sich gestreckt, unten auf der Straße lag.

»Glaubst du, er hat überlebt?«, fragte ich.

»Babe«, sagte Ranger. »Der ist platt wie eine Flunder.«

»Du blutest am Arm.«

»Er hat mich mit seinem Messer erwischt, als ich ihn mir packte.«

»Woher wusstest du, dass wir über die Mauer kommen?«

»Ich hab die ganze Zeit mitgehört. Ich wollte mich nicht allein auf deinen Ohrstöpsel verlassen, deswegen habe ich einen Minisender in dein Shirt einnähen lassen. Er sitzt im Saum des Ausschnitts.«

»Ich dachte, das sei Strass.«

Aus allen Richtungen kamen jetzt Männer auf uns zugelaufen. Uniformierte Rangeman-Mitarbeiter, zwei Herren in Anzug und Krawatte, die ich als FBI-Agenten erkannte, und ein Wachmann des Hotels.

Die Rangeman-Mitarbeiter sicherten die direkte Umgebung ab, die FBI-Agenten gingen schnurstracks zur Mauer, sahen hinunter zu Vlatko, dann zu Ranger.

»Was ist passiert?«, fragte einer der beiden.

»Er ist gesprungen«, sagte Ranger.

Der Mann nickte. »Hab ich mir gedacht. Man sah es an der Haltung, wie er durch die Luft geflogen ist.«

»Nach dem Feueralarm wurde das ganze Hotel evakuiert«, sagte der FBI-Typ. »Der Festsaal war in nicht mal zehn Minuten leer. Im Moment warten wir noch auf das Gefahrgutteam. Wenn wir die Kartusche im Technikraum geborgen haben, wissen wir hoffentlich mehr und können die Luftqualität im Festsaal messen.«

Ich sah auf mein blutverschmiertes Shirt und die Jeans. »Mir tut das ganze Gesicht weh«, sagte ich zu Ranger. »Wo kommt all das Blut her?«

»Du hast einen hübschen Bluterguss an der Wange und eine Schnittwunde an der Unterlippe. Eben hast du noch aus der Nase geblutet, aber das ist gestoppt. Und im Hals ist eine Stichwunde.«

»Ich bin ein Wrack.«

Ranger nahm mich in den Arm und drückte mich. »Du bist wunderschön. Du hast dafür gesorgt, dass die Hotelgäste gerettet werden, und du hast Vlatko ausgeliefert.«

Wir warfen wieder einen Blick hinunter auf die Straße, die

jetzt verstopft war von Polizei, Feuerwehr und Wodkahändlern. Der Zutritt zum Hotel war untersagt.

»Wo ist das nächste Hotel?«, fragte Ranger den Hotel-Wachmann.

»Direkt nebenan. Das neue Hotel mit dem Dschungelmotiv. Das Monkey Pod!«

Ranger bat Tank, eine Suite und ein Doppelzimmer für uns zu buchen. Außerdem neue Kleidung zu kaufen und einen Erste-Hilfe-Kasten aus einer der Rangeman-Limousinen zu holen. Mit dem Aufzug fuhren wir ins Erdgeschoss und verließen das Parkhaus durch den Hintereingang, abseits der gaffenden Meute. Rangers Leute kamen mit uns, die beiden FBI-Männer wollten erst noch Vlatko näher untersuchen.

Der Manager des Monkey Pod begrüßte uns im Foyer des Hotels und begleitete uns nach oben. Überall Affen. Auf der Tapete, auf den Teppichen, selbst die Brötchen waren affenförmig. Schlimmer noch als das Geburtstagskuchenhotel. Es war finster, und die Affen sahen unzufrieden aus.

Ranger nahm seine Kartenschlüssel entgegen und versicherte dem Manager, alles sei wunderbar. Er gab den beiden Männern, die uns begleiteten, ihren Kartenschlüssel, und sie verzogen sich nach nebenan.

Die Suite hatte das gleiche Affenmotiv wie im Flur. Affenleuchten, Affentellerchen für Süßigkeiten, Affentapete. Immerhin waren es große Räume, alles war neu und sauber und außerdem weit weg von dem Horror in dem miesen Geburtstagskuchenhotel.

Das Handy in meiner Tasche klingelte.

»Hallo, Grandma«, sagte ich.

»Auch Hallo«, sagte Grandma. »Du verpasst hoffentlich nicht die ganze Action in dem Hotel, das wie ein Geburtstagskuchen aussieht. Zuerst ging der Feueralarm los. Dann segelte ein Mann in hohem Bogen aus dem Parkhaus durch die Luft und landete *Platsch!* auf der Straße. Ist ungewiss, ob es Selbstmord war oder nicht. Lula und ich waren am Monkey Pod, als es passierte, aber ich bin gerade noch rechtzeitig raus, um den Mann zu sehen, ehe die Polizei die Stelle abgesperrt hat. Der Körper war platt wie ein Pfannkuchen und der Schädel aufgeplatzt wie eine reife Melone. Es war scheußlich, aber irgendwie auch faszinierend.«

»Der arme Kerl.«

»Ja. Einer von denen, die da rumstanden, sagte, der zermantschte Tote hätte gerade mit seiner Freundin Schluss gemacht, vorher hätten sie sich noch im Kasino schwer gestritten. Wo bist du eigentlich? Hast du die ganze Aufregung nicht mitbekommen?«

»Ich bin im Monkey Pod. Hab gerade eingecheckt.«

»Wir sind draußen auf dem Bürgersteig. Ich würde mir ja gerne mal eins von den Zimmern ansehen. Haben sie in den Zimmern auch das Affenmotiv, so wie im Kasino?«

»Ja. Hier sind überall Affen.«

»Könnten wir mal raufkommen, nur zum Gucken?«

»Klar. Nur zum Gucken. Es ist eigentlich Rangers Zimmer, und er arbeitet, ihr könnt also nicht lange bleiben.«

»Wir sind auch gleich wieder verschwunden.«

Ich nannte ihr die Zimmernummer und legte auf.

»Grandma und Lula wollen sich mal das Zimmer angucken«, sagte ich zu Ranger.

Rangers Hemd war blutgetränkt. »Ich geh mich mal säubern«, sagte er. »Ich kann nicht sehen, wie tief die Schnittwunde an meinem Arm ist. Kannst gerne mitkommen unter die Dusche.«

»Verlockend, aber ich warte auf Grandma und Lula. Sie sagte, sie seien gleich da.«

Ich ging auf die separate Toilette, knipste das Licht an, und als ich mich im Spiegel sah, musste ich mich auf dem Waschtisch abstützen. Ich sah aus, als käme ich geradewegs aus einem Gruselfilm. So gut es ging, wusch ich mir Gesicht, Hals und Brust und schrubbte mir die Arme bis zum Ellbogen. Gegen die Blutflecken auf meinem Shirt und der Jeans konnte ich auf die Schnelle nichts ausrichten, aber das Shirt war zum Glück sowieso rot.

Die Suite hatte eine Klingel, die wie Affengebrüll klang. Ich machte die Tür auf, und vor mir standen Lula und Grandma.

»Ich werd nicht mehr!«, staunte Lula und drängte sich an mir vorbei ins Zimmer. »Der reine Wahnsinn. Echt der Hammer. Sogar mit Esstisch. Wohnt hier die Queen von England? Wenn die mal Urlaub machen will, steigt sie in solchen Hotels ab.«

»Das Schlafzimmer ist getrennt«, sagte Grandma und eilte ins Schlafzimmer. »Mit Fernseher. Und Affenlampen und Affenbettzeug und Affenkissen.«

»Das ist noch gar nichts«, sagte Lula. »Es gibt sogar eine Küchenzeile. Mit Weinflaschen und Crackern. Und ein Körbchen mit Snickers und lauter so Zeug. Irre.«

Ich konnte ihre Aufregung gut verstehen. Es war eine Bonzen-Suite, aber wir waren keine Bonzen. Leider. Mir hatte gerade jemand mit der Faust ins Gesicht geschlagen, und beinahe wäre ich von einem hohen Sims im Sturzflug in die Tiefe gesegelt. Verständlicherweise konnte ich Snickers und Affenkissen daher im Moment wenig abgewinnen. Der Adrenalinschub war versiegt, und ich spürte, wie erschöpft ich war.

»Die haben sogar zwei Badezimmer hier«, sagte Grandma. »Eine Toilette und ein großes Badezimmer neben dem Schlafzimmer.«

»Möchtest du die Snickers haben?«, fragte mich Lula. »Wenn nicht, würde ich sie mir gerne mitnehmen, für die Rückfahrt. Was ist mit Granny? Will sie auch welche von den Süßigkeiten?«

Ich sah mich um. Grandma war weg. Zuletzt war sie ins Schlafzimmer gegangen und hatte was von Badezimmer gesagt. *Oh Gott!*

»Babe!«, rief Ranger aus dem Badezimmer. »Hol bitte deine Oma ab!«

Ranger stand in der gläsernen Duschkabine, bei offener Tür, und sah hinaus zu Grandma. Er war triefnass und nackt, was ihm aber offenbar nichts ausmachte.

»Sie ist wie gelähmt«, sagte er.

»Sagenhaft«, sagte Grandma, die Augen weit aufgerissen, starr, ganz benommen von dem Anblick.

Ich zerrte sie aus dem Badezimmer und schloss die Tür.

»Atemberaubend«, sagte Grandma. »Als würde man einer Kobra in die Augen schauen. Alles andere auf meiner Löffelliste kann ich vergessen. Das hier war hammermäßig. Ein biblisches Erlebnis.«

Lula starrte mich an, dann mein Shirt. »Was ist passiert?«

»Nur ein kleines Geplänkel«, sagte ich. »Nichts Weltbewegendes.«

»In deinem Gesicht macht sich ein hässlicher blauer Fleck breit. Wer hat dich geschlagen? Doch nicht etwa jemand, den ich kenne?«

»Nein, nein. Wir haben nur einen Verbrecher festgenommen. Wohin geht ihr jetzt? Zurück an die Spielautomaten?«

»Wir waren noch gar nicht im Caesars«, sagte Grandma. »Das ist unser nächster Halt. Nach dem abendlichen Buffet fahren wir wieder nach Hause. Ruf an, wenn wir dich mitnehmen sollen.«

Ich brachte sie zur Tür und sah ihnen hinterher. Als ich ins Schlafzimmer zurückkehrte, war Ranger fertig mit dem Duschen. Seine Haare waren feucht, und er trug einen Hotel-Bademantel.

»Tut mir leid wegen Grandma«, sagte ich. »Sie geht gerne eigene Wege.«

»Sie stand nur stumm da und starrte vor sich hin. Gespenstisch. Ich dachte, sie kriegt einen Herzinfarkt.«

Wenn, dann aus Freude. Nicht jedem war das Glück vergönnt, Ranger nackt zu sehen.

»Dein Handy hat eine SMS gemeldet, als du unter der Dusche warst«, sagte ich.

Ranger las sie sich durch. »Von Mac. Das Verteilersystem war ausgeklügelter als das, was Vlatko bei Rangeman anwenden wollte. Der Timer zeigte die Startzeit an, und sie haben ausgerechnet, dass der Festsaal längst geräumt wäre, bevor das Gas ihn erreicht hätte. Außerdem hat Mac das Lüftungssystem abgeschaltet, so dass das Polonium zum größten Teil in den Leitungen eingeschlossen ist.«

Es klopfte, Rafael stand vor der Tür, mit ein paar Tüten voller Klamotten. »Ich hab getan, was ich konnte«, sagte er,

»aber auf den Sachen unten im Laden sind überall Affen aufgedruckt.«

»Danke«, sagte ich. »Sie sind bestimmt toll.«

30

Ranger musste für eine Nachbesprechung mit dem FBI noch in Atlantic City bleiben, während ich mit Lula und Grandma abreisen durfte. Ich wäre lieber bei Ranger geblieben, wenn ich nicht in diesem »affigen« Outfit hätte herumlaufen müssen. Der Tag war traumatisch genug gewesen, der Tag davor auch nicht gerade ein Spaziergang, und jetzt musste ich Affenunterwäsche tragen. Aus den Augen, aus dem Sinn, diese Redensart galt für Affenunterwäsche nicht. Ich wollte nur noch nach Hause und mir einreden, dass alles normal sei und die Bedrohung vorüber.

Rafael und Hal begleiteten mich von meinem Zimmer zur Hotelvorfahrt und überzeugten sich davon, dass ich mich auch wirklich in Lulas Firebird anschnallte. Schwer zu sagen, ob Ranger noch immer besorgt um meine Sicherheit war oder nur fürchtete, ich könnte meine Meinung ändern und mit Lula und Grandma zurück aufs Zimmer gehen.

Lula gab Gas und nahm den kürzesten Weg zum Freeway. »Ich habe zu viele Krabben vom Buffet gegessen. Die Soße hatte aber auch genau die richtige Menge Meerrettich.«

»Ja«, bestätigte Grandma. »War ein toller Tag heute. So etwas sollten wir öfter machen. Ich hätte nichts dagegen, mir noch mal so einen Tag wie heute zu gönnen.«

Ich saß auf der Rückbank und hielt mir einen Eisbeutel an den Bluterguss im Gesicht. So einen Tag wie heute wollte ich auf keinen Fall noch mal erleben.

Gegen neun lief ich bei Morelli ein, der gemeinsam mit Bob auf dem Sofa saß und Fernsehen guckte. Sie schienen sich beide zu freuen, dass ich wieder da war. Dann betrachtete Morelli mich genauer, und seine Miene schlug um, von erfreut zu entsetzt. Nur gut, dass er mich nicht vor dem Duschbad und dem Kleiderwechsel gesehen hatte.

Ich stellte meine Umhängetasche und meinen Kleiderbeutel auf dem Boden ab und zwängte mich neben Morelli aufs Sofa. »Sieht schlimmer aus, als es ist«, beruhigte ich ihn. »Und Hauptsache, es hat ein gutes Ende genommen. Vlatko ist weg, ein für alle Mal. Und ich bin hier mit dir und Bob, und alles ist gut.«

»Auf deinem Shirt ist ja ein Affe«, sagte Morelli.

»Auf allen meinen Klamotten sind Affen. Wie war dein Tag? Habe ich was Schönes verpasst?«

»Miriam Pepper hatte zum Frühstück ein paar Manhattans zu viel, und als sie sich Rührei machen wollte, fing ihr Bademantel Feuer. Aus dem Bademantel konnte sie sich befreien, aber dabei hat sie die Küche in Brand gesetzt, und das halbe Haus ist niedergebrannt.«

»Ist sie verletzt?«

»Nein. Aber jetzt kommt die gute Nachricht: Im Keller hat der Brandinspektor hochwertiges mexikanisches Marihuana entdeckt, fein säuberlich in Päckchen gestapelt, wie Brennholz. Außerdem einige Raketenwerfer und Material für die Herstellung von Brandbomben. Die Polizei hat Pepper dazu befragt, jetzt hat er sich einen Anwalt genommen. Miriam hat bei ihrer Befragung ausgesagt, das Marihuana sei für den privaten Gebrauch, für medizinische Zwecke.«

»Und die Raketenwerfer?«

»Die würden bei Familienausflügen für den nötigen Spaß sorgen.«

»Hat sie sich auch zu Briggs geäußert?«

»Ja. Silvio hat Briggs angeblich gehasst. Briggs hätte ihn mit seiner Pingeligkeit wegen der Transportkosten wahnsinnig gemacht. Außerdem hätte Silvio ihr gesagt, Briggs würde bei der Arbeit summen. Wenn Briggs gekommen wäre, um die Bücher zu führen, hätte er ununterbrochen gesummt.«

»Und deswegen soll Pepper die Anschläge auf Briggs verübt haben? Weil er gesummt hat?«

»Ist nur eine Theorie.«

»Hab ich das richtig verstanden? Niemand wollte Briggs töten, weil er über Polettis Geldlager und die frisierten Bücher Bescheid wusste. Man wollte ihn töten, weil er den Leuten auf die Nerven ging?«

»So sagt man es uns.«

»Eine beachtliche Leistung, anderen Leuten dermaßen auf die Nerven zu gehen, dass sie zur Waffe greifen.«

»Ich kaufe ihnen das nicht ab«, sagte Morelli. »Da steckt etwas anderes hinter.«

»Was ist mit Scootch, Siglowski, Ritt und Poletti? Irgendein Hinweis auf den Schützen? Ich tippe auf Silvio Pepper.«

»Wir haben weder in Peppers Wohnhaus noch in seinem Büro eine Pistole gefunden.«

»Schade. Es hätte so schön gepasst.«

Morelli war längst aus dem Haus, als ich mich aus dem Bett wälzte. Ich hatte einen Bluterguss im Gesicht und ein Pflaster am Hals. Meine Lippe war wegen der Schnittwunde geschwollen, aber nicht allzu schlimm. Ich machte mir ein Erdnussbutter-Sandwich und spülte es mit zwei Tassen Kaffee hinunter. Dann warf ich mir die Umhängetasche über die Schulter, ermahnte Bob, brav zu sein, und ging zur Haustür. Am Straßenrand standen zwei Männer von Rangeman und zwei schwarze SUVs, ein Escalade und ein Mercedes. Ich bekam den Schlüssel für den Mercedes.

»Ranger will es so«, sagte einer der Männer.

Ich schickte Ranger eine *Danke*-SMS und setzte mich hinters Steuer. Ich hätte jetzt genug Geld für ein neues eigenes Auto beisammen, aber Rangers Großzügigkeit erhöhte meine Lebensqualität umgehend. Das Benzin für den Buick kostete ein Vermögen, und einen guten gebrauchten SUV aufzutreiben brauchte Zeit.

Zuerst fuhr ich zu meiner Wohnung, um nach Briggs und den Hunden zu schauen. Unten im Flur traf ich Dillan, den Hauswart.

»Freitag wollen wir malern, und Ihr Teppich soll am kommenden Montag verlegt werden«, sagte er.

»Toll«, sagte ich. »Vielen Dank.«

Ich schloss die Wohnungstür auf, und die Hundchen hätten mich beinahe überrannt.

»Sieh an, sieh an, wen haben wir denn da!«, sagte Briggs. »Unsere Tante Stephanie.«

Er trug einen beigen Anzug, und anscheinend hatte er sich auch die Haare schneiden lassen.

»Wozu der Anzug?«, fragte ich ihn.

»Ich hab ein Bewerbungsgespräch, deswegen darf ich Nicks Anzug länger ausleihen. Was ist mit eurem Russen?«

»Das Problem hat sich erledigt.«

»Kann ich mir vorstellen.«

»Dillan hat mir gesagt, Montag werde der Teppich verlegt, das heißt, danach kann ich wieder einziehen.«

»Kein Problem. Ich hab neue Kreditkarten bekommen, die Versicherung hat mir eine Entschädigung gezahlt, und der Hausverwalter hat mir einen Batzen Geld angeboten, als Starthilfe, damit ich mir eine neue Bleibe suche. Nach dem Bewerbungsgespräch gehe ich also auf Wohnungssuche. Mein Cousin Bruce fährt mich mit seinem Auto.«

»Ich hab gerade die Hunde gezählt. Fehlen da nicht welche?«, sagte ich.

»Mrs Brodsky im Erdgeschoss hat mir einen abgenommen, und Mr Grezbeck nebenan hat auch einen.«

Jemand hämmerte mit der Faust an die Tür. Ich sah durch den Spion, es war Oswald Poletti.

Ich machte die Tür auf, und Oswald schlurfte herein. »He«, sagte er. »Was machen Sie denn hier?«

»Das ist meine Wohnung«, klärte ich ihn auf.

»Echt jetzt? Ich dachte, die gehört dem kleinen Strolch hier. Seid ihr beide ein Paar oder was?«

»Er ist ein Bekannter von mir. Ich lasse ihn bei mir wohnen, weil jemand seine Wohnung in die Luft gesprengt hat.«

»Ja, das war ich«, sagte Oswald. »Ich wollte ihn aus der Stadt verjagen, damit er Miriam nicht alles vermasselt. Aber dann ist er hierhergezogen, und ich musste noch mal eine Rakete abfeuern. Ich hab bloß den Wind nicht einkalkuliert, das ging daneben. Tut mir leid wegen dem Loch in der Wand.«

Briggs und ich waren platt.

»Und die Anschläge auf die beiden Autos?«, fragte Briggs.

»Zwei Autos? Davon weiß ich nichts. Ich hab nur eine Rakete auf einen Porsche abgeschossen. Einen Porsche! Krass. Voll krass. Mir ist einer abgegangen dabei.«

»Miriam?«, sagte ich. »Meinen Sie Miriam Pepper?«

»Ja, genau. Nette Frau. Sie mixt geile Manhattans. Echt. Die kann man trinken bis zum Umfallen. Und sie hat gutes mexikanisches Gras.«

»Woher kennen Sie Miriam?«

»Ihr Alter hat die ganze Munition für die Schießanlage in den Pine Barrens aufbewahrt. Das waren noch Zeiten, Mann. Ich hab das Zeug für ihn hingeschafft, wir haben gekifft, und dann haben wir alles in die Luft gesprengt. Kühlschränke, Fernseher, weiß der Geier, alles Mögliche.«

»Es ist aber doch ein Unterschied, ob man einen Kühlschrank in die Luft jagt oder eine Rakete auf ein Haus abfeuert. Oder sehen Sie das anders?«

»Wie meinen Sie das?«

»Sie hätten jemanden töten können.«

»Es war doch nur ein Kühlschrank. Da war keiner drin.«

»Ich spreche von der Wohnung!«

»Ja, gut, aber ich dachte, der kleine Giftzwerg sei in der Wohnung. Und sowieso, es hat ja nicht geklappt. Deswegen wollte ich persönlich vorbeikommen und ihm sagen, er soll Miriam in Ruhe lassen.«

»Ich kenne Miriam überhaupt nicht«, sagte Briggs. »Haben Sie was genommen? Sind Sie high?«

»Ja«, sagte Oswald lachend. »Klar bin ich high. Miriam sagt, Sie würden alles ruinieren. Sie sagt, niemand würde Ihnen vertrauen, und Sie würden zur Polizei gehen und auspacken. Das wäre das Ende der Manhattans und der Marihuanapfeifchen. Deswegen hab ich zu ihr gesagt, keine Sorge, Miriam, hab ich gesagt, ich regle das.« Oswald sah sich um. »Ich bin am Verhungern, Mann. Haben Sie Chips oder so im Haus?«

»Die Chips hab ich alle aufgegessen«, sagte Briggs.

»Dann muss ich Sie leider töten«, sagte Oswald. »Was haben Sie sonst? Gras? Pethidin? M&Ms?«

»Ein Schoßhündchen könnte ich Ihnen anbieten«, sagte Briggs. »Das könnten Sie Miriam geben.«

»Wo?«

»Hier.« Briggs zeigte auf die zu seinen Füßen sitzenden Chihuahuas. »Suchen Sie sich einen aus. Sie sind zur Adoption freigegeben.«

»Die sehen ja aus wie Ratten mit Riesenohren.«

»Passen Sie auf, was Sie sagen. Es sind meine Hunde.«

»Entschuldigung. Das war unüberlegt.«

»Miriam möchte im Moment vielleicht keinen Hund«, sagte ich. »Sie hat nämlich ihr Haus niedergebrannt.«

»Ja, sie wohnt jetzt in der Garage«, sagte Oswald. »Sie hat eine Klimaanlage und so, aber die Bullen haben ihr das Gras und die ganze Munition abgenommen. Scheiße. Eine einzige Pleite.«

»War eine interessante Unterhaltung«, sagte Briggs, »aber ich hab noch zu tun heute. Und wegen Miriam machen Sie sich keine Sorgen. Ich belästige Miriam nicht.«

»Kann ich Sie ein Stück mitnehmen?«, fragte ich Oswald.

»Nein. Ich bin mit dem Auto da. Ich muss jetzt mal zur Arbeit. In der Imbissküche läuft nichts mehr, weil sich keiner an die Fritteuse stellen will.«

Ich zeigte Oswald, wo es zum Aufzug ging, und schloss die Wohnungstür hinter ihm ab.

»Mann«, sagte Briggs. »Damit hab ich überhaupt nicht gerechnet.«

»Deine Unbeliebtheit kennt keine Grenzen.«

Ich rief Morelli an und sagte ihm, er könne Oswald wegen der Brandbombenanschläge verhaften.

»Ich muss los«, sagte Briggs. »Wahrscheinlich wartet Bruce längst unten, und ich will nicht zu spät zu meinem Bewerbungsgespräch kommen. Es wäre ein toller Job. Kannst du hinter mir abschließen?«

»Klar, mach ich.«

Briggs lief den Flur entlang zum Aufzug, und ich widmete mich den Hunden.

»Okay«, sagte ich zu ihnen. »Versucht euch zu benehmen, solange Briggs weg ist. Also keinen Anfall kriegen oder so.«

Ich trat hinaus in den Flur, machte die Tür zu, schloss ab, doch ich war noch keine fünf Stufen hinuntergegangen, da fingen die Tierchen an zu jaulen. Ein ziemlich lautes Jaulen für ihre Zwergengröße.

Ich schloss die Tür wieder auf und betrat die Wohnung. »Müsst ihr so einen Lärm veranstalten?«, schimpfte ich. »Das wird die Nachbarn ärgern.«

Die Hunde beruhigten sich und glotzten mich stumm mit ihren Glubschaugen an.

»Also gut«, sagte ich.

Ich trat erneut hinaus auf den Hausflur, schloss die Tür, und umgehend fingen sie an zu jaulen. Also wieder zurück in die Wohnung. Ich holte den Karton Hundekuchen aus dem Regal und warf den Chihuahuas eine Handvoll hin.

Ich rannte hinaus, hatte schon fast den Aufzug erreicht, da wurde aus dem Jaulen ein Kläffen.

Verdammt!

Fünf Minuten später saßen die Hunde angeleint hinten in dem Mercedes-SUV. Ich fuhr zum Büro und brachte die Hunde mit.

»Was machen die Minions hier?«, fragte Lula.

»Ich hüte sie.«

»Sieht eher so aus, als würdest du die kleinen Scheißerchen in einem blitzblanken nigelnagelneuen Mercedes herumkutschieren«, sagte Lula. »Den sollten wir doch gleich mal für eine kleine Mittagspause nutzen.«

Ich sah auf die Uhr. »Ein bisschen früh für eine Mittagspause.«

»Von mir aus auch Frühstückspause oder Brunch oder weiß der Geier. Ich musste schon beim Aufwachen an Pizza denken. Ich weiß auch nicht, aber die Pizza aus dem Pizzaladen in dem Haus von Buster, nach der bin ich regelrecht süchtig.«

31

Ich fuhr mit Lula einmal quer durch die Stadt und parkte gegenüber von Busters Haus.

»Wir haben noch keine elf Uhr, und es hat sich schon eine Schlange gebildet«, sagte Lula. »Normalerweise stelle ich mich nicht an, aber das hier ist was anderes. Ich könnte ein ganzes Blech verschlingen. Was für eine Sorte Pizza willst du?«

»Gar keine. Ich hatte ein Erdnussbutter-Sandwich zum Frühstück. Ich warte hier mit meinen Kuschelkillern.«

Lula stellte sich an, und ich relaxte in Rangers Mercedes. Vlatko war von der Bildfläche verschwunden. Ranger war in Sicherheit. Ich trug wieder meine eigene Unterwäsche. Das Leben war schön.

Ein Camaro mit getönten Scheiben parkte auf der anderen Straßenseite, zwei Häuser weiter. Der Fahrer stieg aus, ging zu Busters Tür, öffnete sie mit einem Schlüssel und ging hinein. Der Mann war gedrungen, hatte schwarzes Haar, dunkle Haut. T-Shirt, Jeans, Kapuzenshirt. Das war merkwürdig, weil es gut 25 Grad Celsius war. Erster Gedanke: Er trägt eine Waffe. Zweiter Gedanke: Ich sollte mein Leben ändern, weil ich seit einiger Zeit glaube, dass *jeder* eine Waffe trägt – und meistens hab ich recht.

Lula kam mit einem wagenradgroßen Pizzakarton wieder.

»Ofenfrisch«, sagte sie. »Kostete extra, sie sagen, sie müssten für die Kräuter auch extra zahlen. Ist mir egal, Kräuter sind ganz wichtig für den echten Pizzageschmack.«

Sie klappte den Deckel auf, und ich sah mir die Pizza an. Umwerfend.

»Vielleicht nehme ich doch ein Stück«, sagte ich. »Nur eins.«

»Greif zu.«

Ich biss herzhaft hinein und seufzte. »Hm!«

»Das kannst du laut sagen. Das ist meine Lieblingspizzeria. Die Pizza hier hat was Besonderes. Das muss an den Kräutern liegen.«

Ich sah mir den Pizzabelag genauer an. Basilikum, Oregano, und dann noch etwas Grünes.

»Siehst du diese grünen Dinger hier?«, fragte ich Lula. »Was ist das?«

»Kräuter.«

»Ja, aber was für Kräuter?«

»Keine Ahnung. Ich bin keine Kräuterfee.«

Ich hatte den Verdacht, dass es sich um Marihuana handelte. Sowas Gutes musste was Illegales sein.

Die Hunde auf der Rückbank wurden unruhig.

»Ich dreh mal eine Runde mit der Meute«, sagte ich.

»Soll ich helfen?«

»Geht schon. Briggs hat sie gut trainiert, sie lassen sich jetzt leichter an der Leine führen. Bleib hier sitzen, und genieß deine Pizza.«

Ich ging ein Stück die State Street hinunter und bog an der nächsten Kreuzung ab, einen halben Block weiter gab es ein freies Grundstück mit etwas verkrautetem Grün. Dort befahl ich den Hunden, ihr Wasser zu lassen, aber sie schienen nicht sonderlich motiviert. Ich führte sie noch ein bisschen weiter herum, bis sich die meisten entleert hatten.

Wieder zurück am Mercedes, fand ich eine Notiz auf Lulas Sitz:

Hatte keine Lust mehr rumzusitzen, bin mit den letzten beiden Pizzastücken rauf zu Buster gegangen. Vielleicht kann ich ihn überreden, einen Hund zu adoptieren. Bring die Hunde mit, wenn du wieder da bist.

Mist.

Ich schaute hoch zu Busters Fenster und rief Lula. Keine Antwort. Ich traute Buster nicht, und ich hatte keine Ahnung, was es mit dem Kapuzenshirt-Mann auf sich hatte. Er unterschied sich nicht groß von den anderen Männern auf der Straße, aber in Wahrheit wirken solche Typen immer irgendwie bedrohlich.

Ich überquerte die Straße und drückte die Klingel der Gegensprechanlage.

Keine Reaktion. Ich drückte noch mal.

»Ja?«, sagte jemand. Es war nicht Buster.

»Ist Buster da?«

»Nein. Kommen Sie später wieder.«

Die Gegensprechanlage schaltete sich aus.

Ich hielt den Finger auf den Knopf.

»Was denn?«

»Ist Lula da?«

»Wer?«

»Lula.«

Gedämpfte Geräusche und Stimmen, dann ertönte der

Türsummer, und die Tür ließ sich öffnen. Ich trat in den kleinen Hausflur, holte Morellis Pistole aus meiner Umhängetasche und erklomm die Treppenstufen.

Ich kam mir wie ein Idiot vor. Ich hatte acht Chihuahuas an der Leine und eine Waffe in der Hand. Geht es noch lächerlicher?

Oben angekommen hielt ich inne und lauschte. Totenstille.

Ich betrat Busters Wohnung, und mir stockte das Herz. Buster saß auf einem Esszimmerstuhl, die Hände auf dem Rücken gefesselt. Lula lag zuckend auf dem Boden. Und der Kapuzenmann zielte mit einer Pistole auf mich.

»Was ist hier los?« Ich musste mich wahnsinnig anstrengen, nicht die Kontrolle über meine Stimme zu verlieren, sie sollte nicht so piepsig klingen wie die von Minnie Mouse.

»Legen Sie die Waffe nieder«, sagte der Kapuzenmann.

»Nein.«

»Ich schieße.«

»Und wenn ich zuerst schieße?«, sagte ich. »Wer sind Sie überhaupt?«

»Miguel.«

»Was haben Sie mit Lula gemacht?«

»Elektroschock«, sagte Miguel. »Ich glaube, sie ist ohnmächtig geworden, als sie zusammenklappte. Keine Muskelkoordination. Was sind das für Hunde?«

»Wir haben uns gedacht, dass Buster vielleicht gerne einen adoptieren würde.«

»Buster wird nicht in der Lage sein, sich um einen Hund zu kümmern. Wer seine Gläubiger nicht bedient, der stirbt. Das ist unsere Message. Wir geben ihnen Girls und Drogen, und wir erwarten dafür pünktliche Bezahlung. Das ist doch nur fair, oder etwa nicht?«

Die Chihuahuas wuselten um meine Füße herum und bibberten dabei so schlimm, dass ich schon befürchtete, ihnen würden gleich die Augäpfel aus dem Kopf fallen und über den Boden kullern.

»Ja«, sagte ich. »Schon. Aber wenn er tot ist, kriegen Sie Ihr Geld auch nicht.«

»Unser Buchhalter schreibt die Schuld einfach ab, und wir machen so weiter wie bisher«, sagte Miguel. »Wir fackeln nicht lange bei Pennern wie ihm. Zeit ist Geld.«

»Okay«, sagte ich. »Vorschlag: Ich schaffe Lula aus dem Haus, und wir lassen Sie in Ruhe Ihre geschäftlichen Transaktionen durchziehen.«

»Kann ich nicht machen. Es wäre ungesund, Zeugen zu hinterlassen. Daher muss ich Sie leider alle töten. Nur gut, dass ich genug Munition dabeihabe.«

Die letzte Bemerkung fand er offenbar wahnsinnig witzig, jedenfalls machte er sich beinahe in die Hose vor Lachen.

»Wa... Wa... Wa...«, kam es von Lula, deren Zucken in ein wildes Umsichschlagen übergegangen war. »Wa... Wa... Was ist los?«

»Sie werde ich wohl als Erste töten müssen«, sagte Miguel.

Lulas Augen öffneten sich einen Spalt. »Jesus?«

»Nein. Miguel«, sagte er.

Lula stemmte sich in eine sitzende Position hoch. »Mir ist ganz schwindlig.«

»Elektroschocker«, sagte ich.

»Ach ja, richtig, jetzt fällt es mir wieder ein. Das Arschloch hat mich mit seinem Elektroschocker niedergestreckt.«

Sie kam auf die Beine, zog ihren Elasthan-Minirock über die Pobacken, ordnete ihre Brüste und funkelte Miguel an.

»Was ist los mit Ihnen?«, sagte sie. »Hat Ihre Mutter Ihnen keine Manieren beigebracht? Wo ist der Rest meiner Pizza?«

Die Chihuahuas hatten aufgehört zu bibbern und passten jetzt auf wie Schießhunde, beobachteten Miguel genau, knurrten und bleckten die Zähne.

»An die Wand«, befahl er Lula. »Hände überm Kopf.«

»Und wenn ich nicht will?«

»Erschieße ich Ihre süße Freundin.«

»Warum sie und nicht mich?«, fragte Lula.

»Weil sie eine Pistole hat.«

Ich hatte noch immer die Pistole auf ihn gerichtet, und ich hatte eine Scheißangst, denn ich war völlig unfähig, mit Waffen umzugehen. In der einen Hand hatte ich die Pistole, in der anderen die Hundeleinen meiner kleinen Ungeheuer. Ich ließ die Leinen fallen, um die Pistole besser halten zu können, falls ich doch abdrücken musste. Die Chihuahuas duckten sich, verfolgten aber mit ihren Glubschaugen jede Bewegung von Miguel.

»Gruselig«, sagte Miguel.

»Allerdings«, bestätigte Lula. »Das sind keine normalen wilden Chihuahuas, das sind Minions. Abgerichtete Killer-Chihuahuas.«

»Vielleicht sollte ich sie dann besser auch erschießen«, sagte er.

Lula nahm ihre wütende Rhinozeros-Pose ein.

»Fass!«, rief sie den Chihuahuas zu.

Die Hunde stürzten sich auf Miguel und bissen sich mit ihren Chihuahua-Zähnchen in seinen Hosenbeinen fest.

»Verdammte Scheiße!«, rief Miguel, versuchte die Hunde abzuschütteln und schlug mit der Pistole nach ihnen.

Aus den Augenwinkeln nahm ich eine Bewegung wahr, Morelli trat ins Zimmer.

»Polizei!«, sagte Morelli. »Waffe weg!«

Miguel drehte sich um und schoss auf Morelli. Morelli und ich schossen zurück, Miguel fiel zu Boden.

»Bist du verletzt?«, fragte ich Morelli.

»Ich schwöre dir, die Kugel hat mein Ohr gestreift, aber es ist nichts passiert.«

Miguel lag auf dem Boden, aus einer einzelnen Schusswunde in der Brust blutend. Die Chihuahuas drängten sich in einer Zimmerecke und bibberten wieder. Ein zweiter Polizist erschien und ging zu Miguel, legte ihm Handschellen an und untersuchte kurz die Wunde, dann rief er über Funk nach Verstärkung und einen Krankenwagen.

»Wo kommst du überhaupt so plötzlich her?«, fragte ich Morelli.

»Wir haben Busters Wohnung überwachen lassen. Mike hat dich mit den Hunden ins Haus gehen sehen und mich angerufen. Es war ein Riesenglück, dass ich gerade in der Stark Street war.«

»Obwohl wir beide geschossen haben, sehe ich nur eine Wunde.«

»Du hast Busters Toaster zerlegt. Du solltest dich mal wieder am Schießstand blicken lassen.«

»Wirklich sauschade, dass der Kerl so blutet«, sagte Lula. »Der schöne neue Teppich!«

Der kleine Küchentisch war schon gedeckt, als Morelli gegen halb sechs nach Hause kam. Er schlang die Arme um mich und küsste mich, dann hob er den Deckel von dem Schmortopf, den ich auf dem Herd warmgestellt hatte.

»Rindereintopf«, sagte er. »Hast du den gekocht?«

»Nein. Deine Mutter hat ihn vorbeigebracht.«

Er holte sich ein Bier aus dem Kühlschrank und trank einen Schluck.

»Was ist denn nun mit Buster? Ich kann es kaum erwarten.«

»Ja, entschuldige, ich bin nicht dazu gekommen, dich anzurufen. Es hat sich herausgestellt, dass alle Pokerspieler an dem Geschäft beteiligt waren. Pepper schickte seine Trucks nach Mexiko, und zurück kamen sie mit jungen Mädchen und Drogen, neben den vollen Salsabehältern. Scootch, Siglowski, Poletti, Ritt und Buster, alle hatten ihre Hand im Spiel. Als Poletti verhaftet wurde und die Sache aufflog, lagen aber noch hohe Schulden bei den Mexikanern an. Die sandten einen Eintreiber her, Miguel, und wer von den Spielern nicht zahlte, wurde erschossen. Gnadenlos.«

»Warum haben sie nicht einfach gezahlt?«

»Das Geld war nicht mehr da. Es lag fest. Briggs hatte Poletti und Pepper zu langfristigen Investitionen und Grundstückskäufen überredet, die Mexikaner verlangten aber Bargeld.«

»Briggs sagte, Poletti hätte haufenweise Geld gehortet.«

»Nicht gehortet. Investiert in eine Hühnerfarm in Nogales. Leider war die Verarbeitungsanlage für das Hühnerfleisch eine salmonellenverseuchte Rostlaube.«

»Wie geht es Miguel?«

»Er kommt durch.«

»Und was wird aus Buster und Pepper?«

»Keine Ahnung. Das muss die Bundespolizei entscheiden.«

Morelli schöpfte mit einem Löffel etwas von dem Eintopf auf einen Teller.

»Sehr lecker. Ich komme gerne nach Hause, zu dir und Eintopf.«

»Vielleicht sollten wir unsere Familie erweitern. Was hältst du davon, wenn wir einen Chihuahua adoptieren?«

»Als ich Briggs heute Nachmittag befragte, gab es nur noch zwei Chihuahuas, und die wollte er behalten. Alle anderen hat er untergebracht. Und ich soll dir ausrichten, dass er einen Job hat. Er ist bei irgendeinem Kabelsender untergekommen. Macht da den neuen Wettermann in den Abendnachrichten. Die Details hab ich vergessen. Wahrscheinlich ein Ableger von Fox News oder so.«

»Briggs tritt im Fernsehen auf? Er ist doch kaum einen Meter groß. Wie will er bei der Wettervorhersage auf dem Bluescreen Chicago anzeigen?«

»Das weiß ich auch nicht, aber es lohnt sich sicher, sich das mal anzusehen.«

Morelli aß seinen Teller leer und stand auf.

»Briggs sagt, dieser Fernsehjob sei ein Traum, Nummer zwölf auf seiner Löffelliste.«

»Was soll dieses ständige Gerede von Löffellisten? Plötzlich hat jeder Mensch so eine Liste von Sachen, die er vor seinem Tod noch machen will.«

»Hast du keine?«, fragte Morelli.

»Nein. Hast du eine?«

»Ja.«

»Kann ich die mal sehen?«

»Ich hab sie nicht aufgeschrieben.«

Ich sah ihn neugierig an.

»Die meisten Sachen betreffen sowieso dich«, sagte er.

»Oh Mann.«

Morelli holte sich Notizblock und Stift von der Küchenablage und setzte sich wieder an den Tisch. »Ich schreibe sie für dich auf. Aber wenn man sie schriftlich fixiert, muss man die Sachen auch machen.«

»Komm gar nicht in Frage. Was ist denn das für eine Liste?«

»Meine Schlafzimmer-Löffelliste.«

Dass Morelli so eine Liste nur fürs Schlafzimmer hatte, sah ihm ähnlich, viel mehr erstaunte mich, dass ihm überhaupt noch etwas einfiel, das er auf die Liste setzen konnte.

Er schob mir den Block zu, so dass ich sie lesen konnte.

Ich verzog das Gesicht. »Was hier an erster Stelle steht, das mache ich auf gar keinen Fall.«

»Darf ich es auch nicht machen, wenn du schläfst?«

»Nein!«

»Oder betrunken bist?«

»Unter gar keinen Umständen.«

»Hab ich mir gedacht«, sagte Morelli. »Aber man kann es ja mal probieren.«

»Das Zweite musst du mir erklären. Von dem rumänischen schlüpfrigen Einhorn hab ich noch nie gehört.«

Morelli grinste. »Räum den Tisch frei, und zieh dich aus. Ich hole die Eieruhr und einen Löffel, und dann zeige ich es dir.«

»Das hast du doch nur erfunden.«

»Und wenn schon.«

»Wofür ist der Löffel?«

»Für die Marshmallow Fluff.«

Ich kickte die Schuhe von mir und zog mir das Shirt über den Kopf. Morelli und Marshmallow Fluff. Das war ganz nach meinem Geschmack.